BASTEI
LÜBBE
TASCHENBUCH

Titel auch als Hörbuch erhältlich

Über die Autorin:

Raffaella Belli ist als Kind italienischer Eltern in Deutschland aufgewachsen. Der Liebe willen zog sie zurück in die alte Heimat und lebt heute mit ihrer Familie in Süditalien. Wenn sie nicht gerade schreibt, sitzt sie am allerliebsten am Meer.

RAFFAELLA BELLI

Sommer in Mareblu

ROMAN

BASTEI LÜBBE
TASCHENBUCH

BASTEI LÜBBE TASCHENBUCH
Band 17835

Dieser Titel ist auch als Hörbuch und E-Book erschienen

MIX
Papier aus verantwortungsvollen Quellen
FSC® C083411

Originalausgabe

Lektorat: Bettina Steinhage
Umschlaggestaltung: Christin Wilhelm, www.grafic4u.de
Unter Verwendung von Motiven von © shutterstock: grafalex | Daiiji | TADDEUS | Kagai19927 | STILLFIX | solarisys | Tee11 | Maksym Azovtsev
Satz: two-up, Düsseldorf
Gesetzt aus der Bembo
Druck und Verarbeitung: CPI books GmbH, Leck – Germany
ISBN 978-3-404178353

1 3 5 4 2

Sie finden uns im Internet unter www.luebbe.de
Bitte beachten Sie auch: www.lesejury.de

Sommer in Mareblu

Verbringe ein paar Wochen in einem ruhigen Strandhaus!

Kapitel 1

Tosca hatte miserabel geschlafen. Sie bekam ihre Augen kaum auf. Richtig geschwollen fühlten sie sich an, und sie wollte gar nicht wissen, wie sie nach der endlos langen Nacht aussah, die sie damit verbracht hatte, sich im Bett hin und her zu wälzen. Wie ein Stück Fleisch auf dem Rost, überlegte sie und verschluckte sich. Weil ihr kein Lachen aus der Kehle steigen wollte. Da half auch Ironie nicht. Und Sarkasmus erst recht nicht. Jedenfalls heute nicht. Denn sogar der Himmel war seltsam verhangen; der kurze Blick durchs Fenster hatte ihre Befürchtung bestätigt.

Diesig.

Passend zur Laune.

Wo kam diese schlechte Laune überhaupt her? Wie hatte sie sich in ihr Bett geschlichen? Und wieso? Tosca hatte sie nicht hereingebeten. Schon gar nicht erwartet. Gestern war noch alles gut gewesen. Sie seufzte müde, überlegte, den Kopf wieder unter das Kissen zu stecken, so lange, bis die Welt um sie herum ein freundlicheres Gesicht machte. Aber es brachte ja nichts. Wahrscheinlich würde sie gerade *jetzt* in den heiß ersehnten Schlaf fallen und vollkommen die Kontrolle über Tag und Nacht und ihr Leben allgemein verlieren. Da konnte sie genauso gut aufstehen.

Mit vorgetäuschtem Elan warf sie die Decke zurück. Die Mobiles, die über ihrem Bett hingen, bewegten sich im dabei erzeugten Luftzug und schienen ihr klappernd einen guten Tag wünschen zu wollen. Auf unerklärliche Weise tröstete sie dieses vertraute Geräusch. Wenngleich sie sich gar nicht bewusst gewesen war, überhaupt Trost zu brauchen.

Sie zog mit knackenden Gelenken eine leichte Wolljacke über, stieg in ihre Flip-Flops, die schon mal bessere Tage erlebt hatten, und schlurfte durch den Flur zur Küche. *Flop-flop* machten ihre Schritte dabei, obwohl die Sohlen vom vielen Tragen schon ganz dünn waren. 27 Schritte legte sie zurück. Sie zählte sie manchmal. Das half beim Wachwerden. Oder in diesem Fall beim Wachbleiben.

Durch die große Fensterfront in ihrer hellen Küche konnte sie direkt auf den angrenzenden Strand und das Meer blicken. Sie liebte den Ausblick. Weil er jeden Tag anders war. Das Meer zeigte sich mal ruhig, mal wild, mal blau, mal grün. Wie in einem Gemälde, das sich jeden Tag neu zusammensetzte. Und doch empfand sie, egal wie das Meer sich präsentierte, immer das gleiche Gefühl, wenn sie es betrachtete: Hoffnung. Endlose, unerschöpfliche Hoffnung.

Am Abend zuvor hatten sich die Wellen noch überschlagen. Jetzt war es schon viel sanfter. Der Mond hatte bestimmt seine magische Kraft eingesetzt, um die Wogen zu glätten. Was auch erklären würde, warum sie kein Auge zugetan hatte. Ja. Sie war so ein Mensch, der sich vom Mond beeinflussen ließ. Aber auch von der Sonne, dem Wind, dem Regen. Ihre Mutter hatte sie deshalb früher oft *strega*, also Hexe, genannt. Und, nein, das hatte ihre Mutter nicht nett gemeint …

Tosca wickelte die Strickjacke noch enger um ihre Taille – ihr fröstelte *immer*, wenn sie an ihre Mutter dachte – und ging zur Hintertür, um ins Freie zu gelangen. Es fühlte sich an diesem Morgen ein bisschen wie eine Flucht an. Eine Flucht vor ihren Gedanken, die nun plötzlich um ihre Mutter kreisten. Ihre Mutter besaß die Macht, in ihr eine schlimme Klaustrophobie zu wecken. Selbst auf Distanz. In Wirklichkeit aber vollendete Tosca auch heute nur wieder ihr morgendliches Ritual. Denn am Gartentürchen hing ihr blauer Eimer, der bereits auf sie zu warten schien. Ihr Freund und Begleiter. Und damit machte sie sich auf den Weg. Dem Meer entgegen, das sie wie ein Magnet anzog.

Ein paar Minuten nur, höchstens ein halbes Stündchen. Nicht viel länger wollte sie bleiben. Denn erstens hatte sie im Hinterkopf, dass sie in der Früh noch etwas zu erledigen hatte – wenn ihr auch nicht einfallen wollte, was. Und zweitens war Frühsommer. Da kamen ab und an schon vereinzelte Touristen an *ihren* einsamen, abgelegenen Strand. Und sie wollte nicht unbedingt zwischen Badehandtüchern Slalom laufen. Das war nicht ihre beste Disziplin.

Obwohl es etwas früher war als sonst, ertappte sie sich dabei, sich an der frischen Luft zu erfreuen, die unverkennbar nach Algen, Wasser, Fisch, Unendlichkeit, Salz und Sand roch. Diese magische Mischung, die besser war als jede Medizin. Sie konnte sich glücklich schätzen, hier zu leben und zu arbeiten. Meistens war sie das auch. Nur manchmal, da verspürte sie Nostalgie. Als gäbe es da ein parallel entwickeltes Leben, eine bessere Version ihrer selbst, nach der sie sich sehnte. Je nach Wetter eben. Tosca schüttelte den Kopf, weil sie ihrer Mutter mit dieser Erkenntnis indirekt recht gab. Was ihr gar nicht passte.

Warum ihre Mutter heute so präsent in ihren Gedanken

war, auch darüber wollte sie sich jetzt nicht den Kopf zerbrechen. Sie hatte nämlich alle Hände voll damit zu tun, ihr langes Haar hinter die Ohren zu stecken, das der Wind wieder und wieder zerzauste, wie in einer endlosen, vertrauten Neckerei zwischen Freunden.

Die erste Muschel entdeckte sie trotzdem schon von Weitem. Dann die zweite und die dritte. Sie sammelte sie alle auf, rieb vorsichtig den Sand weg und legte sie in den Eimer. An guten Tagen fand sie an die zwanzig Muscheln. Damit konnte sie dann ihren Schmuck herstellen. Oder Einrichtungsgegenstände verschönern. Das kam ganz darauf an, wohin ihre Kreativität sie leitete. Oft spuckte das Meer aber auch wundervolles Treibholz aus. Was für ein Fest, wenn sie mal knorrige Wurzeln fand! Manchmal so große, dass sie Hocker oder Tische draus machen konnte. Sie suchte den Strand ab – vergaß dabei komplett die Zeit –, hoffte, fand aber nur kleine Stöcke, die sie trotzdem alle in den Eimer legte. Nach und nach. In mühsamer Kleinarbeit. Diese Kleinarbeit erlaubte ihr, wie immer, sich völlig zu verlieren. Sich ein bisschen in Wind zu verwandeln. Oder in Sand. Sich dem Umfeld anzupassen. Die Grenzen aufzulösen. Sie liebte diesen Zustand der Schwerelosigkeit, ja, fast Unsichtbarkeit. Wer wäre nicht gern unsichtbar, wenn das Meer in seiner Unendlichkeit neben ihm erstrahlte?

»Ma!«

Eine wohlbekannte Stimme erreichte sie schwach – die einzige, die Tosca immer und überall erreichen würde. Denn diese Stimme trotzte sogar Wind und Meer.

Tosca blickte zum Haus zurück, wo sie ihren Lieblingsmenschen auf der ganzen Welt entdeckte: Iolanda, ihre Tochter.

Tosca winkte ihr zu. Iolanda stand an der Tür, stapfte mit

dem Fuß auf. Zeigte demonstrativ auf ihre Armbanduhr, woraufhin Tosca vor Schreck beinahe den fast komplett gefüllten Eimer fallen ließ. Sie hatte es verpasst, ihre Tochter rechtzeitig zu wecken, oder? Und Iolanda hatte am Vorabend noch extra darum gebeten, weil sie früher als sonst rausmusste!

»Komme!«, rief sie und eilte los. Gegen den Wind, in ergebener Erwartung der ersten Standpauke des Tages.

»Ma-aaaaaa! Weißt du, wie spät es ist?«, erkundigte sich ihre Tochter auch gleich vorwurfsvoll, als Tosca das Haus erreichte. Atemlos, aufgewühlt. Noch immer gegen den Wind und gleichzeitig irgendwie gegen sich selbst kämpfend.

Nein. Das wusste sie nicht. Eben noch war es weit vor 7.00 Uhr gewesen … keine Ahnung. Sie trug nie eine Uhr und hatte ein miserables Zeitgefühl. Doch sie war trotzdem ganz unpassend stolz auf sich, weil sie vor dem Spaziergang zumindest eine vage Erinnerung daran gehabt hatte, dass sie in der Früh etwas zu erledigen hatte. Nun, jetzt wusste sie auch, was: Iolanda wecken, weil sie heute – am ersten Tag der Sommerferien – extra früh zum Babysitten musste. Tja, das hatte sich offenbar von selbst erledigt …

»Morgen, mein Schatz!« Sie versuchte es mit einem netten Gruß. Aber Iolanda verdrehte nur theatralisch die Augen und eilte ins Haus.

»Ich mache uns schnell Frühstück«, schlug sie vor und stolperte ihrer Tochter hinterher. Wahrscheinlich katapultierte sie dabei wieder eine ganze Ladung Sand mit ins Haus. So war es immer. Sie war sich sicher, dass der Sand irgendwann ganz Besitz von ihrem Haus nehmen würde. Und dann würde jemand in hundert Jahren beim Baden eine Burg bauen und bei ihr im Schlafzimmer landen.

»Dazu ist es zu spät!«, schrie Iolanda und sperrte sich ins Bad. Nicht, ohne vorher die Tür zugeknallt zu haben. Das machte Tosca nichts aus. Der Tür auch nicht – nicht mehr. Inzwischen hatten sich nämlich das Holz, die Angel und die ganze Wand an Iolandas pubertär bedingte Türschließtechnik gewöhnt. Gezwungenermaßen. Der Putz hielt sich jedenfalls. Daumen hoch für die stabile Bauweise!

Tosca seufzte und überlegte, dass sie offenbar fast eine Stunde am Strand gewesen war. Sie musste das mit dem Zeitgefühl endlich mal in den Griff bekommen. Und sich vor allem aufschreiben, wann sie mit Wecken dran war.

»Ioio, ich fahr dich nach Mareblu, okay?«, bot sie an.

Aus dem Bad kam eine gemurmelte Antwort, die sie einfach mal als ein Ja deuten wollte. Gleich darauf öffnete Iolanda die Tür. Wunderhübsch war ihre Tochter, mit ihren vierzehn Jahren und diesem grimmigen Blick, den sie schon damals als Neugeborenes unvergleichlich gut draufgehabt hatte. Sie liebte dieses Mädchen so, so sehr, und nicht selten fühlte sie sich Iolanda kaum würdig. Sie war einfach kein mütterlicher Typ, wie sehr sie sich auch anstrengte.

»Denk nicht so viel nach, Ma. Ist schon in Ordnung. Wenn du mich fährst, bekommen wir das hin. Zum Bus müsste ich nämlich jetzt echt fliegen. Außerdem ist es meine Schuld, wenn ich verschlafe. Immerhin bin ich vierzehn und ich besitze genügend Wecker.«

»Ja, aber ich bin deine Mutter, und ich sollte verlässlicher sein.«

»Bist du doch. Na, meistens jedenfalls. Los, zieh dich an und lass uns aufbrechen.«

Tosca blickte an sich herunter. Sie trug noch immer ihren Pyjama. Der aber auch als Jogginganzug durchgehen konnte. Vielleicht war es sogar einer gewesen. So genau wusste sie das nicht mehr. Und genau genommen war sie noch nicht mal auf dem Klo gewesen.

Alles egal. Hauptsache, Iolanda kam rechtzeitig zu ihrem Sommerjob.

»Passt schon so. Ich steige eh nicht aus dem Auto.«

Iolanda zog die Schultern hoch. »Von mir aus …«

Sie gingen eilig zur Haustür.

»Ma …«

»Ja?«

»Das Geld für den Fahrschein zum Heimfahren später.«

»Oh, verdammt!« Tosca schlug sich mit der flachen Hand gegen die Stirn, wobei sich ihre vielen Armbänder klimpernd mitbewegten, und eilte zurück in die Küche. Das Haushaltsgeld befand sich in einem großen Keramikbehälter, der mal als Keksdose fungiert hatte und jetzt ein Revival als bunt dekorierte Spardose erlebte. Sie wühlte etwas Kleingeld heraus und reichte es ihrer Tochter, die erneut mit den Augen rollte. So perfekt, dass die Iris beinahe verschwand. Das hatte sie nicht von ihr …

»Bis später, Ioio«, rief sie ihrer Tochter nach rasanter Fahrt, Nichtbeachtung sämtlicher Verkehrsregeln und einer quietschenden Bremsung, die vermutlich ganze Schichten ihrer Autoreifen an den Asphalt weitergegeben hatte, nach. Aber ihr Kind war in Windeseile weg, hatte sich schon in die unnahbare junge Frau verwandelt, die sie vor den Augen ihrer Mitmenschen wohl sein wollte. Wie ein menschliches Chamäleon war sie perfekt dem neutralen Umfeld angepasst. Schade, fand Tosca immer wieder, denn Iolanda hatte das Zeug, um zu glänzen.

Tosca lehnte sich einen Augenblick lang gegen das Kopfteil ihres Autositzes. Plötzlich fühlte sie sich wahnsinnig erschöpft. Die schlaflose Nacht hatte Spuren hinterlassen. Sie schloss die Augen kurz, schreckte aber sofort hoch, als sie ein Klopfen vernahm. Direkt gegen ihre Autoscheibe. Sie erkannte die Verrückte, die für das Klopfen verantwortlich war, sofort. Adriana. Ihre beste Freundin. Tosca ließ die Scheibe runter.

»Hat sie schon wieder verschlafen?«, fragte ihre Freundin ohne Umschweife. Sie hinterließ dabei eine Duftnote, die Tosca rasant durch die Nase ins Gehirn schoss und geradezu benebelte. Adriana liebte teures Parfüm. Sie liebte auch teure Schminke. Was aber nicht hieß, dass sie damit umgehen konnte. Denn das konnte sie definitiv nicht. Linien mit dem Eyeliner waren bei ihr so gerade wie eine Herzfrequenz beim EKG von anderen – durchaus lebendigen – Menschen. Lippenstift landete *immer* auf den Zähnen – rein aus Prinzip, hatte Tosca manchmal den Eindruck. Und Rouge war für sie erst Rouge, wenn sie damit an Heidi erinnerte. Trotzdem mochte sie Adriana wie keine andere. Sie war nämlich *di buon cuore*, so bezeichnete Tosca sie oft. Also ein Mensch mit gutem Herzen. Und das – nur das – zählte.

»Ja … fast. Wir haben es aber rechtzeitig geschafft. Wie immer.«

»Das sehe ich.« Adriana warf einen bedeutungsschweren Blick auf ihren Pyjama.

»Das ist ein Jogginganzug.«

»Klar.«

»Ich schwöre!«

Adriana nickte übertrieben und zeigte damit, dass sie ihr kein Wort glaubte.

»Musst du nicht los?«, erkundigte sich Tosca scheinheilig. Sie wusste, dass ihre Freundin erst um 8:15 Uhr ihren Dienst bei der Post antreten musste. Und so weit war es noch nicht. Das erkannte sie daran, dass die Kirchenglocke laut bimmelte. Das tat sie immer zur vollen Stunde.

Sie befanden sich parallel zur Strandpromenade des ehemaligen kleinen Fischerdorfs Mareblu. Hier standen die Kirche, das Schulgebäude und knapp daneben die Post. Alles keine wirklich schönen Gebäude, musste Tosca zugeben, obwohl zumindest die Schulleitung versucht hatte, die Außenwände bunt und einladend zu gestalten … irgendwann vor Jahrzehnten wahrscheinlich.

Im Juni waren erst wenige Touristen unterwegs. Die Sommerzeit stand bevor, man konnte sie quasi schon riechen. Dennoch schienen die Urlauber auf ein verstecktes Zeichen zu warten, um dann alle auf einmal die Strände, Straßen und Gassen des kleinen Ortes in Beschlag zu nehmen. Als trauten sie sich nicht so recht. Als müssten sie sich gegenseitig anstacheln, um dann gemeinsam ihren Erfolg zu feiern und sich zu brüsten, es geschafft zu haben, auf den August zu warten. Wie Helden, denen es aber entging, dass sie sich gegenseitig das Leben – oder zumindest den Urlaub – schwer machten. Mareblu konnte herrlich, anstrengend oder deprimierend sein. Je nachdem, aus welchem Blickwinkel man es betrachtete. Tosca hatte sich an alle Schattierungen gewöhnt, und sie mochte jede einzelne. Sie fand Mareblu meistens nur schön. Trotzdem hatte sie eine ganze Weile den Stiefel bereist, mal hier, mal da gewohnt, bis Iolanda zur Welt kam. Das war für sie der Anlass gewesen, ihre nomadische Ader zu unterdrücken. Dank ihrer Großeltern, die ihr das Ferienhäuschen am Meer vermacht hatten, hatte sie keine Probleme gehabt, hier sesshaft zu werden. Und ihr Leben war gut. Jetzt war es gut.

Adriana antwortete gespielt pikiert auf ihre Frage, ob sie nicht zur Arbeit müsse. »Nein. Ich muss noch nicht los. Willst du auf einen Saft mit zur Bar?«

»Im Pyjama?«

»Ha. Wusste ich es doch!«

Tosca ließ resigniert die Stirn auf das Lenkrad sinken. »Adri, lass mich einfach in Ruhe, okay?«

Ihre Freundin lachte schallend und zeigte eine satte Lippenstiftspur auf ihrem rechten Eckzahn. Der stand ganz leicht hervor und bekam das meiste ab. Immer. Armer Kerl. »Fahr schon. Und zieh dich endlich vernünftig an. Aber vergiss nicht, dass wir heute Abend ins Theater wollen.«

»Schon gut. Ich habe es mir aufgeschrieben.«

»Dann bis später, du Pyjamaheldin.«

Tosca fuhr die Scheibe wortlos hoch und startete den Motor. Sie musste inzwischen wirklich dringend aufs Klo. Wirklich, wirklich dringend.

★

Er fuhr nun schon das dritte Mal exakt denselben Weg entlang. Was war er genervt! Sein Navi mindestens ebenso sehr wie er, das konnte er förmlich spüren. Und es war vielleicht das erste Mal, dass er das Gerät wirklich ratlos erlebte. Was war das hier überhaupt für ein verdammtes Kaff? Kein einziges Schild war in irgendeiner Weise hilfreich. Und er verfluchte den Tag, an dem er sich auf diesen vollkommen bescheuerten Pakt eingelassen hatte.

Zum wiederholten Mal landete er an der Strandpromenade und hielt kurzerhand an. Er musste wohl oder übel nach dem richtigen Weg fragen, sah aber gerade keine Passanten in unmittelbarer Nähe. Deshalb stieg er aus und ging auf die erstbeste Bar zu, weil fett *APERTO* auf einem Schild stand, das an der Tür hing. Wie eine stille Einladung. Und so einen winzigen Hoffnungsschimmer brauchte er jetzt. Er senkte den Kopf, um sich vor dem leichten Wind zu schützen, da er seine Jacke im Auto liegen gelassen hatte und nur ein sommerliches

T-Shirt trug. Dabei stieß er mit einer Frau zusammen, die nur kurz abwesend ein *scusi* murmelte und schon davoneilte. Er verstand ja nicht viel von Make-up. Dass die Frau aber ordentlich danebengelangt hatte, schien allzu offensichtlich. Er schüttelte kurz den Kopf, hätte wahrscheinlich innerlich gelacht, wenn er gute Laune gehabt hätte, und betrat die Bar, wo ein junges Mädchen ihn strahlend empfing.

»*Buongiorno!*«, rief es aus seiner Position hinter der Theke. »*Caffè?*«, erkundigte es sich gleich.

Er war zuerst überrascht. Hatte eigentlich nicht vorgehabt, etwas zu trinken. Dann nickte er aber. Konnte ja nicht schaden. Immerhin war er mitten in der Nacht losgefahren und nun schon viel zu lange auf den Beinen.

Das Mädchen reichte ihm, noch immer lächelnd, ein Tässchen, aus dem sich Dampf und Duft erhoben, die ihm sofort in die Nase stiegen. Das fühlte sich unerwartet gut an, und er entspannte ein wenig, lehnte sich sogar auf die helle Marmorplatte, mit der die Theke ausgestattet war. Sie war eiskalt. Er erschauderte leicht, blickte sich um. Sah, dass der Laden hübsch eingerichtet war. Wie es sich für eine Bar direkt an der Strandpromenade gehörte, fand er. Viel Weiß. Rote Akzente. Nein, korrigierte er sich, korallenrote Akzente. Originell. Schön. Und nach dem eher negativen ersten Eindruck von Mareblu dann endlich versöhnlich.

»*Zucchero?*«, bot das Mädchen an.

»*Sì, grazie.*« Er trank seinen Kaffee tatsächlich nur süß. Manchmal sogar mit Milch. *Weichei!*, hörte er eine Stimme in seinem Kopf. Er schüttelte sich leicht. Wollte *diese* Stimme gerade wirklich nicht hören.

»*Scusi, Signorina*, kennen Sie sich im Ort ein bisschen aus?«, fragte er nun das Mädchen.

»Klar. Mareblu ist übersichtlich«, berichtete es erfreut.

»Das ist schön. Dann können Sie mir sicher sagen, wo …«, er nahm die gefaltete Buchungsbestätigung aus seiner Hosentasche, »sich diese *Casa Lucianina* befindet.«

»Hm …«, das Mädchen blickte angestrengt in die Luft, »Der Name sagt mir gerade nicht viel. Haben Sie denn keine Adresse?«

Er sah noch mal aufs Blatt. »Doch. Hier steht Marinella-Strand.«

»Ach so. Na klar. Der liegt etwas außerhalb. Ist aber gar nicht schwer zu finden. Ich erkläre es Ihnen!«

Er sah dabei zu, wie das Mädchen ihm den Weg sehr, sehr detailliert auf die Rückseite der Buchungsbestätigung skizzierte, merkte am Ende aber, dass er nicht wirklich viel verstanden hatte. Er bedankte sich trotzdem und verließ die Bar.

Es stellte sich allerdings schnell heraus, dass das Mädchen den Weg tatsächlich hervorragend erklärt hatte. Ohne weitere Probleme fand er das gebuchte Haus. Wie vereinbart war der Schlüssel unter dem Teppich am Eingang versteckt. Seiner Meinung nach war das absolut und total unprofessionell, von niemandem empfangen zu werden. Aber was sollte er tun? Er hatte das Ding ja nicht gebucht.

Er beschloss, sich nicht zu beklagen – bei wem auch? Immerhin war das Haus wirklich toll, direkt am Strand. Und einsam. Das war der Pakt.

Er ging kurz durch die Zimmer, sah erfreut, dass das Haus nicht übertrieben groß war. Schön war auch die Tatsache, dass die gesamte Frontseite mit großen Fenstern versehen war, die einen ungestörten Blick auf das Meer ermöglichten. Er mochte das Meer. Etwas weniger vielleicht mochte er die Einsamkeit, aber das würde schon in Ordnung gehen. Er musste es zumindest versuchen.

Erneut verließ er das Haus, um sein Gepäck aus dem Auto

zu holen. Dann stellte er den Koffer ab und hob die Tasche auf den einfachen Küchentisch. Er öffnete den Reißverschluss und griff zielsicher hinein. Die Mappe, die er suchte, fand er sofort und zog sie vorsichtig heraus. Auch die Mappe öffnete er. Das Blatt, das er brauchte, befand sich gleich an oberster Stelle. Das Herz zog sich ihm plötzlich und unerwartet zusammen, als sein Blick sich auf die vertraute Schrift konzentrierte. Er griff ein weiteres Mal in die Tasche, holte jetzt einen Kugelschreiber hervor.

Vorsichtig, fast ehrfürchtig, setzte er mit dem Kugelschreiber an. Holte tief Luft. Zog den Kugelschreiber über die erste Zeile des Geschriebenen. Dann atmete er wieder aus.

Gut.

Das war nicht schwer gewesen.

Er hatte es geschafft. Der erste Punkt der Liste war erledigt.

Das fühlte sich nicht schlecht an. Ganz im Gegenteil.

Schade, dass die Liste nicht nur aus einem Punkt bestand. Wirklich schade.

Lege dich in den Sand und schaue in den nächtlichen Himmel. So lange, bis die Sterne zu tanzen beginnen.

Kapitel 2

»Hattest du nichts … Eleganteres im Kleiderschrank?«, wollte Adriana wissen. Sie klang dabei so, als würde sie sich über eine eklige, ansteckende Krankheit auslassen. Und sie zog die Lippen ganz seltsam zurück, sodass sie kurz einem Hund glich, der nicht so recht wusste, ob er bellen, beißen oder lächeln wollte. Der Eckzahn mitsamt dreier Nachbarn zeigte sich natürlich gewohnt und obligatorisch angemalt. Darauf war Verlass.

Tosca blickte an sich herab. Rote Bluse, schwarze Hose, schwarze Pumps. Was war daran *nicht elegant?* Ihre Freundin, die ein langes Kleid trug, das eher zu einer Prämiere an der *Scala* statt zu einer simplen, dilettantischen Aufführung in einem simplen, dilettantischen Provinztheater passte, schnalzte tadelnd mit der Zunge. Um die Szene perfekt zu machen, warf sie sich gleich darauf ein Ende ihrer Stola divenhaft über die Schulter. An Dramatik und schauspielerischem Talent fehlte es der Guten nicht.

Tosca stöhnte. Aber nur innerlich. Sie war gut darin geworden, Adrianas Eigenarten kommentarlos wegzustecken.

Die Alternative wäre ohnehin nur die gewesen, sich auf eine Diskussion einzulassen. Daran bestand aber wirklich kein Bedarf bei Tosca. Mit Adri diskutieren war ungefähr so sinnvoll, wie einem zweijährigen Kind erklären zu wollen, warum es gut war, Spinat zu essen.

»Ioio, wir sind dann weg!«, rief sie also stattdessen und nahm ihre Handtasche vom Wohnzimmertisch.

»Okay, Ma. Viel Spaß!«, wünschte ihnen Iolanda, ohne sich auch nur eine Sekunde blicken zu lassen.

Tosca hielt kurz inne. Aus einem Impuls heraus beschloss sie, zu ihrer Tochter ins Zimmer zu gehen.

Iolanda lag auf ihrem Bett. Irgendwie total unbequem auf dem Bauch, mit angewinkelten Beinen. Tosca tat nur vom Zusehen das Kreuz weh. Iolanda starrte auf ihr Handy, tippte etwas ein, starrte weiter. So konzentriert, dass sie noch nicht mal aufblickte, als Tosca sich zu ihr aufs Bett setzte. Ich sollte ihr Handyverbot erteilen, überlegte sie, schüttelte den Gedanken aber weg. Sie wollte nicht streng sein. Sie wollte keine Verbote aufstellen. Sie wollte … so wenig wie möglich wie ihre eigene Mutter sein.

»Du kommst auch wirklich zurecht?«, versuchte Tosca sanft eine Konversation einzuleiten.

»Ma, du bist doch nur kurz im Theater und nicht auf Weltreise. Sei unbesorgt, okay?«

Tosca schluckte. Machte sie mit ihrer Tochter wirklich alles richtig? Diese Frage fraß schon seit Ewigkeiten regelrecht Höhlen in ihre Brust. Aber sie sagte nichts. Fuhr mit der Hand kurz über Iolandas Rücken, erhob sich schließlich.

»Gut … dann … bis später!«

Ihre Tochter drehte sich plötzlich um. Sprang auf. Warf sich ihr an den Hals. Drückte ihr einen feuchten Kuss auf die Wange. So überschwänglich, dass Tosca fast fiel. Mit dem überschäumenden Enthusiasmus eines Teenies eben. Dann ließ sie ebenso abrupt wieder von ihr ab und verließ das Zimmer, wahrscheinlich um in die Küche zu gehen und irgendein ungesundes Zeug zu verschlingen. Tosca blieb kurz zurück, fuhr mit den Fingern über die feuchte Stelle, wo Iolandas Lippen ihre Haut berührt hatten. Sie trocknete sich nicht ab, sondern nahm die Stelle einfach mit. Stolz wie ein Pfau. Iolandas Küsse waren zu rarer Ware geworden und daher kostbar.

»Fahren wir mit deinem oder mit meinem?«, erkundigte sich Tosca, als sie gemeinsam mit Adriana das Haus verlassen hatte. Der Sand, der sich so nahe am Strand praktisch überall befand, knirschte unter ihren Schuhsohlen. Adriana sah zu ihr. Die untergehende Sonne erhellte kurz das Gesicht ihrer Freundin und zeigte, wie hübsch diese eigentlich war. Unter den Make-up-Schichten.

»Mit deinem. Dann kann ich wenigstens etwas trinken«, erwiderte Adriana.

»Wir gehen aber schon ins Theater und nicht in irgendeine Kneipe, oder?«

Ihre Freundin nickte geschäftig und ging um Toscas Auto herum, wobei sie tänzelnde, kleine Schritte machte mit ihren hochhackigen Sandalen. Sie sah beinahe niedlich dabei aus. Wenn auch nicht auf herkömmliche Weise. »Dein Sarkasmus zeigt sich heute ja schon sehr früh«, stellte sie fest und setzte sich ins Auto.

»Es ist nie zu früh für Sarkasmus«, fand Tosca.

»Wie auch immer …« Adriana knallte die Beifahrertür zu, drehte das Autoradio an und holte einen Lippenstift aus ihrer Tasche. Sie fuhr sich die Lippen nach. Ohne Spiegel natürlich. »Wie findest du die Farbe?«

Tosca konzentrierte sich auf den Mund ihrer Freundin.

Ein Desaster.

Die Farbe war in Ordnung. Pink? Das war aber auch schon alles, was man irgendwie positiv bewerten konnte.

»Passt zum Nagellack.« Das entsprach kein bisschen der Wahrheit. Der war nämlich orange.

Adriana blickte entzückt auf ihre Nägel. »Stimmt!«, rief sie begeistert und drehte das Radio noch lauter.

Sie war so leicht glücklich zu machen. So, so leicht. Deshalb liebte Tosca ihre Freundin ja auch.

»Sollen wir hier Wurzeln schlagen?«, erkundigte Adriana sich gespielt ernst.

Tosca konnte nicht anders, als zu lachen. Adriana konnte zwar nerven, aber sie versprühte gleichzeitig gute Laune. Immer. Und sie schaffte es auch, dass sie sich ebenso überschäumend enthusiastisch fühlte wie ihre Tochter. Adriana sang, kicherte, lästerte, beklagte sich, freute sich. Alles zusammen. Alles getrennt. Wie es gerade passte. Diese totale Gefühlsanarchie färbte meistens auf sie ab. Zum Glück. Anders war ihre Freundin manchmal kaum zu ertragen.

Die Stimmung war dann auch total ausgelassen, als sie endlich den Parkplatz des Theaters erreichten, das sich im nächsten Provinzstädtchen befand. Tosca musste ein paarmal herumfahren, weil alle Plätze besetzt zu sein schienen.

»Wieso waren wir hier eigentlich noch nie?«, wunderte sie sich und zog die Handbremse an, als sie endlich eine Lücke ausfindig gemacht hatte und das Auto stand.

Adriana zog die Schultern hoch. »Weil die Post bisher keine Karten spendiert hat?«, konterte sie mit einer Gegenfrage.

Ja, die Post hatte ihren Mitarbeitern Karten geschenkt. Und Adriana hatte natürlich Tosca mitgenommen. Wen auch sonst?

Sie stiegen aus. Adriana summte dabei heiter vor sich hin. Das hörte Tosca ganz deutlich.

»Ist was, Adri? So gut drauf warst du schon seit Ewigkeiten nicht mehr.« Irgendetwas am Verhalten der Freundin machte sie plötzlich stutzig, wenn sie auch nicht zu fassen bekam, was.

»Nein, nein …«, stritt ihre Freundin ab und tänzelte wieder nicht sehr graziös auf den erleuchteten Eingang zu.

Hm.

Mit dieser Antwort hatte Adriana sie kein bisschen überzeugt. Sie kannte ihre Freundin schließlich lange genug.

»Huhu!«, rief diese nun schon und hob winkend einen Arm.

Mit Schrecken sah Tosca, dass vom Eingang her zwei Menschen zurückwinkten.

Zwei Männer, wohlgemerkt.

»Ach, *merda*, Adri. Du hast es schon wieder getan?!« Tosca wusste nicht, ob sie schreien oder heulen wollte. Am ehesten noch beides zusammen. Sie blieb wie angewurzelt stehen. Noch nicht nahe genug, um die Männer mit Sicherheit zu identifizieren. Adriana hielt eher widerwillig an.

»Keine Frau, die etwas auf sich hält, geht ohne männliche Begleitung ins Theater.«

»Sag bitte, dass das nicht Pompeo und Renzo sind …«

Tosca wurde schlecht.

»Hast du etwa eine Alternative? Hm? Ja? Dann bitte immer her damit!«, forderte Adriana eingeschnappt.

»Jedes gottverdammte männliche Wesen des gesamten Universums wäre eine würdige Alternative zu den beiden Witzfiguren!«

»Du bist viel zu wählerisch.«

War sie gar nicht. Wirklich. Überhaupt nicht. Sie war nur

einfach nicht an der gleichen Männer-Obsession erkrankt, an der Adriana seit Ewigkeiten litt.

»Pompeo hat Mundgeruch!«, protestierte sie schwach.

»Dann halt dir die Nase zu!« Adriana rollte mit den Augen. Schließlich seufzte sie ergeben, wobei sie die Schultern hängen ließ, was die Stola unschön rutschen ließ und ihr die traurige Ausstrahlung einer verwelkten Diva verlieh. »Komm schon! Renzo, der ist richtig witzig. Das weißt du. Und wenn du magst, setze ich mich neben Pompeo. Das wird lustig. Und wir müssen sie schließlich nicht heiraten. Einfach nur einen netten Abend haben. Das wollen wir schließlich beide, nicht?«

Ja. Tosca wollte einen netten Abend haben. Und Renzo war ... na ja, das kleinere Übel. Ein paarmal waren sie ja schon alle gemeinsam weggewesen – natürlich ohne ihre Einwilligung, von Adriana organisiert.

Sie seufzte. Mit etwas Anstrengung würde sie die nächsten paar Stunden bestimmt überleben.

»Na schön. Aber das ist das letzte Mal, dass ich bei so was mitmache.«

Adriana nickte übertrieben und geheuchelt unterwürfig.

»Ich meine es ernst, Adri. Und jetzt lass uns schon rein in dieses bescheuerte Theater!«

Das Theaterstück – »Zeig's ihm, Ludovico!«, hieß es – erwies sich als ziemlich unterhaltsam. Anscheinend aber nur für Tosca. Ihr Sitznachbar Renzo war anderer Meinung. Und ihre Freundin hatte eh nur Augen für Pompeo. Auf tragisch-komische Weise fühlte Tosca sich zurückversetzt in ihre Teeniezeit. Nur dummerweise in die weniger schönen Momente dieser Phase. Sie war sich ziemlich sicher, dass sie sich während der Kinobesuche mit den Jungen aus ihrer Klasse ähnlich unwohl gefühlt hatte. Ihre Klassenkameraden waren allesamt richtige Doofis gewesen.

»Was war daran bitte lustig?«, hörte sie Renzo fragen.

Sie versuchte so zu tun, als sei die Frage nicht an sie gerichtet. Ihr Sitznachbar ignorierte ihr Schweigen.

»Die Kunst, einen Witz so zu erzählen, dass er die Menschen zum Lachen bringt, ist nicht jedem gegeben«, sinnierte er weiter und rieb sich das Kinn. Glücklicherweise starrte er dabei trotzdem auf die Bühne, sodass Tosca ihn ihrerseits ignorieren konnte.

Neben ihr kicherte Adriana die ganze Zeit. Ein paar Leute fingen an, sich genervt nach ihr umzublicken. Tosca rutschte etwas tiefer in ihren Sitz.

»Unbequem? Magst du auf meinen Schoß?«

Lieber wollte sie ein Klo putzen. Nach Benutzung durch einen Durchfallerkrankten. Also schüttelte sie den Kopf, hoffte, das möge ausreichen, um ihn davon abzuhalten, sich weiter mit ihr zu befassen.

Weit gefehlt.

»Magst du mal einen richtig guten Witz hören?«, flüsterte er ihr zu und beugte sich sehr, sehr zuversichtlich, um nicht zu sagen aufdringlich, zu ihr.

Nein, nein, nein, flimmerte es wiederholt vor ihrem inneren Auge auf. Renzos Frage entpuppte sich aber ohnehin als rhetorisch.

»Eine Frau so: ›Herr Doktor, meine Spirale ist im Arsch!‹ Der Arzt: ›Da gehört die aber auch nicht hin!‹« Er lachte schallend. An einer ausnahmsweise ernsten Stelle des Theaterstücks. *Psst*, zischte man ihnen zu, und Tosca wollte sterben. Was für ein Albtraum!

*

Er schrak hoch, rieb sich die Augen, blickte verwirrt auf seine Armbanduhr. In einen traumfreien Tiefschlaf war er gefallen. Aber hatte er wirklich ganze *zwei Stunden* geschlafen? Wie war das möglich? Leise stöhnend erhob er sich aus dem Sessel, wobei ihm das Buch aus der Hand fiel, das er zuvor ohne großen Enthusiasmus angefangen hatte durchzublättern. Er nahm es vom Boden, stöhnte noch lauter und erlaubte der Gewissheit, dass er miserable Laune hatte, ihn mit aller Wucht zu erreichen. Eigentlich war er ein umgänglicher Mensch, hatte gelernt, so zu sein. Oder hatte vielleicht das Leben ihn gelehrt, umgänglich zu sein? Genervt über seinen beinahe philosophischen Gedanken ging er hinüber zur Küche, wo er – wohl eher aus Gewohnheit – den Kühlschrank öffnete. Das Licht darin störte ihn, weil es die Leere so gnadenlos deutlich unterstrich. Er war noch nicht einkaufen gewesen. Er hatte nicht einmal richtig ausgepackt. Er … nun, wenn er ehrlich war, war er gar nicht richtig *angekommen*. Die letzten Stunden hatte er mit der Inspektion des Hauses, des Strandes und mit Lesen verbracht. Und eigentlich wollte er nur nach Hause. Dringend.

Ein leises Schaben lenkte ihn ab. Von sich selbst. Von seiner Sehnsucht. Es fiel ihm schwer, das Geräusch einzuordnen. Erst als ein Jaulen ertönte, begriff er, dass offenbar ein Tier an seiner Tür kratzte.

Er öffnete. Vor ihm saß ein Hund. Klein und dick. Eigentlich nicht sehr hübsch. Eher sogar das Gegenteil. Vielleicht ein Boxer-Mischling. Der Hund trug kein Halsband, wie er sofort erkannte, also auch keine Marke. Dafür wusste das Tier aber umso genauer, was es wollte. Es spazierte gemächlich an ihm vorbei, direkt ins Wohnzimmer, wo es sich vor den Kamin legte, in dem kein Feuer brannte.

»Ähm …«, setzte er an. Dann aber fiel ihm nichts ein, was

er zu einem Hund hätte sagen können. Er schloss also die Tür, ging die paar Schritte rüber und setzte sich wieder auf den Sessel, den er erst vor ein paar Minuten verlassen hatte. Überlegte. Die Sitzfläche war noch warm. »Ich nehme nicht an, dass du mir verraten willst, wie du heißt …«

Der Hund hob müde die Augenbrauen, sah ihn an. Recht aufmerksam sogar.

»Dachte ich mir schon … Na, vielleicht interessiert dich andersherum mein Name. Gestatten, ich bin Moreno.«

Nun gähnte der Hund. Ausgiebig. Dann schloss er die Augen. Moreno lehnte sich zurück und merkte, wie seine Schultern sich entspannten. Dass sie angespannt gewesen waren, wurde ihm erst jetzt bewusst. Er fuhr sich durchs Haar und war sich so fremd wie vielleicht noch nie in seinem Leben. Hätte ihm vor einer Woche noch jemand gesagt, dass er sich schon bald mit einem seltsamen Hund als einzigen Begleiter in einem einsamen Strandhäuschen wiederfinden würde, er hätte schallend gelacht. So richtig laut. Jetzt hingegen umgab ihn eine Stille, die ihm fast ein bisschen Angst machte. Tatsächlich war nicht viel mehr zu hören als das allzu menschliche Schnarchen des Hundes. Der fühlte sich im Gegensatz zu ihm ja offenbar wohl.

Mit vorgeheuchelter Entschlossenheit ging er erneut in die Küche, wo er eine Tragetasche abgestellt hatte, in der sich ein paar belegte *panini* befanden. Die hatte er auf dem Weg nach Mareblu an einer Raststätte gekauft und zuvor schon ein, zwei Bissen davon genommen. Er griff sich eines heraus, sah sich den Schinken an, der inzwischen nicht gerade appetitlich wirkte, und beobachtete den Hund, wie der in aller Ruhe auf ihn zutrottete – ganz so, als hätte er vor ein paar Augenblicken gar nicht wirklich geschlafen. Moreno blieben jedenfalls Zweifel.

»So müde warst du also gar nicht, du Schuft!«, bemerkte er und warf ihm den Schinken zu, den der Hund erstaunlich wendig aufschnappte.

Was sollte er bloß mit dem Tier anfangen? Irgendwem musste es doch gehören …

Moreno schob den Gedanken beiseite. Er würde sich später drum kümmern. Es war schon Abend. Zu dieser Uhrzeit würde er niemanden finden, der ihm bei der Suche nach dem Zuhause des Hundes behilflich sein könnte. Und, wenn er ehrlich sein sollte, dann fand er es gar nicht so unangenehm, seine Einsamkeit mit jemandem zu teilen. Wenn auch mit jemandem, der nicht gerade taufrisch roch. Moreno rümpfte die Nase und erschrak fast ein bisschen beim Klang seines eigenen Lachens. Er erkannte diesen Klang kaum. Lachte er hier in Mareblu anders als sonst, oder lag es daran, dass er meist nicht darauf achtete?

Das Brot war trocken. Er musste mit Wasser nachspülen, das er direkt vom Wasserhahn trank. Der Hunger war ihm vergangen. Also ging er zurück zum Sessel, vertiefte sich noch mal in der Lektüre und merkte irgendwann, dass seine Augen brannten.

Überrascht stellte er fest, dass es stockdunkel draußen war. Und er spürte gleichzeitig, dass er bereit war. Bereit für den zweiten Punkt der Liste. Als hätte sein Unterbewusstsein die ganze Zeit darauf gewartet.

»Kommst du mit raus?«, fragte er den Hund.

Als Moreno sich wenig später in den weichen Sand setzte, kuschelte sich der Hund eng an ihn. Er hatte noch nie ein Haustier gehabt, auch kein zugelaufenes. Plötzlich bereute er das sehr, denn die Dankbarkeit, die ihn durchströmte, war wärmer als jede menschliche Umarmung jemals sein könnte.

Moreno legte sich hin, entspannte die Muskeln. Der Himmel war so klar wie seine Gedanken.

Sterne.

Pling, pling, pling.

Sie waren unglaublich schön, hell und funkelnd, sodass Moreno beinahe glaubte, sie aufpoppen zu hören mit einem unbeschreiblichen Klang.

»Wie Popcorn …«, überlegte er laut. Dieser Gedanke amüsierte ihn. Und ganz automatisch legte er die Hand auf den dicken Kopf des Hundes. Begann ihn zu kraulen, bis dieser wohlige Geräusche von sich gab.

Lange lag er einfach nur so da. Er fühlte sich schwerelos. Gestaltlos. Vielleicht verwandelte er sich selbst in einen Stern. Vielleicht schwebte er zu ihnen in die Unendlichkeit. Vielleicht poppte auch er gerade auf. Ja. An dieser kaum greifbaren Idee hielt er fest, denn er war sich sicher, dass sich hinter dem Schleier der Metapher eine unleugbare Wahrheit versteckte. Wenn ihm auch noch nicht klar war, wie sie genau aussah.

»Was meinst du? Wollen wir wieder rein?«, fragte Moreno den Hund, als dieser anfing, unruhig zu werden. Früher hatte er Menschen, die ständig mit ihren Hunden redeten, lächerlich gefunden. Jetzt konnte er kaum noch nachvollziehen, warum das so gewesen sein mochte. In diesem Moment empfand er es als vollkommen logisch, mit dem Hund nicht nur zu sprechen, sondern ihn auch nach seiner Meinung zu fragen.

Dessen verhaltenes Schwanzwedeln, das er als Zusage deuten konnte, bestätigte ihn. Also richtete auch er sich auf und merkte erst dabei, dass die Feuchtigkeit, die vom Meer und aus dem Sand in seine Knochen gekrochen war, ihn wenig gelenkig gemacht hatte.

Ein Glas Wein wäre jetzt nicht schlecht, überlegte er und

ging, dicht gefolgt von seinem neuen Freund, auf das Haus zu. Und zum ersten Mal überhaupt sah er es sich richtig an, sein vorläufiges Zuhause. Er hatte das Licht nicht gelöscht, bevor er es verlassen hatte. Es schien nun durch die Fenster und verlieh dem kleinen Gebäude etwas Heimeliges. Auch der hellblaue Anstrich der holzverkleideten Außenwände wirkte einladend, obwohl die Farbe in der fast kompletten Dunkelheit nur zu erahnen war. Moreno beschloss spontan, Frieden zu schließen. Mit dem Haus, mit der Situation, vielleicht sogar mit sich selbst. Und mit neuem Mut betrat er es. Was sich schon gleich viel besser anfühlte. Er bedauerte es trotzdem, keinen Wein mitgenommen zu haben. Bei ihm in der Küche, in seiner Wohnung im Zentrum von Bologna, standen immer ein paar Flaschen bereit. Moreno liebte Wein, zumindest den roten. Er fand immer, dass bei Rotwein bereits die Farbe ein Genuss war. Weißwein akzeptierte er nur in den seltensten Fällen. Er schnalzte mit der Zunge. Fast so, als hätte er gerade einen samtigen Merlot die Kehle heruntergeschickt.

»Magst du Wein?«, erkundigte er sich beim Hund. Der lief aber nur an ihm vorbei, wieder direkt vor den Kamin, wo er sich zusammenrollte auf dem hellen Teppich, der mit seinen Farben ein bisschen an das Meer erinnerte.

Moreno nutzte die Zeit, um eine Einkaufsliste zu schreiben. Eine ziemlich ungewohnte Tätigkeit für ihn. Wenn er es sich recht überlegte, dann hatte er das zuletzt … hm … irgendwann vor Jahren getan. Inzwischen brauchte er sich nicht mehr darum kümmern. Dazu hatte er Pierina, seine Haushälterin. Natürlich schaffte er es trotzdem, die paar Dinge aufzuschreiben, die er in den nächsten Tagen brauchen würde. Es war ja nicht viel. Schließlich war er allein. Er überlegte kurz, setzte Hundefutter mit auf die Liste. Noch wusste er nicht, was aus dem Tier werden würde.

Und dann widmete er sich gleich auch einer weiteren Liste. Punkt 2 strich er durch. Dann packte er sie wieder weg.

Ihm fiel das Buch ein, das er angefangen hatte zu lesen. Auch das stand auf der Liste.

Lies! Lies ganz, ganz viel.
So viele Bücher, wie du tragen kannst!

Kapitel 3

Tosca blickte auf den gedeckten Frühstückstisch. Es war alles da. Brötchen – frisch aus dem Ofen. Marmelade – natürlich Erdbeere. Schokoaufstrich – nun, sie würden das Glas auslöffeln müssen, denn viel war nicht mehr drin. Saft – ja, aber nicht frisch gepresst. Milch. Tee. Kaffee. Fehlte nur noch Iolanda, die sie – oh Wunder – rechtzeitig geweckt hatte. Und der morgendliche Spaziergang am Meer mit ihrem geliebten Eimer, der konnte heute mal warten, fand Tosca.

»Feiern wir etwas?«, erkundigte sich Iolanda, als sie bereits fertig angezogen in die Küche kam und sich auf den Stuhl gleiten ließ. Ihr volles, lockiges Haar berührte dabei den Tisch und hinterließ einen süßen Duft nach Mandelmilchshampoo.

»Wir feiern, dass wir uns haben!«, antwortete Tosca spontan. Denn das war wahrlich ein Grund zum Feiern. Ja, eigentlich sollten sie ihre Zweisamkeit dauernd feiern. Und nicht zu knapp.

Iolanda rollte mit den Augen – mal wieder. Das Funkeln darin zeigte Tosca aber, dass ihr so dahingesagter Satz vielleicht gar nicht so banal gewesen war.

»Wie war das Theater?«, erkundigte sich ihre Tochter, während sie sich ein Brot strich.

Tosca verschluckte sich beinahe am Tee. »Frag nicht!« Der Abend war – natürlich – mit ihrem Versuch geendet, Renzos Avancen abzuwehren. Sie würde mit Adriana, die – natürlich – nur allzu gerne Pompeos Annäherungsversuchen nachgegeben hatte, noch ein Hühnchen rupfen.

»So scheiße?« Iolanda hob interessiert die Augenbrauen.

Tosca winkte ab, wobei ihre Armbänder empört klimperten. Muscheln, Steine, Glas, Glöckchen schlugen gegeneinander. Eigentlich liebte Tosca diesen Klang. Nur jetzt irgendwie nicht. Also legte sie ihren Arm vorsichtig auf den Tisch.

»Ma, ich fände es okay … ich meine … wenn du mal wieder mit einem Mann antanzen würdest.«

»Oh, glaub mir, das wird nicht passieren. Dazu fehlt ein wichtiges Puzzlestückchen, nämlich der Mann.«

»Du musst doch … also, nach der Sache mit meinem Erzeuger … da musst du doch … du kannst nicht leben wie eine Nonne, Ma.«

Puh. Tosca begann zu schwitzen, das gemütliche Frühstück rückte in unerreichbare Ferne. Manchmal war es anstrengend, so eine weltoffene junge Tochter zu haben. Bei aller Liebe hatte Tosca es bisher immer vorgezogen, Ioio nicht einzuweihen, wenn sie mal mit einem Mann wegging. Das war in den vergangenen vierzehn Jahren allerdings auch nicht allzu oft passiert. Und da waren die von Adriana organisierten Treffen gar nicht mal mitgezählt. Richtige Dates hatte es nur vereinzelt gegeben. Es hatte sich einfach nichts Interessantes ergeben, sie hatte auch nicht unbedingt auf Biegen und Brechen gesucht. In den letzten Jahren war eine Beziehung schlicht nicht ihre oberste Priorität gewesen.

Erzeuger.

So nannte Iolanda ihren Vater. Und sie hatte recht. Viel mehr war er nie gewesen. Nicht für sie, nicht für ihre Tochter. Und sie hatte immer offen mit ihr darüber gesprochen, wie das damals passiert war. Auf Sizilien, während ihres Sommerjobs. Punkt.

Beide schraken hoch, als es deutlich und fest an der Tür klopfte. Tosca und Iolanda sahen sich an. Unzählige Fragen wie *Wer kann das denn jetzt sein?*, *Erwartest du jemanden?*, *Hast du was angestellt?* und *So früh am Morgen schon Besuch?* hingen unausgesprochen in der Luft. Tosca fuhr sich instinktiv durchs Haar. Dass sie so früh aufgestanden war, hieß nicht, dass sie auch schon akzeptabel aussah.

Iolanda kam ihr zuvor, wie meistens eigentlich, und ging bereits auf die Tür zu. »Ja?«, rief sie laut. Tosca stellte sich hinter ihre Tochter.

»Ich bin's, Annalisa. Macht ihr auf?«

Tosca fiel die Kinnlade herunter.

Diese Stimme … Der Tag gestern, der war kein Zufall gewesen. Sondern eine Vorahnung. Das wusste sie jetzt.

Iolanda drehte sich zu ihr um. Ihr Gesicht zeigte noch immer Erstaunen, aber auch eine Mischung aus Interesse und vielleicht sogar Freude. Sie hatte ihre Augenbrauen fast bis in den Haaransatz gezogen.

In Tosca regte sich so etwas wie Panik. Sie wusste einen Augenblick lang wirklich nicht, was sie tun sollte. Vielleicht sollten sie einfach vorgeben, nicht zu Hause zu sein. Dann aber fiel ihr ein, dass es dazu wohl zu spät war. Also sammelte sie sich, griff an ihrer Tochter vorbei und öffnete die Tür.

Und da stand sie.

Ihre Mutter in Person.

Ihr unerwartetes Auftauchen traf Tosca wie eine wuchtige Ohrfeige mit viel Schwung.

Peng!

»Lasst ihr mich rein?«

Pah. Einfach so? Nach … Monaten, nein, wahrscheinlich sogar Jahren? Totale Funkstille und jetzt … das?

Tosca schluckte. Eigentlich hätte sie am liebsten die Tür zugeschlagen. Nur fiel Iolanda ihrer Großmutter schon um den Hals. Aus welchem Grund auch immer. Iolanda hatte … nun, sie hatte weder ein gutes noch ein schlechtes Verhältnis zu ihrer Großmutter. Sie hatte einfach gar kein Verhältnis zu ihr. Das schien im Moment beide nicht zu stören.

»Komm, Annalisa, wir frühstücken gerade«, sagte Iolanda und nahm ihre Großmutter entwaffnend spontan an der Hand. Annalisa folgte ihr. Steif, wie immer. Selbst so früh am Morgen war diese Frau perfekt gekleidet, perfekt frisiert, perfekt in ihrer Rolle als *signora* Unnahbar. Gott, Tosca wurde übel. Vielleicht halluzinierte sie ja auch nur. Das war einfach zu grotesk. Ihre Mutter, mit der sie noch nie ein gutes Verhältnis hatte, stand urplötzlich bei ihr auf der Matte. Wo war sie überhaupt so früh hergekommen? Annalisa lebte ja nicht einmal in der Nähe!

»Ma, kommst du?«, rief Iolanda und holte sie dabei aus ihrer Schockstarre.

Das Bild, das sich ihr in der Küche bot, war so ungewohnt und gleichzeitig so selbstverständlich, dass es ihr weiterhin die Sprache verschlug. Ihre Mutter, an ihrem Tisch! Ihre Mutter, die von ihrem Geschirr trank und aß! Das war nicht witzig, das war nicht gut, das war … überhaupt nichts. Nichts.

»Annalisa hat erzählt, dass sie im Hotel wohnt«, erklärte Iolanda, die genüsslich von ihrem Brötchen abbiss – als könnte diese Tatsache irgendetwas erklären. Was stimmte nicht mit ihrer Tochter? Wie schaffte sie es, sich Annalisa gegenüber so natürlich und normal zu geben?

Tosca ließ sich auf ihren Stuhl fallen. Ihr gelang es noch nicht einmal, ihre Mutter anzusehen. Alles war falsch. Alles. So, so falsch. Aber die freundliche Art von Iolanda machte es ihr unmöglich, Annalisa hinauszuwerfen. Wäre es nach ihr gegangen, sie hätte ihre Mutter noch nicht mal hereingelassen.

»Also, ich muss jetzt leider los«, sagte Iolanda bedauernd. Sie suchte den Blickkontakt zu ihr. Tosca zwinkerte ihr zu. Alles gut, wollte sie ihr damit vermitteln. Dafür bekam sie einen Kuss von ihr. Annalisa … der winkte Iolanda nur zu.

Und dann Stille.

Typisch.

Zwischen ihnen gab es kaum anderes. Stille. Immer nur Stille.

Annalisa trank aus. Keine Ahnung, was Iolanda ihr eingeschenkt hatte. Es war Tosca auch egal. Aber sie schaffte es endlich, ihre Mutter anzusehen. Irgendetwas verwirrte sie an diesem Anblick. Irgendetwas in dem Gesicht der Frau ließ sie stutzen. Nichts war anders als sonst, sofern Tosca das beurteilen konnte. Und doch … irgendetwas fehlte. Die Selbstsicherheit? Die Unnahbarkeit? Der Stolz? Schwer zu sagen, schwer zu greifen.

»Sergio ist … verstorben. Letzte Woche«, berichtete Annalisa.

Oh, verdammt. Verdammt, verdammt, verdammt. Tosca wünschte sich in diesem Moment, zu der Sorte Mensch zu gehören, die sich von so einer Nachricht nicht beeindrucken ließ. Es sollte ihr egal sein.

»Tut mir leid«, sagte sie stattdessen. Das stimmte sogar. Dagegen konnte sie nichts tun. Sie hatte den Partner ihrer Mutter kaum gekannt. Dennoch war es ihr menschlich unmöglich, kein Bedauern zu empfinden.

Annalisa blickte starr vor sich hin. Tosca kannte sie gut

genug, um keinen Tränenausbruch fürchten zu müssen. Sie hatte ihre Mutter nie weinen gesehen, war sich noch nicht einmal sicher, ob sie überhaupt in der Lage dazu war. Dennoch war sie wahrscheinlich noch nie so nah dran gewesen, es herauszufinden. Das spürte sie deutlich.

»Einfach so«, setzte Annalisa nach.

Einfach so. Ja, Menschen starben. Einfach so.

Mist, Tosca war danach, die Hand ihrer Mutter zu berühren. Wieso? Wieso empfand sie so etwas wie … keine Ahnung … Mitleid?

»Tut mir leid.« Bei allem Mitleid. An irgendeinen anderen Satz konnte sie gerade nicht denken.

»Ja, es … nun …« Annalisa fand offenbar keine Worte. Auch das war eher ungewöhnlich. Ihre Mutter war Meisterin darin, mit Worten umzugehen. Sie konnte sie sogar wie Waffen einsetzen. Und das hatte Tosca sehr oft persönlich erleben müssen. Als Zielscheibe sozusagen.

»War das Begräbnis bereits?«

»Ja. Letzte Woche.«

Tosca hatte nichts gewusst. Sie hatte keine Ahnung, wie Sergios Sarg aussah, wo er lag. Nichts. Ein weiterer schwarzer Fleck an der Stelle, wo andere Menschen Bilder bewahrten, die wichtig waren. Bilder, die in schwierigen Stunden halfen. Bilder, die manchmal sogar erst bewirkten, dass die Stunden schwierig wurden.

»Nun. Ich habe einen Tapetenwechsel gebraucht. Das Meer. Es wird mir … es wird mir sicherlich …«, sprach Annalisa weiter, brachte den Satz aber nicht zu Ende.

Ja. Das Meer. Natürlich. Annalisa brauchte das Meer.

Jetzt nickte Tosca. Irgendetwas musste sie ja tun. Sie kam sich dabei vor wie ein Roboter, dem man beibrachte, sich menschlich zu verhalten, um nicht aufzufallen.

»Keine Sorge. Ich werde euch nicht belästigen. Wie gesagt, ich wohne im Hotel.«

Gut.

Gut?

Gut!

Annalisa erhob sich.

War es das? Wollte Tosca, dass es das war?

Sie fand keine Antwort. Keine einzige.

»Danke für den Kaffee.« Ihre Mutter war bereits im Flur. Tosca folgte ihr, warum auch immer. Dann drehte Annalisa sich aber noch einmal um, bevor sie die Tür erreichte. »Iolanda … sie ist wirklich ganz reizend.« So etwas wie ein Lächeln huschte über ihr Gesicht.

Keine Ahnung, ob es das unerwartete Kompliment war. Eher vielleicht ein plötzlich aufgetretenes magnetisches Feld, das ihre Gedanken in die falsche Richtung steuerte. »Kommst du mal zum Mittagessen vorbei?«, war jedenfalls das, was Tosca aus einem Impuls heraus sagte. Die Einladung überraschte sie beide gleichermaßen. Hätte sie laut geflucht, das hätte wohl eine ähnliche Reaktion hervorgerufen.

»Gern«, sagte Annalisa einfach nur. Und dann war sie auch schon draußen und schloss leise die Tür hinter sich.

Toscas Anspannung ließ so plötzlich nach, dass sie sich gegen die Wand lehnen musste, an der sie dann langsam entlangrutschte, bis sie saß.

War das alles eben wirklich passiert?

Nein, oder?

Schwer zu sagen, wie lange sie verwirrt am Boden gesessen hatte. Erst als es erneut an der Tür klopfte, wurde ihr überhaupt richtig bewusst, dass Zeit vergangen war. Trotzdem konnte sie nicht einschätzen, wie viel davon. Dass erneut ihre Mutter vor der Tür stehen würde, stand für sie außer Frage.

Sicherlich hatte sie es sich anders überlegt. Oder sie hatte wieder in ihr altes Muster gefunden und ihr war eingefallen, dass sie noch gar nicht mit ihr geschimpft hatte. Annalisa schimpfte schließlich immer mit ihr, wenn sie nicht mal wieder totale Stille vorzog. Vielleicht wollte sie das jetzt nachholen. Vielleicht hatte sie irgendetwas in der Küche bemerkt – eine kaputte Tasse? – und wollte ihr das mitteilen. Wieder war sie versucht, das Klopfen zu ignorieren. Wieder tat sie es nicht. Dieses Mal aber war sie dazu entschlossen, ihrer Mutter endlich gehörig die Meinung zu sagen, ihr zu verstehen zu geben, dass das so nicht ging. Dass sie nicht einfach so aufkreuzen konnte.

Sie raffte sich auf. Öffnete, ohne zu fragen. Umso größer war die Überraschung dann, als sie nicht Annalisa vorfand.

»Oh«, war das Einzige, das sie herausbrachte. Ihre Sprachlosigkeit begann ihr allmählich auf die Nerven zu gehen.

»Verzeihen Sie die Störung.«

»Oh.« Also bitte! Was war nur mit ihr los?

Hektisch versuchte sie, diesen Mann einzuordnen. Sie versuchte, beim Anblick seines Haares nicht an eine perfekte Welle aus flüssigem Silber zu denken. Sie versuchte auch, sich einzureden, dass seine dunklen – schwarzen? – Augen gar nicht so tief waren, wie sie auf den ersten Blick wirkten. Das alles versuchte sie gleichzeitig. Und damit war sie natürlich heillos überfordert.

Der Mann räusperte sich.

Erst auf den zweiten Blick fiel ihr jetzt auf, dass er nicht allein war. Hinter ihm stand … war das Oronzo?

»Bitte, verzeihen Sie mir, ich war nur gerade etwas verwirrt. Kann ich Ihnen behilflich sein?« Das war die Frage, die sie laut aussprach. Stumm fragte sie sich aber, ob der Mann alt war? Zu alt? Oder eher *alterslos?* Konnte so ein attraktiver

Mann überhaupt über sein Alter eingestuft werden? Wieso versteckte ein Bart – ebenfalls silberfarben – nur so große Teile seines Gesichts? Wieso interessierte sie das alles?

»Das hoffe ich. Wissen Sie, ich bin Ihr Nachbar.«

Nachbar?

»Kommen Sie doch kurz rein. Das … also, so zwischen Tür und Angel … das geht nicht. Oder?«

Sie stammelte. Wieso stammelte sie bitte?!

»Das ist sehr nett von Ihnen. *Grazie!*«

Sie zeigte vage ins Haus, er schlängelte sich geschmeidig an ihr vorbei in den Flur. Sein Duft traf sie wie eine Faust, die sich langsam öffnete, um sie dann sanft zu umschließen.

»Gehen Sie doch einfach gerade durch auf die Terrasse. Kaffee?«

»Gerne.«

Sie schaffte es, ohne irgendetwas umzuschmeißen, ihm ein Tässchen zu bringen und sich zu ihm zu setzen. Dass ihre Hand trotzdem leicht zitterte, war Annalisas Schuld. Die Nachwirkungen. Die Überraschung. Sagte sie sich zumindest. Denn gleichzeitig war es auch die Schuld des Mannes, der mit seiner Attraktivität ihre gesamte Terrasse füllte.

»Es geht um den Hund«, stellte der Mann klar. Ein bisschen bedauerte sie das. Warum auch immer.

»Oronzo?«

»Sie kennen ihn?«

»Wer kennt ihn nicht?«

Sie lachten beide, obwohl es gar keinen Grund dazu gab.

»Oronzo ist Lucianinas Hund. Wohnen Sie in ihrem Haus?«

»Ja. Am anderen Ende des Strands.«

»Lucianinas Haus«, bestätigte sie. Es gab ja auch keine weitere Immobilie an ihrem Strand. Zwei Häuser. Eines am einen Ende, das andere am anderen Ende. Zwischen ihnen lag …

was mochte das sein? … ein halber Kilometer? Eher etwas weniger. »Lucianina bewohnt das Haus ab und an selbst«, erklärte sie. »Oronzo bleibt hingegen immer hier. Lucianina meint, er bekäme in der Stadt Depressionen und ließe sich einfach nicht ins Auto verfrachten.«

Der Mann lachte laut auf. »Klingt irgendwie nach ihm …«, sagte er.

Es hörte sich schön an, wie er lachte.

»Er kommt immer gut über die Runden. Meistens wird er von den Gästen des Hauses adoptiert. Wenn das Haus mal leer steht, dann kommt er zu uns oder in den Ort.«

»Tja. Dann bin ich wohl gerade an der Reihe, den Guten durchzufüttern.«

»Sollte Ihnen das zu anstrengend werden, dann ignorieren Sie ihn einfach. Er wird das akzeptieren und sich anderswo was holen.«

»Ach, eigentlich bin ich ganz froh über seine Anwesenheit. Es ist doch recht einsam hier …«

»Sind Sie allein da?« Sie sprach diese weitere Frage ganz spontan aus. Einen Moment später hätte sie sich dafür ohrfeigen mögen. Wie indiskret von ihr!

»Ja …« Er sah kurz weg, trank dann den Kaffee. Oronzo, der ihnen selbstverständlich gefolgt war, begann sich zu regen. »Na, ich sollte dann wohl allmählich los. Danke für die Information.«

»Ja. Gerne.«

Er erhob sich. Sie tat es ihm gleich.

Er lächelte kurz, vielleicht ein bisschen verlegen.

»Habe ich mich überhaupt schon vorgestellt?«, fragte er plötzlich.

Sie schüttelte den Kopf.

Er schien sich ein bisschen über sich selbst zu ärgern. »Tut mir leid, ich bin Moreno.« Er reichte ihr die Hand. Sie sah, dass er einen Silberring mit einem großen Stein trug.

Sein Händedruck war angenehm fest. »Tosca.«

»Tja … dann …« Er zeigte in Richtung Flur.

»Ja …«

Und dann tat er es wirklich. Er ging. Oronzo folgte ihm zielsicher.

Tosca setzte sich.

Sie fühlte sich seltsam erschöpft.

Was für ein Morgen! Sie fuhr sich durchs Haar, das sich in ihren Armbändern verhedderte.

Ihr Schmuck. Ja. Sie musste an die Arbeit. Egal, wie seltsam der Tag auch begonnen haben mochte, sie musste ihr Pensum schaffen. Zuerst räumte sie aber auf und duschte. Sie bedauerte es, dass sie nicht mehr mit dem Eimer losziehen konnte. Dazu war es bereits zu spät. Aber ihr Arbeitszimmer wartete auf sie. Sie hatte es sich im Dachgeschoss eingerichtet. So groß war das Haus ja nicht. Also hatte sie jeden Quadratmeter aufs Beste ausgenutzt. Im Sommer konnte es mitunter sehr heiß direkt unter dem Dach werden. Deshalb hatte sie zwei große Ventilatoren, die für die nötige Frische sorgten. Mitten im Raum, an der Stelle, wo das Dach sich am höchsten Punkt traf, stand ihr Arbeitstisch. Er war groß und hatte vier verschiedene Beine aus Treibholz. Sie war ziemlich stolz auf diesen Tisch, obwohl er wohl nicht als klassisch schön bezeichnet werden konnte. Aber er hatte Charakter. Und das war Tosca mit am wichtigsten an ihrem Mobiliar. An den niedrigen Stellen, die durch die Dachschräge entstanden, hatte sie unzählige Kisten stehen, in denen sich ihr Arbeitsmaterial befand. Sie waren alle beschriftet. Iolanda hatte das mal für sie gemacht. Der kindlichen Schrift nach zu urteilen schon vor Jahren. In ihrem Arbeitszimmer war Tosca penibel ordentlich.

Ein schlichter Schreibtisch mit PC hatte auch Platz gefunden. Und am PC startete ihr Arbeitstag meist. Bestellungen bekam sie über ihre eigene Webseite oder die vielen Anbieter, bei denen sie mit ihrem Shop vertreten war. Nicht selten landeten bis zu zehn Bestellungen pro Tag in ihrem Postfach. Sie musste sich ranhalten, damit sich die Arbeit nicht anstaute. Ihre Bestseller waren die Armbänder. Sie trug sie selbst unheimlich gerne. Sogar Adriana hatte ein paar. Beim Gedanken an ihre Freundin verzog sich ihr Gesicht zu einem Grinsen. Unmöglich war die Frau!

Gott, wenn sie an den Vorabend mit Adriana, Renzo und Pompeo dachte … der kam ihr inzwischen beinahe irreal vor. Dabei war gar nicht viel passiert seit gestern. Sie hatte nur ihre Mutter wiedergesehen. Aber das war ja auch wirklich eine Bombe. Wie immer waren Toscas Gefühle widersprüchlich. So viel war kaputt zwischen ihnen. Viel zu viel. Da reichte ein Leben nicht aus, um das zu kitten, dessen war sie sich sicher.

Und der dicke Oronzo hatte einen Besuch mitgeschleppt. Oder eher anders herum.

Nun, sie hatte jetzt einen Nachbarn. Moreno.

Sie dachte an seine Haare. Sie hatte noch nie an die Haare eines Mannes gedacht, fiel ihr auf.

Gehe endlich mal wieder selbst in einen Supermarkt!

Kapitel 4

Magie.

Ja. Tosca hatte immer das Gefühl, bei der Verarbeitung von Strandgut auch ein bisschen zu zaubern. Wenn sie winzige Löcher in die Muscheln bohrte, sie dann liebevoll auffädelte, damit sie sich von ihrer schönsten Seite zeigen konnten, war ihr so, als gäbe sie dem Meer die Möglichkeit, sich zu offenbaren. Und das Meer konnte unendlich viele Geschichten erzählen. Deshalb achtete sie immer darauf, viel Bewegung in ihre Kreationen zu bringen. Denn, wie sie wusste, standen die Gewässer niemals vollkommen still. Irgendein Element rührte sich im Wasser immer. Ein Fisch. Eine Alge. Wenn sie ehrlich war, dann machte ihr das Meer vielleicht sogar dann am meisten Angst, wenn die Oberfläche spiegelglatt war. Sie empfand das als unnatürlich, als falsch. Ein *Fake*. Tosca lachte. Iolanda hatte sie mit ihrem zeitgenössischen Sprachgebrauch infiziert. So stark, dass sich Worte und Ausdrücke in ihre Gedanken schlichen, die ihr nicht wirklich vertraut waren.

Heute war sie ohnehin nur halb bei der Sache. Für gewöhnlich schaltete Tosca beim Arbeiten vollkommen ab. Der

Tag hatte nur nicht gewöhnlich begonnen. Ganz und gar nicht.

Gott, sie wollte nicht an ihre Mutter denken. Diese ganzen Fragen … Konnte sie die nicht irgendwie abstellen? Wieso weckte der Gedanke daran, dass ihre Mutter wahrscheinlich allein mit ihrer Trauer in einem anonymen Hotelzimmer saß, Unbehagen in ihr? Es war schließlich nicht ihre Schuld. Weder, dass Sergio gestorben war, noch, dass sie und Annalisa kein *normales* Mutter-Tochter-Verhältnis hatten. Und doch fühlte sie sich schuldig. Tosca konnte sich aber auch keinen Vorwurf machen, wenn sie menschlich reagierte. Sie rief sich ins Gedächtnis, dass es ihre Mutter war, die immer wieder Fehler begangen hatte. Nicht sie. Sie hatte nichts falsch gemacht. Außer, ihrer Mutter jedes Mal aufs Neue blind zu vertrauen. Und ihr zu verzeihen. Sie dachte an die Zeit zurück, als sie zum ersten Mal den Eindruck gehabt hatte, von ihrer Mutter ausgenutzt worden zu sein. Da war sie wohl so alt gewesen wie Iolanda jetzt. Sie hatte sich mal wieder verzweifelt gefragt, warum ihr Vater sie vor seinem Tod so abgelehnt hatte. Ihr Vater, das war ein sehr pragmatischer, viel älterer Mann gewesen, der sich nach der Scheidung von Annalisa ganz auf seine Karriere als Universitätsprofessor konzentriert hatte. Er hatte nach der frühen Trennung zunächst jahrelang versucht, mit ihr in Kontakt zu bleiben. Das wusste Tosca. Inzwischen wusste Tosca aber auch, dass Annalisa es ihm besonders schwer gemacht hatte. Dass sie ihm gedroht hatte. Dass sie Tosca nach jedem Besuch bei ihm tausend Fragen gestellt und ihm bei jedem noch so kleinen Verstoß die Hölle heißgemacht hatte. Bis er irgendwann tatsächlich aufgehört hatte, sich um Tosca zu kümmern. Sie war von ihrer Mutter benutzt worden, um ihren Vater zu verletzen. Nach und nach hatte sie das begriffen. Es hatte doppelt geschmerzt. Weil sie sich von ihrer Mutter verraten, aber auch von ihrem Vater im Stich gelassen gefühlt hatte. Deshalb wollte sie auch, dass Iolanda ihren Vater nur als Erzeuger sah. Sie wollte ihr all das ersparen, was sie selbst durchgemacht hatte.

Tosca packte das letzte Armband ein und erhob sich. Sie streckte sich, bis ihre Knochen knackten. Ein Blick auf die Uhr verriet ihr, dass sie, trotz der vielen Gedanken rund um ihre Mutter, richtig schnell gewesen war. Sie musste ihre Päckchen zwar vor Mittag abgeben, damit sie noch am selben Tag auf Reisen geschickt wurden, aber sie hatte noch gut eine Stunde. Sie ging hinüber zu einer Kiste, in der sie ein ganz spezielles Objekt aufbewahrte. Es handelte sich um Iolandas Geburtstagsgeschenk. Es würde mal ein Schmuckbaum werden. Bisher bestand es nur aus einem besonders schönen Treibholz, das den Baumstamm darstellte. Das Stück war so geformt, dass es alleine stehen konnte. Tosca hatte bereits ein Gerüst angebracht – also die Baumkrone würde das mal werden. Was noch fehlte, waren die Blätter. Dazu benutzte sie gehärtete Plastikfolie in verschiedenen Farben. Die winzigen Blätter stanzte sie aus der Folie heraus. Dann lochte sie sie mit einer Nadel und brachte sie an dem Drahtgerüst an. Elemente aus dem Meer durften dabei natürlich auch nicht fehlen. Zur Auflockerung plante sie nämlich, größere Muscheln mit in die Baumkrone zu setzen, die – so stellte sie sich das zumindest vor – wie Früchte wirken würden. Und Iolanda könnte die Muscheln später für ihren Schmuck nutzen, indem sie Ketten oder Armbänder dranhängte.

Das würde alles sehr, sehr hübsch aussehen. Hoffentlich würde sich ihre Tochter auch freuen. Aber natürlich würde sie das! Iolanda war bescheiden. Sie war immer glücklich, auch mit wenig. Trotzdem hatte Tosca den Eindruck, dass sie ihr nie genug gab. Das lag sicherlich an ihrem verkorksten Umgang mit ihrer eigenen Mutter. So viel stand fest. Und wieder drehten sich ihre Gedanken um Annalisa. Ihr war das oft zuwider. Eigentlich sollte sie mal einen Psychologen aufsuchen, um all die Knoten zu lösen, für die ihre Mutter verantwortlich war. Tosca hatte nur manchmal Angst, dass da nicht viel von ihr übrig blieb, ohne all ihre Knoten.

Aber sie konnte selbst eine gute Mutter sein! Deshalb kniete sie sich in die Arbeit, kam ein gutes Stück voran. Als stünde die Arbeit, die sie in das Projekt steckte, in direktem Zusammenhang zu ihrer Liebe zu Iolanda.

Sie packte den Baum vorsichtig weg, nachdem sie zwei Äste komplett fertig dekoriert hatte. Dann nahm sie ihre Päckchen und machte sich auf zur Post.

Gähnende Leere.

Adriana und ihr Kollege Gianbattista empfingen Tosca Kaugummi kauend. Sie hatten beide Mühe damit, die Augen offen zu halten – das sah sie ihnen ganz deutlich an. So war das in der Nebensaison und wenn nicht gerade die Renten ausbezahlt wurden oder Telefon- oder Stromrechnungen zu bezahlen waren. Da konnte man an manchen Tagen praktisch nackt durch Mareblu laufen. Vielleicht tat das sogar ab und an jemand. Nachdem neulich der alte Domitillo mitten im Ort von einem Wildschwein angefallen worden war – und das praktisch am Meer –, wunderte sie gar nichts mehr.

»Buongiorno«, rief sie übertrieben laut.

Gianbattista rückte die Brille zurecht, hob die Hand zum Gruß. Offenbar brachte er die Energie nicht auf, irgendetwas zu sagen.

Tosca ging also direkt rüber zu Adriana an den Schalter, reichte ihr nach und nach die Päckchen durch. Darin hatten sie mittlerweile Routine.

»Nach Kanada?«, wunderte sich Adriana. »Haben die da keinen Schmuck?«

Sie zog die Schultern hoch. »Bestimmt. Aber dieser nette Mensch wollte *meinen* Schmuck«, antwortete sie nicht ohne Stolz.

Ihre Freundin lächelte ihr zu. »Du hast ja auch die schönsten Sachen auf der ganzen Welt.« Adriana sprach das Kompliment mit ehrlichem, neidlosem Ton aus. Sie blickten sich kurz vertraut in die Augen. Adriana zwinkerte ihr zu. »Pompeo war vorhin hier. Er will mich später ausführen«, erzählte sie weiter und beklebte dabei die Päckchen, ohne wirklich hinzusehen. »Willst du mit?«

»Ach, Adri, sei mir nicht böse. Ich glaube, ihr werdet ohne mich sehr viel mehr Spaß haben.«

Adriana lachte schelmisch. »Mag sein. Aber du bist mir wichtiger. Und Renzo …«

Tosca hob die Hand. »Es ist wirklich kein Problem für mich, wenn ihr allein geht. Renzo kann ich ehrlich gesagt nicht ausstehen. Außerdem bin ich nicht in Stimmung. Meine Mutter ist aufgekreuzt.«

Adriana hielt inne, gaffte sie mit offenem Mund an, sodass Tosca ihren Kaugummi sehen konnte. Und den Eckzahn … »Was war das eben?«

»Ja, du hast schon richtig verstanden. Sie stand heute früh morgens einfach so vor unserer Haustür. Ihr Lebensgefährte ist verstorben, und sie hat sich ein Hotelzimmer in Mareblu genommen.«

»Ende der Geschichte?«

Sie zog die Schultern hoch. »Keine Ahnung.«

Adriana erhob sich von ihrem quietschenden Hocker und kam durch die Glastür zu ihr, um sie zu umarmen. Ohne irgendwelche Worte. Ihre Freundin wusste von dem schwierigen Verhältnis und hatte das immer schrecklich gefunden. Adriana hatte nur lauter Familienmitglieder um sich, die sie innig liebten. Viele davon. Und sie verstand es einfach nicht, wieso Annalisa nicht so war. So voller Liebe. Nun, Tosca verstand es ja auch nicht. Deshalb hatten sie in ihrer langjährigen Freundschaft oft und ausgiebig über Annalisa gesprochen. Sie kannten sich seit Kindertagen, und während Toscas Sommerferien in Mareblu hatten sie immer am Strand gespielt. Tosca wusste noch, dass Adriana die Großeltern für ihre Eltern gehalten hatte. Nun, ein bisschen waren sie es sogar gewesen …

»Vielleicht könnt ihr euch ja mal aussprechen … wo sie schon mal da ist«, schlug Adriana leise vor.

»Das kann ich mir nicht vorstellen.« Tosca wusste ja nicht mal, wie das ging. Das Reden mit Annalisa. Da gab es so einen Punkt bei ihnen, an dem es nicht weiterging. Eine Blockade, die fester, sicherer und unüberwindbarer war als alles, was zwischen ihnen stand.

Tosca seufzte, starrte auf den schmutzigen, abgenutzten Bodenbelag. Der machte sie traurig. So braun und trostlos wie er war. »Ach, schon gut. Mach dir keine Sorgen. Hab viel Spaß mit deinem Pompeo und ruf mich dann an, ja?«

»Werde ich machen. Und du ruf an, falls … na, falls du jemanden zum Reden brauchst. Jederzeit. Das weißt du doch, dass ich immer da bin, oder?«

»Weiß ich. Danke.«

»Ist ja anders herum genauso …«

Das stimmte. »Du, ich muss mich beeilen. Muss noch schnell einkaufen. Wir haben keine Milch mehr.«

Sie verabschiedete sich von Adriana, Gianbattista und dem traurigen Bodenbelag.

*

Moreno hatte das nicht vermisst. Das mit dem Einkaufen. Er fühlte sich verloren zwischen den Gängen des Supermarkts, der für eine so kleine Ortschaft wie Mareblu erstaunlich groß war. Er konnte nur erahnen, mit welch Menschenandrang die Bevölkerung den Sommer über zu kämpfen hatte.

Moreno lief ständig falsch und legte gefühlte Kilometer zurück im Versuch, die richtige Abteilung zu finden. Er hatte keine Ahnung, ob er sich nach dem Preis oder der Marke richten sollte. Er hatte von nichts Ahnung. Nichts.

Aber, und das war der einzige Lichtblick, er traf auf ein paar Leute.

Eine Mutter mit einem Kind, das unaufhaltsam quengelte und ganz seltsam weinte. Moreno hätte schwören können, dass es Töne traf, die nicht von menschlicher Natur waren.

Ein altes Ehepaar, das ziemlich synchron am Stock umherhumpelte und exakt zwanzig Schokoeier kaufte. *Per i nipoti* – für die Enkel, erzählten sie fast ein bisschen verlegen. Und drei Touristen. Zwei Männer und eine Frau. Moreno fragte sich, wie sie zueinander standen. Drei Freunde? Ein Paar und ein Freund? Untereinander verwandt? Gütiger Gott … stand es schon so schlecht um ihn, dass er sich mit solch banalen Fragen von seiner Einsamkeit ablenken musste?

Resigniert legte er ein paar Packungen Pasta in seinen Einkaufswagen. Natürlich hatte er den vermutlich einzigen erwischt, der ein blockiertes Rad hatte, sodass er mehr ziehen als schieben durfte.

Als Moreno mit vollem Wagen die Kasse erreichte, fühlte er sich wie Braveheart nach der Schlacht. Die Kassiererin sah ihn freundlich an, schien genau zu verstehen, was in ihm vorging.

»Buongiorno«, grüßte sie und begann in Windeseile die Produkte über den Scanner zu ziehen, der mit seinem *Piep,*

Piep gutzuheißen schien, was er letztendlich ausgesucht hatte. »*Buste?* Tragetaschen?«, erkundigte sich die Frau.

Oh. Ja. Die brauchte er ganz sicher. Er nickte. »Danke.«

Wieder lächelte die Frau. Und ganz plötzlich, ohne ersichtlichen Grund, fiel ihm seine Nachbarin vom Strand ein. Tosca … Ein gewichtiger Name, fand er. Wie die Opernsängerin von Puccini.

Da seine Nachbarin ihm eher wie eine bodenständige, unkomplizierte Frau erschienen war, passte der Name vielleicht nicht wirklich zu ihr. Dennoch fand er, dass gerade dieser Widerspruch den Funken Interesse überspringen ließ.

Er dachte an ihren ungewöhnlichen Schmuck. Die vielen Armbänder. Wie viele sie wohl am Arm gehabt haben mochte? Zehn? Er schüttelte den Kopf. Wie jemand, der sich über sich selbst ärgert.

»Nein?«, wunderte sich die Kassiererin. Sie sah ihn erwartungsvoll an.

»Oh, *mi perdoni*, ich war in Gedanken …«

»Kein Problem.« Sie wiederholte ihm, was er zu zahlen hatte. Das tat er dann auch. Nachdem er den Einkauf ins Auto gehievt hatte, machte er sich wieder auf in Richtung Marinella-Strand.

Oronzo bellte erfreut, als er ihn kommen sah. Das wirkte furchtbar komisch. Der Hund hatte derart menschliche Züge, man konnte fast vergessen, dass er ein Tier war. Trotzdem freute Moreno sich – selbst wenn ihm klar war, dass der Hund vermutlich nur Hunger hatte und so um Futter bettelte.

Moreno zog die Handbremse an und stieg aus dem Auto. Oronzo tänzelte plump um ihn herum. Er bellte und hechelte so angestrengt, dass Moreno befürchtete, der Hund könne jede Sekunde zusammenbrechen.

»Schon gut, Alter. Bekommst ja gleich was!«

Er schloss auf, ging mit den Einkaufstüten direkt in die Küche, stellte sie ab und kramte nach dem Futter, suchte und fand den Napf und füllte ihn halb mit Dosenfutter. Oronzo schien kurz beleidigt, schnupperte dann aber an den Fleischbrocken und legte los. Jetzt schien er endlich zufrieden und schmatzte laut. Nichts anderes hatte Moreno erwartet.

Etwas geduldiger als zuvor im Supermarkt packte er die Lebensmittel weg. Es machte ihm nach wie vor keinen Spaß, und er fragte sich, wann genau so ein verwöhnter Schnösel aus ihm geworden war. Er stellte dem Hund etwas Wasser hin.

Eigentlich hatte er es doch gar nicht so schlecht. Zumindest mit dem Haus und der Location hatte er Frieden geschlossen. Und er hatte das erste Mal seit Ewigkeiten Urlaub. Einen ganzen Monat lang. Er dachte an seine Kanzlei. Seine mehr als kompetenten Mitarbeiter. Die würden es problemlos auch ohne ihn schaffen. Seine Fälle hatte er an seinen Partner weitergegeben. Alles gut. Alles geregelt. Moreno stellte sich ans Fenster. Das Meer, auf das er einen freien Blick hatte, war unbeschreiblich schön. Es war ruhig, gelassen, einladend. Die Sonnenstrahlen, die die Oberfläche trafen, glitzerten und funkelten. Feuer auf Wasser. Zwei Elemente, die sich trafen und dabei so etwas wie Magie erzeugten. Er bedauerte es, das Spiel zwischen Meer und Sonne nicht nachahmen zu können. Dazu fehlte ihm das Gegenstück.

Er hatte plötzlich große Lust, ins herrliche Nass zu springen. Den Gedanken verwarf er aber gleich. Auspacken und sich häuslich einrichten, das hatte Priorität. Er musste allmählich so etwas wie Routine und Ordnung in diese für ihn vollkommen neue Situation bringen. Deshalb machte er sich, nachdem er den Einkauf verstaut hatte, daran, endlich die Koffer auszuräumen. Das Schlafzimmer, das er sich ausgesucht hatte, verfügte über einen geräumigen Schrank. Er hatte keinen einzigen Anzug eingepackt, was sich für ihn sehr ungewohnt anfühlte. In seinem Alltag in Bologna lebte er ja praktisch im Anzug. Hier in Mareblu brauchte er keinen. Er hatte seine Rüstung abgelegt. Und fühlte sich … verletzlich, ja.

Er setzte sich aufs Bett, fuhr sich durchs Haar. Es war beängstigend, sich fast nicht mehr selbst zu erkennen. Moreno blickte auf seine Hände, die leicht zitterten. Er schüttelte sie. Sie zitterten nur noch mehr.

»Verdammt!«, rief er.

Augenblicke später erschien Oronzo in der Tür und legte seinen Kopf schief. Der Hund zögerte nur kurz und sprang mit einem einzigen, eleganten Satz aufs Bett und kroch ganz nah an Moreno heran. Er stupste ihn mit der Nase. Moreno legte seine Hand auf seinen Kopf.

Der regelmäßige Atem des Hundes beruhigte Moreno. Diese ungewöhnliche Art von trauter Zweisamkeit fühlte sich gut an. Vor allem, weil Oronzo nichts zu erwarten schien. Er war einfach da. Das war Moreno nicht gewöhnt, dass jemand mal da war, ohne irgendetwas von ihm zu verlangen.

»Ich glaube, ich mag dich, Alter«, sprach Moreno seinen Gedanken laut aus.

Oronzo antwortete natürlich nicht. Und doch tat er es irgendwie, indem er weiterhin nicht von Morenos Seite wich.

Entschlossen erhob er sich. »Faulenzen, das können wir später. Ich muss hier noch einräumen.«

Das verstand der Hund offensichtlich. Er blieb trotzdem faul liegen, mit dem Kopf auf den Pfoten.

Moreno wendete sich wieder dem Schrank zu, legte noch weitere Klamotten rein und merkte dabei, wie er nach und nach wirklich *ankam*. Daran konnte auch die Liste nichts ändern, auf die er endlich stieß. Er nahm sie aus der Hülle. *Ku-*

chen backen … er seufzte. Die Zutaten hatte er im Supermarkt eingekauft. Trotzdem war er gerade nicht richtig in Stimmung. Er blickte auf seine Uhr. Es war Zeit, ans Mittagessen zu denken. Hm, kochen … dazu hatte er auch keine Lust.

»Ich muss noch mal weg, Oronzo«, informierte er den Hund und verließ das Haus.

Auf dem Weg zurück nach Mareblu nahm Moreno sich die Zeit und Muße, sich umzusehen. Der Himmel war strahlend blau. Er war sich ziemlich sicher, so ein intensives Blau noch gar nie gesehen zu haben. In Bologna jedenfalls nicht. Vielleicht war er dem Himmel hier im Süden tatsächlich ein Stückchen näher. Oder waren es die Hügel, die mit dem satten Grün der Mittelmeervegetation die Strahlkraft des Himmels nur noch unterstrichen? Schwer zu sagen.

Von der Straße aus konnte er das Meer nicht sehen. Spüren aber schon. Wenn er auch nicht richtig zu fassen bekam, was genau er da spürte. Die Kraft der Gezeiten? Die Brise? Den typischen Geruch? Eine Kombination aus allem, beschloss er. Die Gegend, die er durchfuhr, war ziemlich anonym. Noch hatte er das Zentrum von Mareblu nicht erreicht. Links und rechts von ihm reihten sich Häuser und andere Gebäude so aneinander, dass kein einheitliches Bild entstehen konnte. Dann aber näherte sich die Straße immer mehr dem Meer, bis sie parallel dazu verlief. Das war schön. Ein bisschen fühlte es sich an, als liefe er mit dem Meer um die Wette. Ein aussichtsloser Wettbewerb. Niemand würde jemals das Meer besiegen, egal in welcher Disziplin, dachte er.

Mareblu erschien am Ende der Straße. Von diesem Punkt aus konnte er erkennen, wie harmonisch der kleine Ort sich an die Küste schmiegte. Sein Ziel, das war die Strandpromenade. Wenn ihn nicht alles täuschte, gab es ein paar Restaurants. Er würde eines davon aufsuchen. Sich bekochen lassen. Nichts sprach dagegen. Er hatte Urlaub. Menschen besuchten während ihres Urlaubs gerne Restaurants, oder?

Wieder fand er einen Parkplatz auf der Höhe der Bar, in der er sich am Tag seiner Ankunft Informationen zu seinem Haus geholt hatte. Er stellte sein Auto ab und ging das Stück zu den Restaurants zu Fuß zurück. Er spürte Blicke auf sich, die sich interessiert und gleichzeitig gleichgültig anfühlten, von denen er aber nicht genau sagen konnte, aus welcher Richtung sie kamen. Er nahm an, dass Einheimische in Badeorten Touristen irgendwann mit genau dieser Widersprüchlichkeit begegneten. Er selbst hatte zuvor noch nie von Mareblu gehört, konnte sich jedoch gut vorstellen, dass das Städtchen auf der Liste vieler Sommerurlauber stand. Moreno ging vorbei an kleinen Geschäften, die ein bisschen erschöpft und unfertig wirkten und dennoch den Eindruck erweckten, der kommenden Saison standhalten zu können. Ein paar Eisdielen sah er auch. Vermutlich waren die wenigen Besucher an den Tischen Einheimische. Jedenfalls hatten sie keine Eisbecher vor sich stehen. Und er war sich ziemlich sicher, dass Touristen nicht auf einen Eisbecher verzichten würden. Von Weitem blitzte das Schild zu einem Restaurant auf. *La Marina* stand drauf. Der geschwungene, ungewöhnliche Schriftzug ließ ihn darauf schließen, dass es sich um ein Restaurant handelte, das es noch nicht lange gab. Es vermittelte nämlich kein Traditionsbewusstsein, sondern eher Lust an Innovation. Er war sich nicht sicher, ob das gut oder schlecht war. Aber er beschloss spontan, dort zu essen.

Er freute sich drauf und erkannte erstaunt, dass das ganz neu für ihn war.

Backe einen Kuchen!

Kapitel 5

Das Restaurant war bis auf einen weiteren Gast leer. Der Raum war sehr hübsch eingerichtet. Neumodisch-rustikal. Mit liebevollen Details. Er jedenfalls fühlte sich sofort wohl. In Bologna aß er mittags immer nur schnell *panini*, höchstens mal als Alternative einen Salat. Restaurantbesuche waren daher für ihn nicht an der Tagesordnung, außer er führte mal Klienten aus. Ja, das *La Marina* mochte er auf Anhieb. Den Duft nach Olivenöl und Knoblauch, der in der Luft lag, ebenfalls. Er mochte bodenständige Zutaten und fragte sich kurz, ob der erste Eindruck ihn getäuscht haben könnte und es sich vielleicht doch um ein Restaurant handelte, das auf Tradition setzte.

Er sah sich um, als bereits jemand auf ihn zukam. Ein Koch, ganz offensichtlich. Ein Koch, der breit grinste und solche Ausmaße hatte, dass er seinen Kittel zu sprengen drohte.

»Buongiorno«, rief der Mann und reichte ihm die Hand, die so groß und stark war, dass Moreno Angst um seine eigene hatte.

Einem Schriftzug auf dem Kittel entnahm Moreno, dass er Corrado hieß.

»*Buongiorno.* Wo darf ich mich hinsetzen?«, erkundigte er sich und merkte, wie der andere Gast interessiert zu ihnen sah. Es handelte sich um eine Frau, die wohl ein paar Jahre älter war als er. Irgendwie tat sie ihm leid, so ganz spontan – weil sie allein war. Ob es sich anders herum auch so verhielt? War auch er ein bemitleidenswerter Fall? Nur, weil er allein zu Mittag aß?

Corrado hob die festen Arme und zeigte damit um sich. »Freie Auswahl!« Wieder lachte er. Das war ansteckend.

Moreno dachte nach und entschloss spontan, sich in die Nähe der Frau zu setzen. Vielleicht konnten sie sich unterhalten. Konnte ja nicht schaden.

»Dann nehme ich diesen hier!« Er ging auf einen kleinen Vierertisch zu und nahm Platz, nachdem er der Frau zugenickt hatte. Corrado war ihm gefolgt und räumte flink drei Gedecke vom Tisch.

»Was darf's denn sein?«

»Was empfehlen Sie mir?«

»Also, für die *signora* hier bereite ich gerade *Risotto ai frutti di mare* zu …«

»Soll mir recht sein.«

»*Vino* dazu?«

»Ja. Auf jeden Fall. Einen leichten roten.«

Corrado hob fragend die Augenbrauen, fing sich aber sofort. »Ich habe einen jungen Chianti aus der Toskana …«, überlegte er laut und kratzte sich am Kinn.

»Klingt gut. Den nehme ich.«

Der Koch nickte und machte sich an die Arbeit.

»Bravo. Sie sind mutiger als ich. Ich traue mich nie, Rotwein zu Fisch zu bestellen«, sagte die Frau laut.

Moreno wendete sich ihr zu. »Ach, ich kann Weißwein einfach nicht leiden«, bemerkte er.

»Ich trinke ihn eigentlich ganz gern. Nur zu Fisch mag ich ihn einfach nicht. Ich denke ja immer, dass irgendetwas nicht mit mir stimmt. Aber offenbar geht es nicht nur mir so.« Die Frau nahm ein Stück Brot aus dem Körbchen und schob es sich in den Mund.

»Wir können uns die Flasche gerne teilen«, bot er an.

Sie zog die Schultern hoch. »Ja, warum nicht …?«

»Urlaub?«, fragte er so unverfänglich wie möglich. Er war in Plauderlaune. Außerdem hatte er das unerklärliche Gefühl, dass sie … nun ja … jemanden brauchte, mit dem sie reden konnte. Sie wirkte ein bisschen verloren, aber sie war gepflegt, fast elegant. Zierlich. Vielleicht Mitte sechzig. Und stolz. Das auf jeden Fall.

Sie seufzte leicht. »Kann man so sagen, ja. Wie sieht es mit Ihnen aus? Was treibt Sie Anfang Juni in dieses Nest?«

Er war kurz versucht, ihr seine Geschichte zu erzählen. Doch dann überlegte er es sich anders. »Auch so eine Art Urlaub …«, gab er also zu.

Sie lächelte. Ein bisschen melancholisch vielleicht. Sie sagte aber nichts dazu.

Corrado kam mit der Flasche und entkorkte sie gekonnt. Sofort erreichte Moreno der angenehme, blumige Duft, der in ihm still gewordene Lebensgeister weckte. Nur zu gern nahm er einen Probeschluck aus seinem bauchigen Glas, in das Corrado zuvor eine winzige Menge Wein gefüllt hatte.

»Perfetto!«, fand er und nickte.

Corrado schien zufrieden. Als hätte er ein schwieriges Rätsel mit Bravour gelöst. Er schenkte ihm noch mehr ein.

»Die *signora* trinkt mit«, informierte Moreno ihn, und der Koch ging los, um ein weiteres Glas zu holen.

»Die *signora* heißt übrigens Annalisa«, stellte sie sich etwas umständlich vor.

»Moreno«, sagte er seinen Namen.

Corrado kam zurück, hielt kurz inne. »Soll ich die Tische zusammenstellen?«

»Nicht nötig«, fand sie, erhob sich und setzte sich zu ihm.

Moreno überlegte, dass es sich gut anfühlte, nun doch nicht allein zu Mittag essen zu müssen.

★

Tosca faltete die letzte Hose zusammen und machte innerlich einen Freudentanz. Wenn sie eines hasste, dann war es Wäschenmachen. Nach dem ereignisreichen Morgen war der Tag eigentlich ganz gut verlaufen. Gut, das hieß bei Tosca, dass es keine weiteren Vorfälle gegeben hatte, die sie aus ihrer Routine rissen.

»Ma?« Iolanda war nach dem Nachhausekommen auf ihr Zimmer gegangen. Tosca ließ ihr den Freiraum. Sie wusste, dass ihre Tochter den brauchte, um … nun, um Dinge zu tun, die Teenies eben so taten.

»Hier! Mache gerade die Wäsche!«, meldete sie sich aus ihrem eigenen Zimmer, das sie auch zum Bügeln nutzte.

Iolanda erschien kurz darauf in der Tür. »Ich hab gerade Lust auf Backen. Hilfst du mir?«

Gemeinsam backen? Das war jetzt schon eine ganze Weile lang her. Beim letzten Mal hatte Iolanda nur gemault und geklagt, und Tosca war davon ausgegangen, ihre Tochter nicht mehr so bald zum gemeinsamen Backen bewegen zu können. Was sie aber für ein Mädchen mitten in der Pubertät für ganz *normal* hielt. Das Komische daran war, dass Ioio so viel talentierter war als sie. Ihrer Tochter gelang alles. Sogar Windbeutel. Tosca blieb da schon lieber bei Unkompliziertem. Sonst landete das Resultat oft mal im Müll.

»Ja. Klar … wir könnten einen Apfelkuchen zubereiten, was meinst du?«

»Apfelkuchen klingt cool. Ich such uns mal ein neues Rezept raus.« Sie tippte bereits die Suche in ihr Handy ein.

Gemeinsam gingen sie in die Küche, wo Iolanda das Mobiltelefon auf den Tisch legte.

»Haben wir die Zutaten da?«

Tosca las sich das Rezept durch. »Alles, bis auf die Zitrone.«

Iolanda zuckte mit den Schultern. »Wird wohl auch ohne gehen …«

»Klar. Komm, wir suchen uns erst mal alles raus, was wir brauchen.«

»Hier steht, dass der Ofen vorgeheizt werden muss.«

»Dann mach das mal.«

Tosca hatte immer stärker den Eindruck, dass es hier nicht um einen Apfelkuchen ging.

»War heute was beim Babysitten?«, erkundigte sie sich deshalb und holte Butter, Milch und Eier aus dem Kühlschrank.

»Nichts Erwähnenswertes …«

Das konnte alles heißen. Sie begann sich Sorgen zu machen. Um das zu überspielen, holte sie die große Plastikschüssel hervor.

»Irgendwelche Probleme mit dem Kleinen?«

Iolanda wiegelte ab. »Nein. Nichts dergleichen. Mich würde viel mehr interessieren, ob *du* etwas zu erzählen hast.«

Diese Aussage überraschte sie. »Ich? Was sollte ich denn zu erzählen haben?«

»Na, ich meine Annalisa. Mann, deine Mutter, mit der du, seit ich denken kann, streitest, steht plötzlich vor der Tür. Das muss doch irgendetwas in dir ausgelöst haben. Bist du glücklich darüber? Oder genervt? Habt ihr noch geredet? Was genau wollte sie? Erzähl einfach mal drauflos!«

Einfach drauflos. Sie wollte nicht, dass ihre Tochter annahm, sie hätte mit Annalisa wer weiß welche geheimen Gespräche geführt, oder gar erneut gestritten. Deshalb fasste Tosca knapp und sachlich zusammen, was Annalisa noch erzählt hatte. Auch die Tatsache, dass sie sie ganz ohne Zwang mal zum Mittagessen eingeladen hatte, ließ sie nicht aus.

»Und das war alles?« Iolanda guckte sie mit weit geöffneten Augen an.

»Ja …« Tosca schlug ein Ei auf. Teile der Schale landeten mit in der Schüssel. So ein Mist, rief sie innerlich. Und das war nicht nur auf die Schale bezogen.

»Schon der Hammer, hm? Deine Mutter klopft an deine Tür, erzählt dir, dass ihr Lebensgefährte gestorben ist, und du schickst sie weg …«

»Ich habe sie nicht weggeschickt, sie ist von sich aus gegangen. Und ich mag deinen anklagenden Ton nicht.«

»Du hast aber auch nicht versucht, sie aufzuhalten.« Iolanda klang jetzt zwar sanfter, machte aber trotzdem unbeirrt weiter.

Nein, sie hatte nicht versucht, Annalisa aufzuhalten.

»Ma, checkst du es nicht? Das war ein Hilferuf. Macht es dir nichts aus, sie allein in einem Hotelzimmer zu wissen? Wie soll sie dir klarmachen, dass sie dich braucht?«

Tosca setzte sich.

Dieses Gespräch entzog ihr jegliche Kraft. Dennoch wollte sie offen zu ihrer Tochter sein. Das war sie ihr schuldig. Und sich sowieso.

»Sie könnte zum Beispiel sagen, dass sie mich braucht. Sie könnte sich auch entschuldigen. Dafür, dass ich ihretwegen keine leichte Kindheit hatte. Das wäre meiner Meinung nach ein guter Anfang.«

»Vielleicht kann sie es nicht.« Iolanda setzte sich zu ihr.

»Ja, vielleicht. Dann muss sie sich eben mehr bemühen und es lernen. Sie ist die Mutter. Ich die Tochter. Diesen Teil der Aufgabe kann und will ich ihr nicht abnehmen.«

»Ich verstehe dich ja, Ma. Sicherlich hat sie dir bisher das Leben schwer gemacht. Aber … wir haben nur uns. Ein weiteres Familienmitglied wäre nicht schlecht, denke ich manchmal.«

Oh Gott. Ihr fehlte eine Familie. Toscas schlimmste Befürchtungen bestätigten sich. Darauf konnte sie nun wirklich nichts erwidern.

»Na, wenn du sie schon zum Mittagessen eingeladen hast, dann ist der erste Schritt ja getan«, fasste Iolanda zusammen.

Noch immer fand Tosca keine Worte. Sie blickte in die Schüssel. Das aufgeschlagene Ei verursachte ihr Übelkeit.

»Und weil wir gerade in Plauderlaune sind, würde ich gerne noch über etwas anderes mit dir sprechen«, fuhr Iolanda fort.

Tosca sammelte sich. Wenn ihre Tochter reden wollte, dann musste sie für sie da sein. Das gehörte mit zu ihren Aufgaben als Mutter. Und ihre oberste Priorität war noch immer die, Ioio die beste Mutter überhaupt zu sein.

»Schieß los!«, forderte sie ihre Tochter auf. Mit sehr viel mehr Elan und Bereitschaft, als sie gerade verspürte.

»Können wir noch mal über meinen Erzeuger reden?«, erkundigte sich Iolanda freudig erregt.

Das Funkeln in ihren Augen kontrastierte geradezu schmerzhaft mit Toscas Empfindungen. Sie hatte nämlich keine große Lust, das Thema nach so einem anstrengenden Tag wieder einmal durchzukauen.

»Du weißt doch schon alles …«, setzte sie also an. Doch ihre Tochter unterbrach sie.

»Ich weiß seinen Namen, wenn auch nur den Vornamen.

Ich weiß, wo ihr beide gearbeitet habt, also sowohl das Hotel als auch den Ort.«

»Genau.«

Capo d'Oro.

Tosca dachte an das wundervolle Küstenstädtchen auf Sizilien, in dem sie durch Zufall gelandet war. Sie hatte dort ein paar Monate gejobbt, das Hotel über eine Freundin ausfindig gemacht. Und sie hatte dort Ivo kennengelernt. Er hatte im Service gearbeitet, sie am Pool. Sie waren recht schnell und unkompliziert zusammengekommen. Genauso unkompliziert waren sie dann am Ende ihres Aufenthalts auseinandergegangen. Für beide war klar gewesen, dass ihre Beziehung auf dem Nichts basierte und nicht für die Ewigkeit gedacht war.

Dass sie schwanger war, das hatte sie erst auf dem Festland herausgefunden. Das Baby wollte sie. Den dazugehörigen Vater nicht. Schließlich hatte sie ihn kaum gekannt. Nur körperlich. Tosca versuchte sich wieder auf ihre Tochter zu konzentrieren, die mit Elan die Zutaten zusammenrührte und so aussah, als hätte sie noch etwas auf dem Herzen. Sie wartete ab, wollte ihrer Tochter die Entscheidung überlassen, wie es in diesem Gespräch weitergehen sollte.

»Vielleicht sollte ich mal nach ihm suchen«, warf Iolanda nach schweigsamen Minuten einfach so dahin.

»Das lässt du bitte bleiben!« Sie versuchte so ruhig wie möglich auf diesen überraschenden Wunsch ihrer Tochter zu reagieren. Ioio zum ersten Mal so einen Vorschlag äußern zu hören, traf sie mitten ins Herz. Das wollte sie sich aber nicht anmerken lassen. Also: ruhig, aber bestimmt von der Idee abraten. Tosca schwirrte der Kopf. Am liebsten hätte sie auf eine Rewind-Taste gedrückt und den Tag noch mal von vorne beginnen lassen.

»Warum bist du dagegen?«, fragte Iolanda ernst, aber auch ehrlich interessiert.

»Weil ich nicht weiß, was er für ein Mensch ist. Weil ich nicht weiß, wie er auf dich reagieren könnte. Weil ich dir nicht garantieren kann, dass Ivo nett und lieb und … väterlich zu dir sein würde. Er ist ein Fremder, Ioio, verstehst du? Dein Erzeuger. Punkt. Wir haben einfach nichts miteinander zu tun.«

Iolanda legte den Kochlöffel beiseite und kam um den Tisch herum, um sie zu umarmen. Das tat gut.

»Okay, Ma. Es war nur so eine Idee«, flüsterte das Mädchen leise.

Im nächsten Moment klopfte es fest an der Tür.

Schon wieder?, schoss es ihr durch den Kopf. Tosca wollte trotzdem wissen, ob auch alles in Ordnung war. Ob Iolanda sie auch wirklich verstanden hatte, mit all ihren Beweggründen. »Ist dieses Thema hiermit vom Tisch?«, erkundigte sie sich liebevoll und den Blick ihres Kindes suchend.

Iolanda nickte. »Alles gut, Ma!« Sie zeigte mit dem Daumen nach oben.

»Gut. Dann gehe ich jetzt aufmachen, rühr du mal weiter«, sagte Tosca und schob den Stuhl zurück.

Ob es wohl wieder Annalisa war? Tosca wollte sich am liebsten irgendwo verkriechen.

Sie öffnete stattdessen aber schwungvoll und riss die Hand so plötzlich wieder an sich, dass die Tür scheppernd gegen die Wand stieß.

Vor ihr standen Moreno und Oronzo. Sie fand keine Worte – die Überraschung machte sie stumm. Moreno hatte eine Schürze um. Sein Arm war ganz weiß. Mehl? Trotzdem registrierte sie auch jetzt, wie gut er aussah. Obwohl, wie gesagt … er war irgendwie alt. Und doch wieder nicht.

»Halten Sie mich jetzt für sehr unverschämt, wenn ich Sie um etwas Zucker bitte? Ich war dabei, einen Kuchen zu backen, hab schon die Eier aufgeschlagen, die Butter warm gemacht und … *peng* … da fällt mir doch ein, dass ich vergessen habe, Zucker einzukaufen, ich Narr!«

Tosca fröstelte. Es war abends noch nicht warm genug, um im leichten T-Shirt an offener Tür stehen zu können. Aber andererseits war sie sich gar nicht so sicher, ob das Frösteln nur am kühlen Wind lag, der durch die noch immer offene Tür eintrat. »Wir backen auch gerade. Kommen Sie rein!«

»Oh, ich will wirklich nicht lange stören …«

»Das tun Sie nicht.«

»Na gut, dann …«

Sie ließ ihn herein, ging ihm voraus in die Küche, wo sie ihm Iolanda kurz vorstellte. Ihre Tochter hob die Hand zum Gruß. Moreno zwinkerte ihr zu. Und Tosca musste selbst zwinkern, um ihre … ja, was war das eigentlich … Verlegenheit? … zu überspielen. Wieso war *sie* verlegen, wenn er doch Iolanda zugezwinkert hatte?

Sie nahm die Packung Zucker und reichte sie ihm.

»*Grazie mille*. Sie retten mich aus einer äußerst verzweifelten Situation. Selbstverständlich besorge ich Ihnen morgen gleich eine neue.«

Tosca machte eine wegwerfende Handbewegung. »Ach was!«

»Na gut, dann Ihnen noch viel Spaß beim Backen. Ich werde bei meinem Kuchen sicherlich kläglich versagen, aber was soll's.« Er winkte und ging.

Als er die Tür hinter sich zugezogen hatte, kicherte Iolanda. »Wow!«, sagte sie bewundernd.

»Was ist wow?«

»Na, dieser Typ. Bestimmt wohnt er im Häuschen drüben.

Klar, wo auch sonst?«, beantwortete sie sich ihre Frage selbst und fuhr fort: »Ehrlich. Ich wusste gar nicht, dass Opas so heiß sein können!«, schwärmte sie.

»So alt ist er nicht!«

»Na, mindestens so alt wie George Clooney.«

»George Clooney ist doch nicht alt!«

»Stimmt. Uralt trifft es besser. Aber, hey, hast du Morenos Haare bemerkt?«

Ja. Oh ja. Und ob!

»Nee, wieso, was war denn damit?«

»Keine Ahnung. Ich würde da gerne mal reinlangen. Die fühlen sich sicher toll an.«

»Rede keinen Unsinn, Ioio. Rühr weiter, damit wir hier fertig werden.«

Flüssiges Silber.

Morenos Haar war wie flüssiges Silber.

Und, ja, auch sie würde da gerne mal reinlangen.

Gönne dir Pizza zum Frühstück,
direkt aus dem Karton!

Kapitel 6

Tosca hatte von ihm geträumt.

Sie schob es auf die Tatsache, dass Adriana sie irgendwann nachts angerufen hatte, um ihr vom amourösen Abenteuer mit Pompeo zu erzählen. Danach hatte Tosca nur schwer wieder in den Schlaf gefunden. Und als es ihr endlich gelungen war, hatte sich Moreno in ihr Unterbewusstsein geschlichen. Nein, das stimmte so nicht.

Er hatte sich nicht erst reinschleichen müssen …

Es war Samstag. Iolanda schlief noch, da sie am Wochenende nicht auf den Kleinen aufpassen musste. Es gab auch keinen Grund, sie zu wecken. Tosca blickte durch die Fensterfront. Ein herrlicher Tag stand bevor. Jedenfalls dem Himmel und dem Meer nach zu urteilen.

»Dann wollen wir mal!«, sprach sie laut aus. Sie wollte zu ihrem Eimer und im Sand wühlen. Wollte das tun, was sie kannte und konnte – und ein bisschen diese neuen Sorgen vergessen, die plötzlich und gemeinsam aufgetaucht waren, und ein bisschen versuchen, sich den gut aussehenden Nachbarn aus dem Kopf zu schlagen. Sie wusste schließlich nichts über ihn. Sich kopfüber in Schwärmereien zu stürzen war in ihrem Alter vielleicht ein bisschen unreif. Deshalb verließ sie das Haus, packte ihren Eimer und machte sich auf den Weg.

Sobald ihre Füße im Sand versanken, begann sie sich wieder etwas wohler zu fühlen. Tosca konnte nicht wirklich sauer auf sich sein. Ein bisschen war sie es aber trotzdem. Zwar durfte sie einen Mann wie Moreno toll finden, schließlich war sie auch nur eine Frau. Aber sie kannte sich: Wenn ein Mann ihr Interesse entfachte, dann ließ sich das Feuer auch nicht gerade schnell und problemlos wieder löschen. Was natürlich dumm war. Doch wem schadete sie schon damit, wenn sie von Moreno träumte?

Sie kniete sich hin, um sich ein paar Steine näher anzusehen. Sie hatten eine marmorierte grau-weiße Färbung, die Tosca besonders schön fand. Kurzerhand packte sie alle in ihren Eimer. Suchte weiter. Hielt. Packte ein. Muscheln. Sogar grünes Glas, das vom Meer und vom Sand rundgeschliffen worden war – Meerglas in seiner schönsten Form. Darüber freute sie sich besonders. Sie überlegte bereits, ob sie es für einen Ring oder eine Kette verwenden wollte. Während sie immer weiter und weiter lief, hielt sie ihren Eimer noch fester und kam sich dabei vor wie ein Kind, das den echten Wert der Dinge noch nicht kannte. Für sie waren die Fundstücke des Morgens gleichzustellen mit einem richtigen Schatz.

»Buongiorno!«, rief jemand laut und ließ sie erschrocken herumfahren.

Sie brauchte keine Sekunde, um in dem Mann, der auf dem umgedrehten Boot saß, Moreno zu erkennen. Er winkte ihr zu, hielt irgendetwas in der Hand. Einen Karton?

Tosca hätte problemlos weiterlaufen können. Der Strand war groß genug. Es gab keinen ersichtlichen Grund, zu ihm zu gehen, zumal das Boot teils in der Vegetation lag und sich damit recht weit von der Wasserlinie befand, an der sie gerade entlangging. Ein Gruß aus der Entfernung hätte gereicht. Wäre vielleicht sogar passender gewesen.

Sie ging trotzdem auf ihn zu.

Je näher sie ihm kam, desto strahlender erschien ihr sein Lächeln.

Und je näher sie ihm kam, desto deutlicher wurde ihr, dass er einen Pizzakarton auf seinen Knien hielt. Ein Stück hing schlapp in seiner Hand.

Pizza? Um diese Uhrzeit? Sie hatte noch nicht einmal gefrühstückt …

»*Buongiorno …*«, sagte auch sie, als sie ihn erreichte. Der Gruß blieb aber so in der Schwebe, als sei sie sich ihrer selbst nicht ganz sicher. Dabei hatte sie das gar nicht beabsichtigt.

»Frühaufsteherin?«, erkundigte er sich und biss von seiner Pizza ab.

Er hatte so verdammt dunkle Augen. Da war es wirklich schwierig, sich auf anderes zu konzentrieren. Sie hatte das Gefühl, dass nur das Meer tiefer sein konnte als sein Blick.

»Ja.« Sie räusperte sich. »Ich fange meist sehr früh an.« Sie hob ihren Eimer. Als würde der allein ausreichen, um ihre Anwesenheit am Wasser zu dieser Uhrzeit zu erklären.

Er schaute interessiert hinein. »Strandgut«, stellte er fest. »Was machen Sie damit?«

Vielleicht war seine Frage etwas aufdringlich. Es machte ihr nichts aus.

»Schmuck. Einrichtungsgegenstände.« Sie zuckte mit den Schultern.

»Oh. Tatsächlich? Dann nehme ich an, dass Sie die hier auch selbst gemacht haben?« Er zeigte auf ihre Armbänder.

Sie hob den Arm. »Ja. Ich mag es, wie sie klimpern.« Innerlich stöhnte Tosca auf und äffte stumm ihren eigenen, allzu mädchenhaften Tonfall nach. Wie blöd stellte sie sich bitte an?

Moreno schien ihren Tonfall gar nicht bemerkt zu haben. Er vertilgte das Stückchen Pizza, das er in der Hand hielt, und fasste an ihren Schmuck. Sah sich die Verarbeitung interessiert an.

Sie wollte sterben, weil sie merkte, wie sich unter den Armbändern Gänsehaut ausbreitete.

»Machen Sie auch Männerschmuck?«

»Natürlich.«

»Kann ich ein Armband in Auftrag geben? Für mich?«

»Sie mögen Schmuck?«

»Wenn er besonders ist, schon.«

»Wie Ihr Ring? Der ist auch besonders schön …«, sagte sie ganz spontan. Der Ring, der war ihr schließlich schon bei ihrer ersten Begegnung aufgefallen. Er war toll. Und sah an seiner feingliedrigen Hand einfach bombastisch aus. Es gab nicht viel, was sie so aufregend sexy fand wie gepflegte, schöne Männerhände.

»Ja. Das ist er.« Seine Feststellung klang melancholisch. Sein Blick war es auch geworden. »Ein Stück Pizza? So als Revanche für den Zucker?«, bot er an und wechselte ganz deutlich das Thema.

Tosca überforderte diese Frage. Deshalb nickte sie einfach nur. Eher aus einem Reflex heraus. Er hielt ihr bereits ein Stück hin, und sie konnte gar nicht anders, als es entgegenzunehmen. Obwohl die Pizza kalt war, strömte ihr der typische Geruch entgegen, der ihren Magen beinahe laut zum Knurren brachte.

Moreno klopfte neben sich auf das Boot. »Setzen Sie sich doch. Essen im Stehen finde ich entsetzlich.«

Sie ließ sich neben ihn fallen und war sich sicher, dass

die dabei entstandene Vibration ihn erreichte. Andersherum spürte sie die Wärme, die von seinem Körper ausging, obwohl er ein Stückchen von ihr entfernt saß. Wie eine Berührung auf Distanz. Er schnappte sich das letzte Stück aus dem Karton. Eine Weile lang aßen sie schweigend. Tosca entspannte sich. Es war ruhig um sie herum. Das Meer rauschte nur leise. Eine einsame Möwe drehte ihre Runden. Noch keine Touristen weit und breit. Der Moment war ziemlich perfekt, obwohl die Pizza ein bisschen nach Pappe schmeckte. Sie bedauerte es sehr, als sie aufgegessen hatten.

»Ist Ihr Kuchen gelungen?«, erkundigte sie sich, weil sie nicht wollte, dass ihre einvernehmliche Zweisamkeit unterbrochen wurde.

»Oronzos Schmatzen nach zu urteilen, ja. Ich muss gestehen, ich selbst hatte noch nicht den Mut, von dem Ding zu kosten …«

»Dem Ding?«

Er lachte ausgelassen. »Sie können sich nicht vorstellen, wie schief er geworden ist. Im Ofen ist er hervorgequollen aus der Form und … na ja, es ist nicht schön anzusehen. *Ding* klingt deutlich besser als deformierter Kuchen.«

»Vielleicht war die Form zu klein.«

»Mag sein … Ihrer ist bestimmt schöner geworden.«

»Schön und lecker. Das ist allerdings das Verdienst meiner Tochter. Ich bin ziemlich untalentiert, was Backen anbelangt.«

»Wie alt ist Ihre Tochter?«

»Fast fünfzehn.«

»Ist sie schwierig?«

»Nein. Gar nicht.«

»Da haben Sie großes Glück.«

»Ich weiß …«

»Meine Tochter war in dem Alter eine richtige Herausforderung. Aber das legt sich wieder. Inzwischen ist sie vorbildliche Studentin. Psychologie.«

Tosca versuchte die Tatsache zu verarbeiten, dass er eine Tochter hatte. Ohne ersichtlichen Grund hatte sie ihn als kinderlosen Single eingestuft – immerhin trug er keinen Ehering. Dass er das nicht war, änderte nichts und gleichzeitig alles.

Psychologie.

Das hatte er leicht abwertend ausgesprochen. Zumindest war das ihr Eindruck. Sie wollte nicht nachhaken, denn ihr war es lieber, nicht noch mehr über diese Tochter zu erfahren. Sie zog es vor, dass sie weiterhin verschwommen und gesichtslos blieb. Denn andernfalls, da kannte Tosca sich gut genug, würde sie anfangen, sich über die Mutter dieser jungen Frau den Kopf zu zerbrechen. Und dazu hatte sie keine Lust.

»Na ja, manchmal hat man in der Pubertät einfach seine Phasen. Ich nehme an, wir waren da auch nicht anders.«

»Da haben Sie wohl recht. Ich war ein ziemlich übler Kerl, muss ich gestehen.«

Sie lachte und versuchte, sich Moreno als Teenie vorzustellen. Der Gedanke an eine jüngere Version des Mannes war seltsam vertraut, seltsam warm und doch irgendwie so weit hergeholt, dass sie ihn kaum einzuordnen vermochte. Fest stand für sie am Ende der Überlegungen, dass sie die ältere Version von Moreno vorzog. Sie mochte ihn haargenau so, wie er war.

Ja. Sie mochte ihn. Sie mochte ihn, wie sie Renzo niemals mögen würde. Sie mochte ihn … körperlich, so aus dem Bauch heraus. Sie fühlte sich von ihm angezogen, obwohl sie ihn gerade zum dritten Mal sah. Ihre Gefühle ihm gegenüber waren aber viel zu spontan, um sich davon beeindrucken zu lassen. Und wenn sie an die Szenen aus ihrem Traum dachte, wurde ihr ganz anders, jetzt, wo die Realität sich ein bisschen mit den Bildern aus ihrem Unterbewusstsein deckte.

»Dabei wirken Sie so vernünftig …«, versuchte sie sich witzig zu geben.

»Oh. Der Eindruck täuscht. Glauben Sie mir!«

Ehrlich?

Diese Behauptung machte ihn für sie nur noch … appetitlicher. Ihr fiel nicht viel ein, was sie darauf erwidern konnte. Zum Glück übernahm er den Part mit dem Sprechen.

»Und wie waren Sie so? Als Teenager, meine ich?«

»Zickig, respektlos und aufsässig.«

»Klingt kompliziert.«

»War es auch.«

»Dann sollte ich wohl froh sein, dass wir uns jetzt erst kennengelernt haben.«

»Auf jeden Fall. Sie hätten keine Freude mit mir gehabt.«

Wieder lachte er. Sie blickte währenddessen lieber auf ihre Füße. Sein Lachen war kehlig und maskulin. Ihr wurde heiß. Und das lag nicht an der Sonne, die sich nun in voller Pracht zeigte.

»Da wir ja nun ein paar Geheimnisse voneinander kennen: Können wir das Sie weglassen?«, schlug er vor.

»Wenn Sie mir verraten, warum Sie mit Pizza frühstücken, dann gerne.«

Schon wieder sein Lachen. Dann aber wurde er schlagartig ernst. So ernst, dass sein Bart zitterte. Sofort fragte sich Tosca, in welches Fettnäpfchen sie getreten war. Denn dass sie eins erwischt hatte, das stand außer Frage.

»Lässt du mir ein bisschen Zeit? Ich glaube, ich könnte es dir erzählen. Irgendwann.« Er sah sie von unten herauf an, saß deshalb plötzlich ganz schief.

In diesem Moment hätte sie ihm alles gewährt. Ihre Zeit.

Ihr Leben. Ihr Herz. Ihre Seele. Diese Gewissheit überkam sie so wuchtig, dass sie sich vom Boot in den Sand gleiten ließ. Er tat es ihr nach. Ihre Beine berührten sich jetzt. Er nahm ihren Arm, legte ihn sich aufs Bein und spielte mit ihren Armbändern. Das war intim, fühlte sich aber einfach nur richtig und wundervoll an.

»Du denkst also an mein Armband?«

»Mach ich. Ich geh gleich heim und fange damit an.«

Jetzt nahm er ihre Hand. »Wundervoll. Ich freue mich drauf.«

War es das? Das famose Glück, von dem die ganze Welt sprach? Tosca schloss die Augen und genoss es in vollen Zügen. Und es war ihr egal, dass es sehr wahrscheinlich nur so lange anhalten würde, bis sie die Augen wieder öffnete.

*

Moreno blickte Tosca hinterher. Sie sah schön aus mit ihrem wehenden Haar und dem Eimer, den sie stolz mit sich trug. Nein, wahrscheinlich war sie nicht im klassischen Sinne schön, das nicht. Vielleicht war sie etwas zu klein, etwas zu zierlich. Ihr Haar etwas zu lang, etwas zu wild. Und ihr Gesicht … immer verdeckt. Er ertappte sich dabei, sich zu wünschen, ihr das Haar aus dem Gesicht streichen zu dürfen. Dann aber schüttelte er den Kopf. Das würde nicht passieren. Nein …

Entschlossen erhob er sich und streifte die Hose ab, zog sich das T-Shirt über den Kopf. Der Moment, sich in die Fluten zu stürzen, war gekommen. Er hätte nicht gedacht, dass der Juni zu seinem neuen idealen Bademonat hätte werden können. Wie hatte er sich geirrt! Wie sehr irrten sich all die Stadtmenschen, die sich vom Alltag überzeugen ließen, dass es das Meer im Frühsommer gar nicht gab. Und doch! Er sah es. Er roch es. Er fühlte es.

Es war überraschend warm und irgendwie weich. Seine Füße gewöhnten sich spontan daran, und das machte ihn sofort süchtig nach mehr, sodass er anfing zu laufen, so gut es im knöchelhohen Wasser ging, bis es tief genug war, um sich hineingleiten zu lassen.

Als er komplett eintauchte, fühlte sich das an wie eine Befreiung. Ja, er ließ sich richtig fallen. Und treiben. Und abwechselnd schwamm oder tauchte er. Bis die Augen brannten, bis er das Salz tief in seiner Nase und im Rachen spürte.

»Wundervoll!«, sagte er leise und meinte es auch so. Das war einfach wundervoll!

Er ließ sich wieder auf dem Rücken treiben. Seine Ohren waren teils vom Wasser verdeckt, sodass er einen tiefen Ton und abwechselnd klimpernde Wassergeräusche vernahm. Er bildete sich ein, dass das die Sprache des Meeres war, und er bedauerte es, weil er sie nicht hundertprozentig verstand.

Moreno lag im Wasser und sah dabei in den Himmel. In einen Himmel mit kleinen Wolken, die unerreichbar erschienen. Dennoch hob er einen Arm aus dem Meer, zeichnete die Linie einer perfekt geformten Wolke nach.

Das war unsinnig. Es fühlte sich trotzdem gut an. Fliegen war wahrscheinlich auch nicht schöner, überlegte er.

Er überlegte auch, dass er wider Erwarten ganz gut vorankam mit der Liste. Mit dieser unsinnigen Liste.

Der Gedanke daran machte ihn unruhig, sodass er sich umdrehte und begann, mit ausholenden Armbewegungen in Richtung Strand zu schwimmen. Seine Augen brannten wie Feuer. Das Salz.

Er blinzelte.

Die Augen brannten noch mehr.

Moreno erhob sich aus dem Wasser, ging die paar Schritte bis zum Strand, fühlte, wie die Tropfen an seinem Körper hinabglitten, um wieder eins zu werden mit dem Meer. Er rieb sich die Augen.

Sie brannten.

Er ging zum Boot und ärgerte sich, dass er kein Badetuch dabei hatte. Trotzdem zog er sich obenrum an, benutzte den Ärmel seines T-Shirt, um vorsichtig seine Augen abzutrocknen.

Sie brannten.

Verdammt!

Vom Boot aus war es noch ein gutes Stück zu laufen, um sein Häuschen zu erreichen. Es lag näher zu Toscas Haus. Spontan entschloss er sich dazu, dorthin zu gehen. Vielleicht konnte er kurz die Augen mit klarem Wasser ausspülen.

Denn sie brannten so sehr.

Ja, das schien ihm eindeutig die bessere Lösung zu sein. Daher stieg er in seine Hose und machte sich auf den Weg, bis er ein bisschen atemlos an seinem Ziel ankam.

Er klopfte fest.

Sie öffnete.

»Moreno …«, sagte sie fragend.

»Kann ich mir kurz bei dir das Gesicht waschen?«

»Ähm … natürlich.«

Sie führte ihn in ein Bad. Er erkannte nicht, ob es groß, klein, ordentlich oder veraltet war. Er blickte sich noch nicht einmal um, um das herauszufinden.

»Ich hole dir rasch ein frisches Handtuch«, erklärte sie und ließ ihn allein.

Endlich wusch er sich. Das kühle Wasser zeigte sofort seine Wirkung. Das Brennen ließ nach. Gut. Er stützte sich mit beiden Händen am Waschbecken ab und atmete einfach nur.

Ein. Aus.

Ein. Aus.

Und dann wieder von vorne.

Tosca legte ihm das Handtuch an den Beckenrand und ließ ihn wieder allein.

Er trocknete sich ab. Vermied es, sich im Spiegel anzusehen, und verließ das Bad.

Sie saß auf der Terrasse. Wie ein junges Mädchen hatte sie die Füße auf den Stuhl gezogen. Ihr gesamter Oberkörper war hinter ihren Beinen versteckt, die Arme lagen auf ihren Knien.

»Wieder gut?«, wollte sie wissen und sah ihn dabei an.

»Ja. Danke. Ich war ohne Schwimmbrille im Meer …«

»Hast du deshalb geweint?«

»Ich habe nicht geweint.«

Das hatte er ganz bestimmt nicht. Er weinte nicht. Niemals.

»Willst du was trinken?«

Er war noch viel zu beschäftigt mit ihrer letzten Frage, nickte aber mechanisch. Also stand sie auf, vermutlich um in die Küche zu gehen, und kam mit zwei Gläsern wieder, die sie auf den Tisch stellte. Ihre Armbänder. Sie klimperten dabei. Ein Klang, den er mit nichts vergleichen konnte. Ein Klang, der wundervoller nicht hätte sein können.

Er wartete, bis sie saß, nahm dann das Glas und trank daraus. Das tat unerwartet gut, obwohl es nur gekühlter Saft war.

»Du musst denken, ich sei verrückt«, stellte er fest.

Sie zog die Achseln hoch. »Sind wir das nicht alle irgendwie?«, erwiderte sie lächelnd.

In dieser Frage steckte viel Wahrheit, erkannte er. Oder vielmehr in der Antwort.

»Darf ich dir die Haare aus dem Gesicht streichen?«

Ihm war plötzlich egal, wie er auf sie wirken mochte. Nicht, weil ihn ihre Meinung nicht interessierte, nein. Viel eher war er sich sicher, dass sie nichts wirklich Schlechtes von ihm denken würde. Warum er sich so sicher war? Nun, er war es einfach.

Sie antwortete nicht. Ihre Wangen hatten eine leicht rote Färbung angenommen. Er fand das aufregend. Unerwartet aufregend.

Ohne weiter nachzudenken, stand er auf, ging zu ihr rüber und griff mit beiden Händen in ihr Haar. Direkt über ihren Ohren. Sie hielt still.

»Du trägst keine Ohrringe.«

»Stimmt.« Ihre Stimme. Wenig mehr als ein Hauch.

Er hob ihre Haare an, formte so etwas wie einen Pferdeschwanz. Er spürte, wie ihr Atem nun etwas schneller ging. Oder war es seiner?

Endlich sah er ihr Gesicht. Er schluckte. »Du solltest Ohrringe tragen.«

Schwimme nackt, um Mitternacht!

Kapitel 7

»Ma?«

Tosca schrak hoch. Aus einem Reflex heraus versteckte sie das Armband, an dem sie gerade arbeitete, unter einem Blatt Papier. Es war nämlich Morenos Armband. Was Iolanda natürlich nicht wissen konnte. Und selbst wenn sie es wüsste, wäre es ihr wahrscheinlich ziemlich egal. Dennoch …

»Hier oben!«, rief Tosca, die sich in ihren Arbeitsraum unter der Dachschräge zurückgezogen hatte.

Polternd stieg ihre Tochter die Stufen hoch. Strahlend erschien sie im Raum. Iolanda hatte gute, nein blendende Laune. Das war schön anzusehen. Tosca lächelte freudig zurück, wenn sie auch sicher war, nicht annähernd an das glückliche Gesicht ihrer Tochter heranreichen zu können. Sie blickte erwartungsvoll auf ihren Lieblingsmenschen und merkte, wie Iolanda kurz irritiert in ihrer Bewegung innehielt und die Augen leicht zusammenkniff.

»Wieso trägst du Ohrringe?«, wollte Iolanda wissen.

Tosca griff sofort an ihre Ohrläppchen, als müsse sie sich selbst vergewissern. Gleichzeitig fühlte sie sich ertappt und ziemlich töricht. Weil sie natürlich sehr genau wusste, dass sie Ohrringe trug. Und sie wusste auch, für wen. Und überhaupt …

Töricht.

Das traf es genau.

»Eine Kundin hat mich gefragt, wie dieses Modell bei offenem Haar wirkt …«, erzählte sie drauflos und klang dabei so überzeugend, dass sie sich am liebsten selbst zu ihrem sicheren Tonfall gratuliert hätte.

Iolanda kam weiter auf sie zu, sah Tosca noch genauer an. »Die sind ja voll schön. Kann ich die haben?«

Es handelte sich um wirklich hübschen Schmuck, bei dem sie mal ausnahmsweise kein Treibgut verwendet hatte. Auf diese Ohrringe war Tosca sehr, sehr stolz, denn sie stellten kleine Fischernetze dar. Die Idee dazu war ihr an einem Morgen gekommen, als sie bei ihrem üblichen Spaziergang Reste eines solchen eingesammelt hatte. Sie hatte sich gleich darauf an ihren Arbeitstisch gesetzt und so lange mit feinstem Silberdraht und Faden hantiert, bis der Effekt eines schwingenden Netzes hergestellt war. Kleine, bunte Seesterne aus Knetmasse hatte sie gekonnt darin verteilt, sodass das Gesamtwerk wirklich hübsch anzusehen war.

Sie machten also jede Menge Arbeit. Und sie waren teuer.

Trotzdem nahm sie sie ohne zu zögern ab und reichte sie ihrer Tochter, die sie gleich ansteckte und damit natürlich wunderhübsch aussah.

Iolanda beäugte sich in einem Handspiegel, der noch nicht ganz fertig auf Toscas Arbeitstisch herumlag. Sie hatte vor, ihn mit goldbesprühtem Treibholz zu verschönern. Der würde sich sicher ganz toll auf ihrer Homepage machen. Vielleicht extra hervorgehoben, als Neuigkeit des Monats. Bisher hatte sie noch immer alles verkauft, was sie auf diese Weise anpries.

»Ach, Ma, ich weiß übrigens, in welchem Hotel Annalisa untergekommen ist«, warf Iolanda einfach so dahin.

»Aha. Wie das?«

Ihre Tochter sprang hoch, um sich auf den Arbeitstisch zu setzen. Das Blatt, mit dem Tosca eilig das Armband bedeckt hatte, flog elegant und beinahe lautlos zu Boden.

Nackt lag es nun da. Das Armband. Oder zumindest das, was davon schon fertig war. Und es war wirklich nur ein minimaler Teil. Also, keinen Stress, sprach Tosca sich selbst gut zu.

In der Tat interessierte Iolanda das Schmuckstück kein bisschen.

»Du kennst Gaia aus der Parallelklasse, oder?«

Tosca nickte zwar, aber ihre Tochter erzählte bereits weiter.

»Na ja, Gaia hat da diese Tante. Die hat sich doch letztes Jahr scheiden lassen, weißt du noch? Und die arbeitet jetzt jedenfalls im *Gabbiano*. Das hat Gaia mir erzählt. Ich habe sie gebeten, ihre Tante zu fragen, ob sie gerade einen Gast haben, der zu Annalisas Beschreibung passt. Weil … ich dachte nämlich, dass Annalisa doch irgendwie so aussieht wie jemand, der im *Gabbiano* schlafen könnte. Findest du nicht?«

Das Hotel *Gabbiano* war ein schicker Laden. Ein Hotel für anspruchsvolle Snobs. Und in diese Kategorie passte ihre Mutter definitiv. Sie nickte. Iolanda hatte gut recherchiert. Nur was sollte Tosca jetzt mit diesem Wissen tun?

»Soll ich da mal anrufen? Morgen ist Sonntag. Meinst du nicht, das wäre ein guter Tag, um sie zum Essen einzuladen?«, schlug Iolanda vor.

Tosca fröstelte.

Allein der Gedanke bereitete ihr schon Unbehagen. »Nein. Das meine ich ehrlich gesagt nicht.«

»Aber du hast doch selbst zu ihr gesagt, dass du sie zum Mittagessen einladen würdest.«

»Richtig. Das habe ich. Ich bin aber noch immer der Meinung, dass der erste Schritt von ihr kommen sollte.« Tosca merkte erst als sie es aussprach, wie ernst es ihr damit war. Sie war nicht gewillt, auch nur einen Finger zu rühren, um sich ihrer Mutter zu nähern. Weil sie wirklich hart gearbeitet hatte, um sich ein Leben ohne sie aufzubauen.

»Ihr seid vielleicht kompliziert, ihr Erwachsenen …«

Annalisa war kompliziert. Nicht sie.

»Hör zu, Ioio, wenn Annalisa wirklich hier ist, weil sie uns braucht, dann wird sie sich schon rühren.«

Tosca seufzte. Sie hatte so gar keine Lust, sich weiter mit diesem Thema zu befassen. Und sie war auch sauer auf ihre Mutter, weil sie durch ihr Erscheinen Ioio gegen sie aufhetzte. So sah Tosca das zumindest. Natürlich, es war ihr bewusst, wie sehr sie alles ins Negative drehte, wenn Annalisa ins Spiel kam. Doch die letzten Jahre hatte sie sich damit aber über Wasser gehalten, und schon allein aus diesem Grund wollte sie gar nichts gegen diesen offensichtlichen Abwehrmechanismus tun.

»Na, wenn du meinst …«

Jetzt machte Iolanda dieses ganz spezielle Gesicht. Dieses traurige Kleinmädchengesicht mit zusammengezogenen Augenbrauen und in Falten gelegter Stirn. Tosca hatte den Eindruck, dass ihr eigenes Herz sich ähnlich zusammenzog.

»Lass es uns einfach so machen: Falls Annalisa sich im Laufe der nächsten Woche wirklich nicht von allein meldet, dann darfst du sie anrufen! Aber nur, um dich zu erkundigen, wie es ihr geht«, gab sie daher nach. In der Hoffnung, dass Iolanda selbst die Lust daran verlor, ihre Großmutter in ihr Leben zu lassen.

Iolandas Gesichtszüge entspannten sich sofort. Sie klatschte sogar begeistert in die Hände und sprang vom Tisch. »Du wirst sehen, das wird schön!«

Das bezweifelte Tosca nicht nur, das empfand sie als schier unmöglich.

Ihre Tochter schnappte sich ein Blatt Papier und einen Bleistift, bevor sie sich wieder auf den Tisch setzte. Sie steckte ihr Haar hinter den Ohren fest und begann, am Stift zu kauen. Was Tosca irritierte. Es war ihr Bleistift. Es war ihr Arbeitszimmer. Hier wollte sie nichts weiter als Ordnung. Sie schüttelte das Unbehagen trotzdem ab, weil sie sich selbst viel zu spießig fand.

»Was soll das werden?«, erkundigte sie sich aber nach einer Weile. Als ihr Bleistift jedoch schon nicht mehr zu retten war.

»Ich will mir nur aufschreiben, was ich mit Annalisa alles unternehmen könnte«, erklärte Ioio in einem Tonfall, der darauf schließen ließ, dass sie Gefallen an ihren Plänen fand. Dass sie sich vielleicht sogar darauf freute.

»Zum Beispiel?«

»Na, wir könnten zum Beispiel gemeinsam in die Stadt fahren …«

Tosca zog überrascht die Augenbrauen hoch.

»Du willst in die Stadt? Wieso hast du denn nichts gesagt? Ich kann dich doch fahren.« So war es ja nicht, dass sie Annalisa brauchten, um mal kurz in die nächstgrößere Stadt zu gelangen.

»Das ist nicht dasselbe«, erklärte Iolanda mit fast kindlicher Naivität. Einer Naivität, die Tosca törichterweise sogar verletzte. »Oder … Kino. Was meinst du, mag Annalisa Kinobesuche?«, fuhr Iolanda unbeirrt fort.

Tosca nahm ihr den Bleistift aus der Hand. Sie ertrug es nicht mehr, sich das sture Kauen noch weiter mitanzusehen.

Sie ertrug aber auch das Gespräch rund um Annalisa keine Sekunde länger.

Kino.

Ioio wollte schon seit Jahren nicht mehr mit ihr ins Kino. Und jetzt sollte ihr Kind ausgerechnet mit Annalisa einen Film ansehen? Ihr wurde fast übel.

Iolanda griff nach ihrer Hand. »Ma, wir können eine glückliche, normale Familie werden. Glaub mir!«, sagte sie eindringlich.

Eine glückliche, normale Familie.

Schon wieder so ein Satz, der die Macht besaß, alles in ihr aufzuwühlen wie eine ganz fiese Strömung.

Eine glückliche, normale Familie.

Denn bis gerade eben hatte Tosca geglaubt, die bereits zu haben.

Iolanda verschwand wenig später und ließ Tosca mit ihren Gedanken allein. Sie nahmen unheimlich viel Platz ein. Bis zur Decke reichten sie. Mindestens. Da Arbeit aber noch immer die beste Medizin war, wandte sie sich wieder Morenos Schmuck zu. Vorsichtig legte sie sich das Silber, das sie als Grundmaterial ausgewählt hatte, in die Hand.

Schön sah das aus, wie das Armband sich sanft in die kleine Höhle ihrer Handfläche schmiegte. Sie stellte sich vor, es handle sich um eine seiner Haarsträhnen, und strich liebevoll drüber. Das Verlangen, Morenos Haar zu berühren, war übermächtig. In diesem Moment, in dem sie jegliche Art von Eigenschutz abgelegt hatte, fraß und nagte es an ihr und machte, dass eine fast vergessen geglaubte Wärme in ihr hochkam. Irgendwo zwischen Bauch und Brust. An dieser Stelle, die so schwer zu definieren und doch so einfach zu finden war.

Lange sah sie es sich einfach an, das unfertige Schmuckstück, genoss das wohlige Gefühl bei der Vorstellung, es Moreno tragen zu sehen. Dann begann sie, weitere Silberkugeln auf das Band aufzufädeln, das aus wiederverwendeten Stücken eines Seils bestand. Sie wollte das Armband betont einfach halten und das Silber nur mit einem einzigen Stein auflockern. Dafür brauchte sie allerdings einen ganz besonderen Stein.

Tosca arbeitete konzentriert weiter, bis ihr die Augen brannten und sie müde das Licht in ihrem Arbeitsraum löschte. Sie war durstig, holte sich ein Glas Wasser und hatte plötzlich Lust, noch ein paar Schritte am Strand entlangzugehen. Es war zwar stockdunkel, aber um sich nur eben die Beine zu vertreten, würde das Licht aus ihrem Haus reichen. Die Taschenlampe musste sie für den kurzen Spaziergang nicht mitnehmen.

Es war nachts noch nicht wirklich warm, sodass sie sich ihre Jacke schnappte und hineinschlüpfte, bevor sie das Haus verließ. Sie verzichtete aber auf Schuhe. Das Gefühl, wenn die nackte Fußsohle auf den kühlen, weichen Sand traf, war himmlisch. Wie auf Wolken gehen, nur mit dem beruhigenden Gefühl, trotzdem mit der Erde verankert zu sein.

Ihre Mutter fiel ihr ein, während sie spazierte – direkt an der Stelle, wo das Meer den Sand traf. Das Gefühl, sie nicht in ihrem Leben zu wollen, wurde so übermächtig, dass sie mehrmals mit offenem Mund nach Luft schnappte. Sie schmeckte Salz. Sie schmeckte Galle. Und sie überlegte, dass sie den morgigen Tag mit angenehmen Dingen füllen wollte. Adriana. Ja. Die würde sie einladen. Gute Idee. Sehr, sehr gute Idee. Adriana würde mit ihrer unvergleichlichen Art für gute Laune sorgen. Und die brauchte sie ganz dringend.

Tosca hielt den Atem an.

War da was im Wasser?

Sie strengte sich an, im dicken, undurchdringlichen Schwarz irgendetwas zu erkennen. Es gelang ihr nicht. Sie hörte aber ganz deutlich Geräusche.

Da war auf jeden Fall etwas im Wasser. Ein Fisch? Ein großer Fisch.

Oh, verdammt.

Kein Fisch.

Das war … Moreno.

Und er war nackt.

Er hatte sie gesehen. Flüchten war nicht mehr drin. Sollte sie ihn ignorieren? Ansprechen?

Wieso tat er nichts, um seine Männlichkeit zu verbergen?

Wieso sah er im schwachen Mondlicht aus wie ein lebendig gewordener Traum?

Wieso …?

Ihr fiel nichts mehr ein.

Ihr Kopf war leer.

*

»Die Strömung hat mich offenbar ziemlich weit von der Stelle getrieben, an der ich ins Wasser gestiegen bin.« Moreno fand, dass er Tosca eine Erklärung schuldig war. Zumindest darüber, warum er sich näher an ihrem als an seinem Haus befand. Das mit dem Nacktsein … oh Gott, das ließ er lieber unkommentiert stehen.

»Ja. Das … kann schon mal passieren.« Ihre Stimme zitterte. Leicht zwar nur, aber doch deutlich genug für seine Ohren.

Sie zog ihre Jacke aus und reichte sie ihm wortlos.

Er versuchte hineinzuschlüpfen. Als es ihm auch nach dem dritten Versuch nicht gelang, mussten sie wohl einsehen, dass sie ihm zu klein war. Er gab sie ihr zurück. Und begann zu frieren. Eigentlich sollte er sich schleunigst davonmachen und von seinem Ruf noch das retten, was zu retten war. Aber er wollte sie nicht so zurücklassen. So ohne ein weiteres Wort der Erklärung.

»Es ist … so eine Art Wette«, versuchte er zu berichten.

Sie hob bloß abwehrend die Hand. »Du musst mir nichts erklären.«

»Na ja, ich würde ungern bei dir als verrückt gelten.«

»Tust du nicht.«

Er hörte heraus, wie ernst sie es meinte. Und er fragte sich, womit er ihre Solidarität, ihren Glauben an ihn verdiente.

»Kannst du tanzen?« Ein plötzlicher Themawechsel erschien ihm genau richtig.

Jetzt war sie doch leicht irritiert. Natürlich!

»Nicht wirklich.«

»Bestimmt besser als ich.«

Sie zuckte mit den Schultern. »Du hast zu großes Vertrauen in meine Talente, fürchte ich.«

»Würdest du trotzdem mit mir tanzen?«

»Hier? In diesem Moment?«

»Jetzt glaubst du doch, dass ich verrückt bin.«

»Du machst es mir nicht leicht, diese Wahrscheinlichkeit entschlossen zu ignorieren …«

Sie lachten beide. Verhalten erst. Als Moreno aber bewusst wurde, wie grotesk die Situation tatsächlich war, packte es ihn so richtig. Er lachte Tränen und war nicht überrascht, als Tosca japsend miteinstimmte.

»Ich gebe zu, dass ich in letzter Zeit viel Verrücktes tue. Aber meine Frage mit dem Tanzen war ernst gemeint.«

Sie zuckte erneut mit den Schultern. »Einen Walzer bekomme ich wohl gerade so hin …«

»Gut. Das reicht mir vollkommen. Haben wir einen Deal?«

»Okay«, erwiderte sie etwas zögerlich.

»Morgen Abend? Bei mir?«

Tosca nickte.

»Dann … gehe ich jetzt wohl besser. Sonst hole ich mir noch den Tod.«

»Ja …«

Er hob die Hand zum Gruß. Sie tat es ebenfalls. Wenn er ehrlich war, hatte er überhaupt keine Lust, sich von ihr zu verabschieden. Sie hatte diese angenehme Art, die Einsamkeit von Mareblu erträglicher zu machen. Nur konnte er schlecht noch länger splitternackt vor ihr stehen. Er versuchte zu lächeln und ging schließlich widerwillig. Noch keine zehn Schritte hatte er sich von ihr entfernt, als er sie rufen hörte. Er blieb stehen, drehte sich ein letztes Mal zu ihr um. Ohne einen Funken Würde. Die Kälte zog ihm Körperteile zusammen, die im Naturzustand doch deutlich größer waren. Nicht, dass die Größe jetzt wirklich wichtig war … aber, nun ja. Irgendwie war sie es doch.

»Ja?«

Sie räusperte sich und zeigte dabei eine Verlegenheit, die er kurz zuvor nicht in ihr erkannt hatte. »Ich wollte …« Sie schabte mit dem nackten Fuß im Sand.

Moreno war sich nicht sicher, ob er nachhaken oder besser abwarten sollte. So gut kannte er sie noch nicht. Er fuhr sich über das Gesicht.

»Ich meine … kommt das mit dem Nacktbaden öfter vor?«

Zwar verstand er nicht, worauf sie hinauswollte, aber er schüttelte vehement den Kopf. »Nein, nein. Das heute Nacht … das ist eine Ausnahme.«

»Okay. Gut. Ioio … also Iolanda, meine Tochter, ist ja auch manchmal hier am Strand und …«

»… so ein alter nackiger Mann wie ich wäre kein schöner Anblick für sie. Verstanden. Keine Sorge. Das wird nicht wieder vorkommen. *Mai più!*«

»Oh, nein, nein. Der Anblick ist ganz wundervoll, nur eben nicht für die Augen eines pubertierenden Mädchens geeignet!« Tosca ereiferte sich jetzt richtig. Und bei ihm blieb ein Wort hängen.

Wundervoll.

Das hatte sie gesagt.

Er trug dieses *Wundervoll* mit zum Häuschen. Er erzählte sogar Oronzo davon. Und dem Duschvorhang. Und dem Wasser. Er erzählte jedem Teil des Hauses davon, mit dem er in Berührung kam. Denn es hatte *ihn* ebenso berührt. Unausweichlich.

Wundervoll.

Auf diese Weise hatte er sich *nie* gesehen. Er war sich gar nicht sicher, ob dieses Wort zu ihm passte. Ja, er grübelte sogar und fragte sich, ob er Tosca vielleicht missverstanden hatte.

Er blieb noch eine Weile im Bad, stellte sich ans Waschbecken und stützte sich mit den Händen daran ab, um einen besseren Blick in den Spiegel werfen zu können. Was er sah, war ein nicht mehr ganz junger, aber durchaus attraktiver Mann. Gut, sein Haar war vielleicht gerade etwas zu lang. Und der Bart, na ja, er verdeckte sein halbes Gesicht, hob aber seine dunklen Augen hervor, die viel gesehen hatten. Viel Schönes. Viel Schlimmes. Es hielt sich in etwa die Waage. Schade nur, dass man Schönes so leicht vergaß, während Schlimmes sich immer unauslöschlich ins Gedächtnis brannte. Er nahm sich vor, das in Zukunft andersherum zu handhaben. Schlimmes vergessen und Schönes bewahren.

Ja. Warum nicht?

Moreno dachte an Toscas Gesicht, an ihren Ausdruck, als er in ihr Haar gefasst hatte.

Schönes.

Ja.

Daran wollte er festhalten.

Male ein Bild!

Kapitel 8

Tosca hatte Adriana am Abend zuvor noch zum Sonntagsbrunch eingeladen. Ihre Freundin hatte unter der Bedingung zugesagt, auch etwas mitbringen zu dürfen. Adri kochte selten selbst, da ihre Mutter ihr den Kühlschrank immer mit Essensvorräten füllte. Und die wollte sie offenbar loswerden. Tosca nahm nur allzu gerne an. Sie liebte die Kochkünste von *signora* Maiese. Adri weniger. Zu viele Kalorien, fand sie immer.

Entspannt hatte Tosca den Tisch auf der Terrasse gedeckt und freute sich auf den Sonntag mit ihrer Freundin und ihrer Tochter. Sogar Blumen hatte sie geholt, damit alles noch schöner aussah. Zugegeben, sie hoffte auch ein bisschen, Iolanda auf diese Weise zu zeigen, dass sie Annalisa in ihrem Leben nicht brauchten, weil sie schon alles hatten.

Es klopfte an der Haustür.

»Da bist du ja, Adri!«, rief sie, nachdem sie die Tür geöffnet hatte.

»Einen wundervollen Morgen, liebste Freundin!«, sagte Adriana und schlängelte sich mit einem Korb an ihr vorbei.

Tosca lief ihr hinterher. Direkt in die Küche, wo Adriana das Mitgebrachte bereits abstellte.

»Was hast du Gutes dabei?«

»Lasagne, Fleischbällchen, frisches Brot, Aufschnitt und … Prosecco«, zählte ihre Freundin auf, während sie Lebensmittel und Flasche hervorholte.

Tosca knurrte schon vom Zuhören der Magen. »Frag deine Mutter, ob sie mich adoptiert!«

»Du bist doch schon längst Teil der Familie.«

Irgendwie rührte Tosca das. Sie schniefte leise.

»Hey!« Adriana nahm ihre Hände. »Ich kenne dich lange genug, um zu wissen, dass du ein emotionales Wrack bist, seit Annalisa in Mareblu ist. Das Gute an der ganzen Sache ist, dass du sie nicht brauchst. Hier lieben dich genügend Menschen innig, weil du so bist wie du bist. Okay?«

Tosca brannte es in der Nase. Und in den Augen. Vor allem dort. Aber sie wedelte die Tränen tapfer weg. Heulen wollte sie nun wirklich nicht! Diese Macht wollte sie ihrer Mutter nicht geben. Sie umarmte ihre Freundin und atmete durch den Mund, um ihr starkes Parfüm nicht so intensiv riechen zu müssen. »Danke, Adri.«

Sie lösten sich voneinander.

»Das ist doch nichts.«

»Spinnst du? Was du sagst, bedeutet mir die Welt!«

»Ach Tosca …«

Sie umarmten sich erneut.

»Hab ich was verpasst?«, meldete sich Iolanda zu Wort, die eben erst unbemerkt zu ihnen gestoßen war und noch ganz verschlafen wirkte.

»Nur Weibertratsch«, versicherte Tosca schnell und fing sich wieder. Iolanda brauchte nicht wissen, wie sehr sie die Anwesenheit ihrer Mutter tatsächlich mitnahm.

Ihre Tochter reagierte mit Augenrollen und Würggeräuschen auf ihre Antwort, was sie alle drei zum Lachen brachte.

»Und was jetzt?«, wollte Iolanda wissen und setzte sich an den Tisch.

»Proseccofrühstück?«, schlug Adriana vor.

Eigentlich wollte Tosca protestieren. Dann aber fragte sie sich, wogegen denn bitte schön. Proseccofrühstück war so ziemlich das Beste, was sie sich jetzt vorstellen konnte.

»Das ist unfair. Ich will auch Spaß haben.« Iolanda schmollte. Und sah dabei so verdammt niedlich aus, dass Tosca sie am liebsten geknuddelt hätte.

»Ein Schlückchen darfst auch du haben, *va bene?*«, willigte sie ein. Was machte es schon, wenn sie ihrer Tochter einen winzigen Schluck erlaubte? Das würde sie sicher nicht in eine Rabenmutter verwandeln. Rabenmütter waren da ganz andere …

So richtig betrunken waren sie am Ende nicht. Aber heiter. Sehr, sehr heiter. Nur Iolanda war beim Schlückchen geblieben. Tosca und Adriana hatte die Flasche hingegen geleert.

Das war der beste Sonntag seit Langem, überlegte Tosca entspannt und lehnte sich auf dem Stuhl zurück.

Das wohlige Gefühl verschwand selbst dann nicht, als es wieder an der Haustür klopfte.

Sie erhob sich nach einem fragenden Blick in die Runde, wusste aber, wen sie am liebsten an der Tür sehen würde: Moreno.

Der war es aber nicht.

Sondern Annalisa.

Da war es doch weg, das wohlige Gefühl. Tosca musste schlucken.

»Buongiorno«, grüßte Annalisa etwas steif und hielt ihr ein

unverschämt gut duftendes Paket entgegen. Brathähnchen, erkannte Tosca überrascht und keineswegs unbeeindruckt.

»Buongiorno«, grüßte sie zurück und nahm das warme Paket an.

»Ich war in Mareblu spazieren und habe diese Leckerei entdeckt, nein, viel mehr gerochen. Und da dachte ich, dass wir … es eventuell gemeinsam essen könnten. Mag Iolanda Brathähnchen?«

»Iolanda mag alles, was so toll riecht.« Trotzdem stand sie noch immer in der Tür. Unentschlossen. Ratlos, wie es weitergehen sollte. Wie dieser unerwartete Besuch sich entwickeln würde. Ob sie überhaupt wollte, dass er sich weiterentwickelte. Es imponierte ihr trotzdem ein bisschen, ihre Mutter so kleinlaut vor sich stehen zu sehen. Sie wollte eine Geste von ihrer Mutter. Und das war eine Geste, nicht?

»Komm rein!«, bot Tosca schließlich an. Der Prosecco brodelte in ihrem Magen, und sie hoffte urplötzlich, ihrer Mutter nicht ins Gesicht zu rülpsen. Der Gedanke erheiterte sie kurz sehr heftig, und sie fürchtete, gleich laut loszulachen. Das passierte aber beides nicht.

Es passierte allerdings auch nicht, dass sie sich zur Begrüßung noch umarmten. Ganz im Gegenteil waren sie sehr darauf bedacht, sich nicht zu berühren. Weder körperlich noch geistig.

Ohne sich weiter darüber Gedanken zu machen, packte Tosca auch diesen verpassten Mutter-Tochter-Moment einfach nur weg. Weg zu den anderen.

Sie führte Annalisa auf die Terrasse, wo Adriana und Iolanda erstaunt aufblickten. »Seht her, wer uns heute einen Überraschungsbesuch abstattet!«

Tosca beobachtete ihre Tochter dabei, wie sie aufsprang, um ihre Großmutter zu begrüßen. Und ihr schönes Kind schaffte das, was Tosca nicht konnte: Sie umarmte Annalisa. Kurz zwar, aber herzlich. Annalisa stand die Freude über diese Geste deutlich ins Gesicht geschrieben. Sie schien sogar ein wenig verlegen. Dann fuhr sie Iolanda flüchtig über das Haar und wendete ihren Blick auf Adriana.

»Ich hoffe, ich störe nicht. Ich hätte vorher anrufen sollen …«

Ja, das hätte sie vielleicht, überlegte Tosca. Doch andererseits missfiel ihr das spontane Erscheinen ihrer Mutter nicht gänzlich. Vor allem, wenn sie dafür sorgte, dass ihr gesamtes Haus so verdammt lecker nach Brathähnchen roch.

»Das ist meine beste Freundin Adriana«, stellte Tosca sie daher einfach vor.

Sie nickten sich zu, und Annalisa wollte wissen, ob es eine Tischordnung gab.

»Such dir einen Platz aus«, bot Iolanda an.

Annalisa zog die Schultern hoch. »Am liebsten würde ich neben dir sitzen«, sagte sie zu ihrer Enkelin.

Tosca erstarrte innerlich. Viele widersprüchliche Gefühle regten sich in ihr. Dass sie sich zum Beispiel mal wieder ignoriert fühlte, das verdrängte sie sofort wieder. Sie wollte nur hoffen, dass diese bevorzugte Behandlung von Iolanda keine Hintergedanken verbarg. Sie befürchtete dennoch, Annalisa wolle ihr mit dieser Zuneigung zu Iolanda nur wehtun. Ja, der Gedanke nistete sich regelrecht ein.

Wenn es um ihre Mutter ging, rechnete Tosca immer mit dem Schlimmsten. Da konnte sie gar nichts dagegen tun.

»Hatten Sie bislang einen angenehmen Aufenthalt, Annalisa?«, erkundigte sich Adriana, sichtlich bemüht, eine Konversation einzuleiten, um das Gefühl der Fremdelei zu überbrücken, das so greifbar war wie ein weiterer Gast. Tosca dankte ihrer Freundin stumm, denn ihr selbst fiel nicht viel ein. Sie widmete sich lieber dem Essen. Einfach, um irgendetwas zu tun, was sie ein wenig ablenken konnte von ihrem inneren Kampf.

»Sehr, danke. Dieser Ort hat etwas Heilendes.«

»Das stimmt. Die Ruhe im Frühsommer tut gut«, pflichtete Adriana ihr bei. »Gleichzeitig ist das Wetter schon so toll wie im Sommer, dafür aber nachts noch so frisch, dass man zumindest schlafen kann. Eine Menge Vorteile.«

Und plötzlich sah Tosca ihre Freundin mit anderen Augen. Sie sah deren auffälliges, total misslungenes Make-up. Sie sah deren gesamte Erscheinung, die besonders an diesem Tag ein wenig planlos und zusammengewürfelt schien. Tosca machte das nichts aus. Sie mochte ihre Freundin, wie sie war. Aber Annalisa … Tosca konnte förmlich spüren, wie ihre Mutter die Besonderheiten von Adriana stumm, aber rücksichtslos verurteile. Es tat ihr im Herzen weh, dass sie ihre Freundin diesem Urteil ausgesetzt hatte.

»Das kann ich nur unterschreiben«, erwiderte Annalisa.

»Früher waren Sie ja eher im Hochsommer hier, nicht?« So ging es weiter im Text.

Wie auf Kohlen verfolgte Tosca das Gespräch mit, während sie Geschirr und Besteck für ihre Mutter holte. Sie war bereit. Bereit, in jedem Moment zur Verteidigung ihrer Freundin einzugreifen.

»Richtig. Meine Eltern haben das Haus hier Jahre nach Toscas Geburt gekauft. Und wir waren oft bei ihnen. Meistens im Sommer. Ich denke, ich kann mich jetzt auch wieder an Sie erinnern, Adriana.«

Das bezweifelte Tosca, und innerlich lachte sie bitter. Annalisas Worte entsprachen zwar der Wahrheit. Aber einer irreführenden Art von Wahrheit. Denn Annalisa hatte sich im Sommer immer nur wenige Stunden in Mareblu aufgehalten.

Gerade so lange, um Tosca bei Beginn der Ferien abzuliefern und am Ende wieder abzuholen. Tosca fiel nach so langer Zeit wieder ein, wie verlassen sie sich manchmal gefühlt hatte, obwohl es ihr bei den Großeltern an nichts gefehlt hatte.

Gefangen in Erinnerungen, fiel Tosca fast der Teller aus der Hand, den sie gerade vor Iolanda abstellen wollte. Ihre Tochter fing das Geschirr geschickt auf. Aber die Stimmung war plötzlich ganz anders. Eisig, irgendwie. Selbst Adriana sagte nichts.

»Ich bedauere es jetzt, nicht viel mehr Zeit hier im Häuschen verbracht zu haben. So vieles wird einem erst bewusst, wenn es zu spät ist«, sagte dann Annalisa völlig unerwartet. Tosca spürte, wie der Blick ihrer Mutter ihren suchte, aber sie war nicht bereit. Nein. Sie konnte ihn nicht erwidern. Nicht jetzt.

Stattdessen setzte sie sich. *»Buon appetito!«*, wünschte sie Annalisa. Ihre betont fröhliche Stimme klang selbst in ihren Ohren wie ein höhnischer Aufschrei, der all ihren Frust mit sich trug.

»Obwohl ich schon ziemlich satt bin, möchte ich doch etwas vom Brathähnchen. Das riecht geradezu verboten lecker!«, gestand Iolanda, die offenbar die Feinheiten und Spannungen nicht spürte oder spüren wollte. Sie machte sich über das Essen her.

»Ich kann es auch kaum erwarten, davon zu kosten«, gab Annalisa zu und zwinkerte ihrer Enkelin zu.

Diese zarte, kaum angedeutete Zweisamkeit zwischen den beiden war für Tosca schwer zu verstehen, schwer einzuordnen und, überhaupt, schwer zu ertragen. Noch immer stellte sie die Echtheit dieser Gefühle infrage.

»Wein?«, fragte sie deshalb in die Runde. Mehr Alkohol. Das war eindeutig die einzig richtige Methode, um den Tag irgendwie zu überstehen.

»Ja, bitte!«, antworteten alle, außer Iolanda, wie aus einem Mund.

Sie sahen sich an. Und kicherten. Zwar kurz nur. Aber das war der erste richtig gute Moment seit Annalisas Erscheinen.

Tosca schenkte erst Adriana, dann ihrer Mutter ein. Sie tranken ein paar Schlucke, setzten dann sehr viel entspannter wieder die Gläser ab.

»Was machst du eigentlich den ganzen Tag lang?«, erkundigte sich Iolanda ziemlich indiskret bei Annalisa. »Ich meine, du sitzt sicher nicht dauernd im Hotel, oder?«

»Ach, weißt du, eigentlich schon. Dort werden ein paar Aktivitäten angeboten, die ich sehr interessant finde und bei denen ich gerne mitmache.«

»Zum Beispiel?« Iolanda bohrte einfach weiter. Das hatte das Kind nicht von ihr!

»Zum Beispiel gibt es da einen Malkurs bei einem gewissen … Tito Salterio, wenn ich mich nicht täusche.«

»Oh Gott! Das ist mein Kunstlehrer!«

»Tatsächlich?«

»Jaaaaaa!«

»Ist das so schlimm?«

Annalisa schien sich prächtig über Iolandas Spontanität zu amüsieren.

»Na ja, wenn deine Nerven das aushalten …«

»Hm. Ich verstehe nicht, was du meinst.«

»Salterio ist der langweiligste Mensch auf Erden. Mir droht während jeder Kunststunde ein Nervenzusammenbruch, weil ich seine Art nicht ertrage. Ich meine, allein wie der redet!«

Tosca fragte sich, ob ihre Tochter sich selbst gerade hörte. Sie klang im Moment auch nicht gerade toll, stellte sie amüsiert fest. Übertrieben panisch und irgendwie ergeben euphorisch.

»Ich finde seine Stimme schön.«

»Schön? Bist du sicher, dass du nicht mal zum Ohrenarzt musst?«

Jetzt lachte Annalisa. So richtig von Herzen. Tosca fand das gleichzeitig erschreckend und wundervoll. Widersprüchlich eben. Wie alles, was mit ihrer Mutter zu tun hatte.

»Kann er denn zumindest malen, der gute Salterio?«

»*Das* kann er!«, räumte Iolanda ein.

»Na, wenigstens das!« Annalisa lächelte Iolanda zu und widmete sich dann ihrem Essen.

Tosca ertappte sich dabei, allmählich zu entspannen. Sie spürte, das alles gut war. Wenigstens hier und jetzt in ihrer Küche. Was danach und in Zukunft sein würde, das konnte sie nicht sagen. Aber jetzt, exakt in diesem Augenblick, war alles gut.

⋆

»Bist du nervös, Oronzo?«

Der Hund war ungewöhnlich aktiv. Fetzte von der Eingangstür zur Hintertür und wieder zurück. Moreno fragte sich, ob seine eigene Anspannung sich auf das Tier übertrug, oder ob er heute einfach mal aus persönlichen Gründen am Durchdrehen war. Wer konnte das schon sagen? Oronzo war ja sehr eigen.

Zartes Klopfen gab dem Hund den Rest. Er bellte ungewohnt atemlos und tänzelte aufgebracht, bis seine Pfoten sich alle gleichzeitig vom Boden hoben und er tatsächlich den Bruchteil einer Sekunde lang schwebte.

Moreno schüttelte amüsiert den Kopf und ging zur Hintertür. Er atmete einmal durch und öffnete endlich.

Obwohl er niemand anderen als Tosca erwartet hatte,

machte ihr Anblick ihn doch seltsam sprachlos. Wie jemand, der tagelang einen Text auswendig gelernt hatte, um sich im entscheidenden Moment an kein einziges Wort mehr zu erinnern. Ihm wurde gleichzeitig sehr deutlich bewusst, in welchem Zustand sie ihn am Vorabend gesehen hatte …

»Bin ich zu früh dran?«, erkundigte sie sich vorsichtig. Und er wollte nicht, dass sie bei ihm vorsichtig sein musste. Oder sein wollte. Ihre Vorsicht machte, dass er weiterhin sprachlos blieb. Weil er sie so dringend vom Gegenteil überzeugen wollte und seine Gedanken sich unschön überschlugen.

»Oder zu spät?«, fragte sie weiter, als von ihm einfach keine Antwort kam.

Jetzt musste er doch lachen. »Genau richtig trifft es eher«, schaffte er es endlich zu versichern. »Komm rein.«

Sie hatte sich zurechtgemacht. Das erkannte er sofort. Nicht auffällig oder gar übertrieben. Eher … na ja, eben vorsichtig.

Da war es schon wieder.

Vorsichtig.

Das musste sie nicht. Nicht bei ihm. Wie konnte er ihr das nur verständlich machen, ohne dabei eine gewisse Grenze zu überschreiten? Wobei … hatte er nicht schon alle möglichen Grenzen überschritten? Übersprungen? Eingerannt?

Oronzo eilte zu Hilfe. Er stellte sich plump vor Tosca. »Na du? Dir geht es hier prächtig, hm?«, fragte sie den Hund und kraulte ihn kurz hinter dem Ohr.

Das reichte Oronzo offenbar, denn er drehte sich nun von ihnen weg, um sich auf den Teppich vor dem Kamin zu legen. Sein Lieblingsplatz.

Tosca knetete ihre Hände.

Moreno führte sie ins Wohnzimmer, wo er ein paar Dinge vorbereitet hatte, damit es nett aussah.

Zunächst bot er ihr etwas zu trinken an, was sie auch dankend annahm. Sie nippte jedoch nur flüchtig am Erfrischungsgetränk, stellte das Glas wieder ab und setzte sich. Dann nahm sie etwas aus ihrer Handtasche und reichte es ihm stumm.

»Für mich?« Er beäugte das Stofftäschchen interessiert.

»Nein, für Oronzo!«

»Oh. Ach so …« Er war irritiert.

Sie lachte hell. »Natürlich ist es für dich. Für wen denn sonst?«

Nun lachte auch er über seine eigene Dummheit und setzte sich endlich. Es mochte zwar stimmen, dass Tosca vorsichtig war, aber *er* stellte sich einfach nur dumm an.

Vorsicht schien ihm da definitiv eleganter.

Neugierig öffnete er das Täschchen. Ihm fiel etwas entgegen. Direkt aufs Bein. Er hob es auf und erkannte augenblicklich, dass es sich um ein Armband handelte.

Sein Armband.

Er sah es sich genau an. Es war sehr raffiniert geflochten. So raffiniert, dass er beim besten Willen nicht hinter das System kam. Aber er erkannte Silber. Und einen wundervollen Stein. Schwarz.

Er liebte es.

»Es ist toll. Du hast meinen Geschmack hundertprozentig getroffen. Würdest du es mir anlegen?«

»Natürlich!«

Sie standen beide wie auf Kommando auf, trafen sich in etwa in der Mitte des Raums. Sie nahm ihm das Armband ab. Er hob ihr den Arm entgegen. Geschickt band sie es ihm um.

»Es passt!« Sie schien erleichtert.

»Ja, das tut es. Und der Stein erinnert an meinen Ring.«

»Ich weiß …«

Moreno verstand erst jetzt, dass das kein Zufall war. Sie

hatte den Stein passend zum Ring ausgewählt. Diese Mühe machte ihn verlegen. Und verlegen war er nicht oft.

»Wie viel schulde ich dir dafür?« Er hatte das Gefühl, sich jetzt mit Konkretem, Greifbarem auseinandersetzen zu müssen.

Sie machte eine wegwerfende Handbewegung.

»Gar nichts.«

»Das kommt nicht infrage.«

»Aber sicher doch! Und außerdem bekomme ich im Gegenzug ja Tanzunterricht von dir. Oder so …«

Schon wieder musste er lachen. Er mochte ihre schlagfertige Art sehr.

Tanzen. Genau. Deshalb hatten sie sich schließlich getroffen.

»Hast du Musik?«, wollte sie wissen.

»Ich habe im Ort extra eine CD geholt«, berichtete er stolz und ging auf die etwas veraltet wirkende Stereoanlage zu, wo er die Musik startete.

»Hervorragend!«

Ein Walzer ertönte. Oronzo sah überrascht auf.

Sie kam auf ihn zu und zeigte sich endlich mutig. Nicht mehr vorsichtig.

Er wünschte, er wüsste, wie man eine Frau beim Tanzen führte. Etwas unbeholfen stellte er sich vor sie.

»Leg deinen Arm so auf meine Schulter«, forderte sie ihn auf und zeigte, wie er es machen musste. »Genau. Und jetzt nimm meine Hand.«

Er atmete ihren Duft ein, genoss es, sie zu berühren, und stellte bewusst fest, dass er schon seit einer gefühlten Ewigkeit keiner Frau mehr so nahe gewesen war. Was das alles in ihm weckte, wollte, nein, musste er ignorieren. Das passte nicht zur Situation.

»Okay. Und jetzt musst du mit dem rechten Bein einen Schritt nach vorne gehen. Schaffst du das?«

»Das will ich doch hoffen!«

»*Benissimo*. Dann auf vier. Eins, zwei, drei … Au!«

»Entschuldige bitte.« Er war ihr auf den Fuß gestiegen. Wie ein totaler Idiot, der nur dazu geboren war, um Klischees zu bedienen. Konnte er sich bitte schnell selbst ohrfeigen?

»Kein Problem. Gleich noch mal. Eins, zwei, drei, vier. Au!«

»Was war denn jetzt?«

»Rechts, nicht links, Moreno!« Sie sah ihm von unten herauf in die Augen. Zum ersten Mal an diesem Abend. Es war etwas Schelmisches, Amüsiertes in ihrem Blick. Etwas Aufregendes. Und er musste dazu noch verarbeiten, wie fantastisch sein Name aus ihrem Mund klang. Wie Poesie. Wie Sommerregen. Wie ein Sammelsurium der schönsten Dinge, die man sich vorstellen konnte.

»Das war doch rechts!«, tat er entrüstet.

»Nein. War es nicht. Kein bisschen.«

Sie lachten beide. Und es war ein entspanntes, vertrautes Lachen. Es war ein Lachen, direkt aus dem Herzen. Nicht laut, nicht übertrieben. Ein schönes, leises, zartes Lachen.

Rasiere den Bart ab!

Kapitel 9

Tosca reichte Adriana die Päckchen durch. Die Post wirkte an diesem unerwartet regnerischen Junitag, als sei sie in tiefer Trauer um die Sonne. Manchmal fragte sie sich, wie ihre Freundin es so viele Stunden lang auf ihrem Arbeitsplatz aushielt. Vor allem bei diesem Wetter.

»Ich muss dir was gestehen …«, flüsterte sie. Nicht, dass das nötig war. Gianbattista, Adrianas Kollege, sortierte in einem Nebenraum Formulare um, hatte sie sich sagen lassen. Sie waren also praktisch allein. Dennoch hatte Tosca das Gefühl, die Stimme senken zu müssen. Vielleicht, weil das Geständnis an sich schon so wuchtig war.

Adriana blickte interessiert auf. »Wenn du mir jetzt erzählen willst, dass du deine *mamma* um die Ecke gebracht und im Meer versenkt hast, halte ich mir die Ohren zu, damit ich vor Gericht nicht gegen dich aussagen muss. Aber meine Solidarität ist dir sicher.«

Tosca stöhnte innerlich. Nach dem Mittagessen am Vortag hatte sie sich lange und ausführlich mit ihrer Freundin über ihre Mutter unterhalten. Adriana hatte sich nicht zurückgehalten und Annalisa aufs Härteste verurteilt. Zwar war der Tag an sich ganz okay verlaufen. Das hieß aber noch lange nicht, dass ihre Mutter einen guten Eindruck hinterlassen hatte.

Sie machte eine wegwerfende Handbewegung. »Es geht nicht um meine Mutter.«

»Sondern?«

Nun musste sie tief Luft holen. Sie fand es enorm schwierig, über … nun ja, über *ihn* zu sprechen. Als wäre er zu kostbar, um überhaupt erwähnt werden zu dürfen. Andererseits *musste* Tosca sich jemandem anvertrauen. Sie hatte sonst Angst, die Kontrolle zu verlieren, Angst, sich selbst zu verlieren. Und das konnte sie sich nicht erlauben.

»Es geht um einen Mann …«

Adriana fielen die Augen aus den Augenhöhlen. Na ja, nicht so ganz. Aber unheimlich nah dran. »Renzo?« Ihre Freundin sprach den Namen bereits so aus, als glaubte sie selbst nicht an diese Möglichkeit. Tosca konnte es ihr dennoch nicht verübeln, dass er der einzige Mann war, den sie überhaupt in Verbindung mit ihr brachte.

Vehement schüttelte sie den Kopf. Renzo war in ihren Gedanken in noch weitere Ferne gerückt als ohnehin schon. Weiter als Pluto und Neptun und alle Planeten, die in Zukunft eventuell entdeckt werden würden, in irgendwelchen Galaxien mit komplizierten Namen.

»Jetzt sag endlich!« Inzwischen klebte Adriana förmlich an der Scheibe, die sie beide trennte.

»Ich habe jemanden kennengelernt.«

»Wie das? Doch nicht etwa auf einer Dating-Seite? Lass das lieber, Tosca … die nehmen alle Bilder von Models und sehen in echt schlimmer aus als mein Mathelehrer aus der Grundschule.«

Den kannte Tosca nicht. Dem angeekelten Gesichtsausdruck ihrer Freundin nach zu urteilen, war der arme Lehrer aber bestimmt kein Adonis gewesen. »Es geht um einen echten Mann. Der, der in Lucianinas Haus wohnt.« Sie nannte die Dinge lieber beim Namen. Immerhin kannte sie Adrianas galoppierende Fantasie. Wenn sie sich erst mal in den Irrwegen ihrer Vorstellungskraft verlor, bekam man sie nicht so schnell wieder raus.

»Und?«

»Und … nichts. Ich habe ihn ein paarmal getroffen.«

»Und?!« Adrianas Stimme war ein einziges Crescendo. Bald würde die Scheibe in tausend winzige Scherben zerbersten. Ganz sicher.

»Er ist toll.« So, nun hatte sie es gesagt.

Ihre Freundin lehnte sich zurück, ließ sie dabei keine Sekunde aus den Augen. Ein paar Momente verharrte sie so, bevor sie sich dann wieder nach vorne an die Scheibe lehnte und den Zeigefinger auf sie richtete. »Du glaubst jetzt nicht wirklich, dass ich dir das so durchgehen lasse, oder? Du wirst dieses Gebäude nicht eher verlassen, bis du mir alles haarklein erzählst hast. *Chiaro?*«

Dann rief Adriana so laut nach ihrem Kollegen, dass ohne Zweifel sogar die gesamten Meeresbewohner von hier bis nach Sardinien sie gehört haben mussten, und winkte sie zu sich. »Komm mit in den Aufenthaltsraum!« Diese Aufforderung erlaubte keine Widerrede.

Tosca betrat den Aufenthaltsraum. Sie kam sich vor wie ein Eindringling. Die Wände bemühten sich auch nicht wirklich, sie willkommen zu heißen mit ihrer neutral weißen Farbe. Irgendwer musste mal versucht haben, die Stimmung etwas mit Bildern aufzulockern. Darauf ließen die Nagelköpfe schließen, die noch wie Zeugen aus dem Mauerwerk blickten.

Sie setzten sich an den kleinen Tisch, der unter dem einzigen Fenster stand. Ihr Stuhl ächzte empört.

»Warum genau erfahre ich erst jetzt von diesem mysteriösen Mann?«, erkundigte sich Adriana sofort. Sie gab sich keine Mühe, um ihr beleidigtes Gesicht zu verbergen.

»Weil es bisher nichts zu erzählen gab. Er war nur ab und an bei mir, um sich mal nach Oronzo zu erkundigen, oder um Zucker zu holen.«

»Wie alt ist er? Wie sieht er aus?«

Ein Verhör. Ja. Genau so fühlte sich das an. Tosca war so sehr in der Rolle der Verdächtigen gefangen, dass sie tatsächlich bei der Wortwahl aufpasste, um sich nicht in Schwierigkeiten zu bringen.

Sie beschrieb ihn. So gut es ging. Während sie aber über ihn sprach, merkte sie selbst, wie wenig ihre Beschreibung ihn tatsächlich einfing. Jedem Adjektiv schien die Strahlkraft zu fehlen. Das Funkeln. Der Herzschlag. Die Magie.

»Moment, Moment, Moment!« Adriana erhob sich. »Nackt? Du meinst … nackt?«

Sie war beim Erzählen an dem Punkt angelangt, an dem sie ihn beim Mitternachtsbad getroffen hatte. Noch immer bebte in ihr alles, was nicht bestens fixiert war, wenn sie an Moreno im Adamskostüm dachte. Der Anblick war mit nichts zu vergleichen. Nichts.

»Nackt.«

»Buon Dio!« Adrianas Backen röteten sich vor Aufregung, was wunderbar mit ihrem dick aufgetragenen Rouge harmonierte. Dann aber wurde sie schlagartig ernst. »Wo ist der Haken? Ist er nicht dicht? Ein Perverser? Oder gar ein Massenmörder? Ich meine … findest du das normal, dass er sich nachts in die Fluten stürzt? Mit frei bimmelnden Glocken?«

Tosca schluckte, denn ihre Freundin sprach genau das aus,

was auch ihr zu denken gab. Wenn sie ehrlich war, benahm sich Moreno nicht gerade … normal. Auch die Sache mit den geröteten Augen, die er sich bei ihr ausgewaschen hatte, nun, das war ebenfalls ungewöhnlich gewesen. Und dann … wie er ihr ins Haar gefasst hatte … Wenn sie mit ihm redete, ihn ansah, bei ihm war, störte sie rein gar nichts an ihm und seiner Art. Wenn sie aber allein war und nachdachte, stellte sie sich doch die ein oder andere Frage.

»Was ist schon normal?«, antwortete sie lapidar.

»Na ja … stimmt eigentlich«, räumte Adriana achselzuckend ein.

»Gestern Abend dann war ich bei ihm. Weil er tanzen lernen wollte.«

»Tanzen?«

»Ja.«

»Das kannst du doch gar nicht.«

»Auf jeden Fall besser als er.«

»Vermutlich keine große Kunst.«

»Nicht wirklich …«

Adriana lehnte sich im Stuhl zurück und fuhr sich durchs Haar. »Sei vorsichtig, Tosca. Ich habe so das Gefühl, dass dieser Mann dein Herz brechen wird.«

*

Moreno konnte nicht mit Sicherheit sagen, wie lange er schon vor dem Spiegel stand und sich selbst anstarrte. Konnte man sich gleichzeitig ungewohnt und überrascht, konfus und unvollständig, aber auch mutig und verwegen fühlen?

Ja!

Vor allem, wenn man sich nach gut zehn Jahren von seinem Bart trennte.

Er fuhr sich wieder und wieder über das Kinn. Über die Wangen. Die Haut war weich. Und seine Finger auf der jetzt nackten Haut hinterließen Empfindungen, die er fast gar nicht mehr kannte. Plötzlich musste er an seine Mitarbeiter und Kollegen denken. Er war sich ziemlich sicher, dass einige von ihnen ihn auch nicht erkennen würden, obwohl sie in den letzten Jahren Schulter an Schulter gearbeitet hatten. Er erkannte sich ja selbst kaum und wusste erst recht nicht, ob er das Resultat seiner Rasur gut oder schlecht fand. Aber das war auch nicht das Wichtige an dieser Geste. Bart wuchs nach. Und zumindest bekam er nach so langer Zeit mal wieder sein Gesicht zu sehen. So ganz ohne Filter. Tja, er war alt geworden, irgendwo unter Schichten von Bart. Das wusste er jetzt.

Oronzo erschien an der Badezimmertür. Der Hund hielt inne, jaulte und verschwand sofort. Moreno lachte herzhaft über die übertriebene Reaktion.

»Komm her, du Schuft!«, rief er ihn zurück.

Verhaltenes Tippeln war zu hören. Kurz darauf lugte Oronzo ins Bad. Sein Gesicht drückte ein bisschen Entsetzen und ganz viel Verwunderung aus. Wieder musste Moreno lachen. Das geschah in letzter Zeit immer häufiger: Auf bizarre Weise trug sein vierbeiniger Freund mit seinen Eigenheiten zur Entspannung bei. Oronzo betrat das Bad und schnüffelte an seinen Füßen, was ein bisschen kitzelte. Ihm wurde bewusst, dass er den Hund unheimlich vermissen würde …

Moreno wusch sich noch einmal das Gesicht. Das neue Armband berührte dabei seine Wange. Und auch das fühlte sich überraschend anders an. Er trocknete sich ab. Schob das Armband etwas zurück.

Tosca.

Wie warme Wellen schlug der Gedanke an sie gegen seine Brust.

Er hatte mit ihr einen unkomplizierten, lockeren Abend verbracht. So einen Abend hatte es in seinem Leben schon lange nicht mehr gegeben. Wie lange? Puh, sehr lange. Zeit war natürlich immer relativ. Doch war er sich sicher, dass er sich zum letzten Mal so sorgenfrei in den besten Jahren mit Dafne gefühlt hatte. Ja, Dafne …

Tanzen hatte er allerdings nur so gut gelernt, dass es dazu ausreichte, diesen Punkt von seiner Liste zu streichen. An einem Tanzabend würde er weiterhin kläglich versagen.

Nun, jedenfalls hatte sich das Unkomplizierte, Lockere gut angefühlt. Frauen hatten ja meistens Erwartungen – zumindest die Frauen aus seinem Freundes- und Bekanntenkreis. Bei Tosca hingegen war es zum ersten Mal seit langer Zeit anders. Das meinte er zu wissen.

Er konnte und wollte nicht definieren, was sich zwischen ihnen abspielte. Streng genommen war da auch überhaupt nichts. Sie waren Nachbarn auf Zeit. Vielleicht so etwas wie Freunde. Ja. Und das Schöne daran war, dass es nicht unbedingt eine Definition geben musste. Diese Gewissheit beflügelte ihn kurz. Dann aber wieder nicht. Wie beim Achterbahnfahren.

Lebendig.

Tosca machte ihn irgendwie lebendig.

Und es stimmte natürlich nicht, dass da nichts war. Zwischen ihnen. Da war sogar sehr viel.

»Sei wenigstens ehrlich zu dir selbst!«, sagte er laut und streckte seinem Spiegelbild die Zunge aus, bevor er das Bad verließ und sich ankleidete, um nach Mareblu zu Corrado zu fahren.

Das *La Marina* fand Moreno überraschenderweise gut besucht vor. Er hatte so sehr damit gerechnet, wieder nur einer der wenigen Gäste zu sein, dass er irritiert am Eingang stehen blieb. Er wurde von einer jungen Frau empfangen, die ein T-Shirt mit Logo und eine Schürze trug.

»*Buongiorno*. Möchten Sie einen Tisch?«

»*Grazie.*«

Er folgte der Kellnerin und entdeckte ein bekanntes Gesicht.

»Annalisa, *buongiorno.*«

Sie blickte überrascht auf.

»Moreno?«

Sein Bart … »Ja, der bin ich wohl. Nur etwas … nackter im Gesicht.«

Das Erstaunen verschwand noch immer nicht aus ihrem Blick.

»*Mio Dio!* Sie sehen so anders aus …« Jetzt lachte sie.

»Ich weiß. Ich hätte mich beinahe selbst nicht erkannt.«

»Setzen Sie sich doch!«

Er nickte der Kellnerin zu und nahm Annalisa gegenüber an ihrem Tisch Platz.

»Was ist denn heute hier los?«, erkundigte er sich und blickte sich noch mal um.

»Eine Reisegruppe. Wegen des Regens konnten sie wohl ihr Programm nicht einhalten.«

»Oh. Na, das wird Corrado wohl freuen.«

»Er sah vorhin eigentlich eher nervös als erfreut aus«, bemerkte sie und nippte an ihrem Glas. Die Art, wie sie das tat, kam ihm aus unerklärlichen Gründen bekannt vor. Er schüttelte diesen Eindruck nach kurzer Überlegung ab. »Offenbar war er nicht auf regen Betrieb eingestellt.«

»Wenigstens hat er Hilfe.« Er zeigte auf die Kellnerin.

»Ich glaube, das ist seine Tochter«, vermutete sie.

»Ja? Töchter sind wirklich wertvoll.«

»Sprechen Sie aus Erfahrung?«

»Sie meinen, ob ich auch eine Tochter habe? Ja.«

»Ich auch. Und eine Enkeltochter.«

»So weit bin ich noch nicht.«

Er hielt kurz inne, weil er den Eindruck hatte, dass sie eine unsichtbare Grenze überschritten hatten. Instinktiv spürte er, wie auch Annalisa sich zurückzog. Nicht körperlich. Nicht für das Auge sichtbar. Eher innerlich. Als hätten sie beide erkannt, knapp einen groben Fehler vermieden zu haben.

»Was haben Sie denn bestellt?« Ihm war danach, das Gespräch wieder in ein unverfängliches zu verwandeln.

»Ich habe Corrado freie Hand gelassen.« Sie blickte auf ihre Armbanduhr.

Er rief nach der Kellnerin, überließ die Wahl ebenfalls Corrado und nahm sich eine Scheibe Brot, die in einem Körbchen bereitlag. Er zupfte den weichen, hellen Teil von der Kruste, steckte ihn in den Mund. Das Brot roch und schmeckte wie die Umarmung einer Großmutter. Beim Gedanken an seine *nonna* schloss er die Augen kurz. Es war immer schmerzlich, an liebe Menschen zu denken, die nicht mehr lebten. Manchmal war es sogar schier unmöglich, an sie zu denken.

Die Reisegruppe wurde laut. Corrado erschien mit Tellern aus der Küche. Der Duft nach Tomatensoße legte sich über alles. Über das Brot. Über seine Erinnerungen. Was blieb, war Hunger.

Sobald die Reisegruppe versorgt war, bekamen auch Annalisa und er einen Teller. Beide probierten die Nudeln sofort. Corrado trat dann extra selbst an ihren Tisch. »Ich hoffe, Sie mussten nicht allzu lang warten …«

»Auf diese formidable Pasta hätte ich auch ohne Murren noch viel länger gewartet. Ein Gedicht!«, fand Moreno und ließ sich von ihm Wein nachschenken, der inzwischen auch eingetroffen war. »Wenn Nudeln an träge Sonntage mit nie enden wollenden Familienessen erinnern, dann hat man alles richtig gemacht«, erklärte er. Und das war alles andere als leicht, wie er fand. Ein ordentlicher *Sugo* brauchte nämlich Zeit und vor allem Geduld. Der musste so lange kochen, bis die Tomate die richtige, fast wieder feste Konsistenz hatte, der Knoblauch dezent und respektvoll einen Schritt hinterherging und das Olivenöl sich so weit mit der roten Pracht vermengt hatte, dass es Bestandteil und nicht mehr Fremdkörper war. Mutig setzte man dann am besten noch frischen Basilikum obendrauf. Getarnt als Detail, in Wirklichkeit aber ein weiterer Protagonist. Und was für einer! Und die Pasta … geschickt handgemacht aus simplen Zutaten: Mehl und Wasser. Mit den Händen gekonnt in Form gebracht. Mit den Händen, dem besten, vollkommensten Werkzeug überhaupt. Moreno war davon überzeugt, dass man dieses fast magische Gleichgewicht zwischen Tradition und Können auf jeden Fall schmecken konnte, wenn es vorhanden war. Wie bei Corrado gerade. Annalisa wusste das offenbar auch, denn sie nickte mit vollem Mund zustimmend, gerade so als hätte sie seine Überlegungen gehört.

»Grazie!« Corrado verneigte sich tief – so tief, wie es mit seinem Bauch und ohne seinen Kochhut zu verlieren eben ging – und ließ sie mit ihrem Mittagessen allein.

Sie aßen schweigend. Annalisa erweckte nicht den Eindruck, ein Gespräch zu vermissen. Und ihm war es ebenfalls ganz recht.

Als sie aufgegessen hatte, blickte sie erneut auf ihre Uhr. »Ich fürchte, ich muss los. Der Malkurs beginnt gleich …«

»Sie malen?«

Sie lachte amüsiert. »Um ehrlich zu sein, bin ich ziemlich untalentiert. Aber ich versuche mein Bestes.«

Er dachte an seine Liste … »Ist im Kurs zufällig noch ein Platz frei?«

»Das weiß ich nicht. Aber Sie können gerne mit und den Kursleiter fragen. Was meinen Sie?«

»Gute Idee.« Und allemal besser, als an einem Selbstversuch zu scheitern. Denn, und das war ganz sicher, allein würde er kein Bild zustande bringen. Warum Kreatives, Künstlerisches so schwierig für ihn war, das konnte er gar nicht sagen. Er wusste aber natürlich, dass er sich dabei gehen lassen musste. Und das … das konnte er nur sehr, sehr schlecht. Vor allem, seit Dafne … gegangen war.

Das Hotel erreichten sie gut zu Fuß, obwohl es noch immer regnete. Annalisa hatte einen Schirm dabei, er hingegen bedeckte seinen Kopf mit der Jacke, die er mal von seinen Mitarbeitern zum Geburtstag geschenkt bekommen hatte.

Das *Gabbiano* befand sich gut platziert an der Strandpromenade. Während er sich das Gebäude ansah, stellte er fest, dass er mit großer Wahrscheinlichkeit hier gebucht hätte, hätte er sich seine Unterkunft in Mareblu selbst ausgesucht. Und das wäre eine große Ungerechtigkeit seinem Häuschen gegenüber gewesen, das er inzwischen wirklich liebte. In diesem Moment war er froh, nicht selbst entschieden zu haben.

Sie betraten den überschaubaren, aber sehr edlen Eingangsbereich, der von einem großen Empfangstresen dominiert wurde. Ein junger Mann stand dahinter, der ihnen freundlich zunickte. Moreno senkte endlich die Jacke und blickte einigen Tropfen hinterher, die vom Stoff abperlten und den Marmorboden trafen. Als weinte seine Jacke, was natürlich Schwachsinn war, ihn aber dennoch nachdenklich, wenn nicht sogar melancholisch stimmte. Tränen weckten in ihm keine schönen Erinnerungen. Vermutlich taten sie das bei niemandem, überlegte er und raffte die Schultern. Er wollte sich bestimmt nicht selbst bemitleiden. Nicht mehr.

»Hier entlang«, informierte Annalisa ihn und ging voraus, direkt zum Fahrstuhl.

Sie betraten ihn gemeinsam, und Annalisa drückte auf den obersten Knopf. Sechster Stock.

Oben angelangt, betraten sie einen Raum mit großer Fensterfront. Moreno zählte sieben weitere Anwesende. Einer von ihnen trug einen Hut und kam bereits auf sie zu.

»Annalisa, wen hast du denn mitgebracht?«, fragte der Mann interessiert.

»Das ist Moreno. Moreno, das ist unser Kursleiter.«

»Ich bin Tito. Tito Salterio«, stellte dieser sich jetzt selbst vor. »Du willst malen?«, erkundigte er sich sehr direkt.

Morenos Gedanken verhedderten und überschlugen und schubsten sich, sodass er ins Stottern geriet. Denn genau genommen war von Wollen keine Rede. Er arbeitete nur einen Punkt der Liste ab. Dann aber fiel sein Blick auf die aufgestellten Leinwände, auf die Pinsel und … er spürte einen Tatendrang, den er so gar nicht mehr von sich kannte.

»Ja. Sehr gern«, sagte er schließlich und meinte es auch so.

»Dann bist du hier genau richtig. Wir brauchen keine Vorkenntnisse. Wir brauchen keinen neuen Picasso. Wir wollen hier einfach nur mit Farben spielen.«

»Klingt gut.« Er spürte Annalisas aufmunternden Blick und lächelte ihr zu.

»Komm, ich stelle eine Leinwand für dich auf«, bot Tito ihm an und ging ihm voraus.

Moreno warf einen flüchtigen Blick auf die anderen Anwesenden und erkannte in jedem Gesicht einen Hauch seiner eigenen Gefühle. Diese Menschen waren alle hier, weil sie malen wollten. Und er fühlte sich Teil eines Ganzen. Denn er war sich sicher, dass sie alle Beweggründe hatten, die seinen eigenen sehr, sehr ähnlich waren. Im Kern zumindest.

»Wisst ihr, was wir heute malen werden?«, fragte Tito in die Runde und strahlte dabei eine ansteckende Vorfreude aus. Sein Gesicht war unter dem Hut zwar kaum zu erkennen. Moreno sah dennoch, dass Titos Augen strahlten. Gerne würde er sehen, ob seine eigenen Augen ähnlich strahlten.

»Den Regen?«, kam es ihm ganz spontan in den Sinn. Er wunderte sich, dass er seine Idee sogar ausgesprochen hatte.

Tito drehte sich in seine Richtung. Überrascht war er, das sah Moreno ihm an.

Dann aber lächelte er und nickte. »Ganz genau. Heute malen wir … den Regen.«

Singe im Regen,
schwimme im Regen!

Kapitel 10

Tosca pustete das Streichholz aus und legte es beiseite. Die Kerze, die sie eben angezündet hatte, entfaltete ihren Duft sofort.

Zitrusfrüchte.

Wenn sie die Augen schloss, konnte sie sich in einem Garten sehen, mit unzähligen Bäumen, die pralle, farbenfrohe Früchte trugen. Der imaginäre Anblick war wundervoll. Iolanda hatte ihr diese Kerze zum Muttertag geschenkt. Und sie ging sparsam damit um, weil sie die Atmosphäre liebte, die der Geruch in ihr Bad zauberte. Auch der flackernde Schein trug zu ihrer Entspannung bei. Sie fragte sich, ob ihre Tochter beim Kauf des Geschenks einen Glücksgriff gelandet oder ob sie sich wirklich Gedanken gemacht hatte darüber, was die Kerze für Tosca bedeuten könnte. So oder so war sie ihrem Kind dankbar. Für so vieles.

Die Wanne war beinahe voll, und sie freute sich darauf, ins heiße Wasser zu steigen. Es war zwar nicht richtig kalt draußen, aber der Regen hatte sie ein paarmal erwischt, und jetzt sehnte sie sich nach wohliger Wärme.

Sie war allein im Haus. Iolanda war mit einer Freundin am Strand joggen – ja, auch bei Regen. Das war ihr ganz neues Hobby, und bisher hielt sie es gut durch. Aber ihre Tochter war ziemlich sprunghaft mit ihren Lieblingsbeschäftigungen. Ein paar Monate zuvor wollte sie noch unbedingt Gitarre spielen lernen. Tosca lächelte. Diese Charaktereigenschaft hatte Iolanda eindeutig von ihr. Sie war auch nicht gerade das, was man eine Meisterin an Durchhaltevermögen nannte. Tosca konnte nur hoffen, dass ihre Tochter auch die Idee, ihren Erzeuger zu suchen, ganz schnell verworfen hatte, um sie nie wieder hervorzuholen. Diese Sache … die machte Tosca höllische Angst, das musste sie sich eingestehen. Sie traute sich auch nicht so recht, das Thema wieder anzusprechen. Sie wollte es ruhen lassen. Am besten für immer. Tosca hatte sich nach den Enttäuschungen, die sie mit ihrem Vater erlebt hatte, geschworen, ihr eigenes Kind niemals solchen Erfahrungen auszusetzen. Besser gar kein Vater als ein schlechter Vater. Das war ihre Devise. Und da sie nicht sagen konnte, wie Ivo als Vater sein würde, zog sie es vor, ihn aus ihrem Leben herauszuhalten. Die letzten vierzehn Jahre war sie damit sehr gut gefahren.

Tosca entkleidete sich flink, stieg erst mit dem rechten, dann mit dem linken Fuß ins Wasser und ließ sich schließlich vorsichtig ganz hineingleiten. Das Wasser war so heiß, dass sie kurz den Atem anhalten musste. Die Haut gewöhnte sich jedoch innerhalb von einem Augenblick an die Temperatur, sodass ein zufriedenes Gefühl den Schrecken gleich ablöste. Sie lehnte sich zurück und schloss die Augen. Leider konnte sie die vielen Gedanken in ihrem Kopf nicht mit der gleichen Leichtigkeit ausschalten. Ganz im Gegenteil schienen sie umso lauter zu werden, je leiser es um sie herum war.

Klar, sie dachte auch an ihre Mutter und fragte sich wieder

und wieder, was sie mit ihrer unerwarteten Annäherung bezwecken wollte. Tosca konnte sich kaum vorstellen, dass sie tatsächlich Frieden schließen wollte. Und doch sah es ganz danach aus. Auf eine unbeholfene Art tat sie genau das, oder? Tosca tauchte unter, hörte die Musik, die sie leise nebenher laufen ließ, fast gar nicht mehr. Sie hörte aber ihren Herzschlag. Tief drinnen war sie noch immer das junge Ding, das nichts weiter gebraucht hätte als mütterliche Zuneigung. Damit hätte sie es sogar geschafft, den brennenden Schmerz zu verarbeiten, den ihr Vater hinterlassen hatte. Tosca hätte ihn einfach nur gerne gesehen, ein monatlicher Besuch hätte gereicht. Dann aber war er plötzlich gestorben. Und sie hatte all die unausgesprochenen Fragen, die Enttäuschung, die Wut nicht mit ihm begraben. Das war das Schlimme daran. Und schlimmer noch war es zu wissen, dass ihre Mutter alles getan hatte, um ihn von ihr fernzuhalten. Ja, er hätte kämpfen müssen. Gleichzeitig hätte ihre Mutter ihren Stolz schlucken müssen und ihr den Umgang mit ihrem Vater erlauben sollen. Beide hatten sie ihre Fehler begangen.

Aber, Moment, beging sie nicht gerade die gleichen Fehler ihrer Mutter? Oder zumindest ähnliche Fehler?

Nein, beschloss Tosca, denn sie war Iolanda eine liebevolle Mutter, anders als Annalisa es für sie gewesen war.

Und doch …

Sie tauchte auf, schnappte nach Luft und spürte, wie ihr das Herz in der Brust jetzt beinahe panisch schlug.

Versuchte sie am Ende so sehr, nicht wie ihre Mutter zu sein, dass sie blind ihren eigenen Fehlern gegenüber geworden war?

Sie hörte im Erdgeschoss großes Poltern und heiteres Lachen. Iolanda war zurück. Tosca stieg aus der Wanne und in ihren flauschigen Bademantel. Im Wasser ließ sie all ihre Gedanken zurück. Wie Schaum, der sich nach und nach knisternd auflöste.

»Ma?«, rief ihre Tochter.

»Oben im Bad!«

Wenige Augenblicke später klopfte sie an die Tür.

»Komm rein!«

Iolanda betrat das Bad. Pitschnass. »Ma, das war so genial. Du musst unbedingt mal mit zum Joggen!«

»Ich würde nach hundert Metern aus den Latschen kippen. Du kennst mich und meine Kondition doch!«

»Wir fangen einfach ganz easy an. Und steigern uns dann.«

»Na, wenn du meinst …«

Iolanda gab sich mit der Antwort zufrieden, war bereits dabei, die Tür zu schließen, als sie innehielt. »Ich habe übrigens den Nachbarn gesehen.«

»Ach ja?«

Ihr Puls setzte einen Schlag aus. Exakt einen. Dann stolperte er los, als sei er auf der Flucht vor … ja … wovor eigentlich?

»Ja! Stell dir vor, er war im Meer. Bei dem Wetter.«

»Er war doch wohl nicht wieder nackt?«

Iolandas riss die Augen auf. »Wie? Was soll das heißen, wieder nackt?«

»Nicht so wichtig …«

Schweigen.

Schwer zu sagen, was ihre Tochter aus diesem Schweigen schloss, sie bohrte jedenfalls nicht weiter.

»Ich will doch hoffen, dass er was anhatte. So genau habe ich nicht hingesehen. Ich dachte nämlich, es sei irgendein verrückter Tourist. Erst als er mir zugewinkt hat, habe ich ihn erkannt. Er hat jetzt keinen Bart mehr. Aber er war gut drauf. Das glaube ich zumindest. Jedenfalls hat er gesungen.«

Tosca versuchte, all die Informationen zu sortieren. Ihr war aber nicht klar, nach welchen Kriterien.

Kein Bart … *ba, bum – ba, bum.*

Schwimmen bei Regen … *ba, bum – ba, bum.*

Singen … *ba, bum – ba, bum.*

Irgendetwas stimmte mit ihrem Blutdruck nicht. Irgendetwas stimmte mit ihr nicht. Weil sie sich wünschte, selbst zu sehen, was ihre Tochter gesehen hatte. Ohne Bart … Tosca versuchte, das Bild, das sie von Moreno in ihrem Kopf trug, anzugleichen. Schärfer zu stellen. Aber egal wie perfekt sie zoomte und schob und richtete, sie konnte sich beim besten Willen sein Gesicht ohne Bart nicht vorstellen.

»Ma, ist alles in Ordnung?«

Tosca blickte zu ihrer Tochter, die sie fragend, vielleicht sogar leicht beunruhigt ansah. »Alles bestens. Ich habe wohl nur etwas zu heiß gebadet.« Ja, klar … was für eine Lüge!

»Okay«, erwiderte Iolanda zögerlich. »Ich stelle mich unten kurz unter die Dusche, ja? Weil, Sabina wollte sich auch noch schnell hier waschen. Du hast doch nichts dagegen?«

»Natürlich nicht. Macht schon! Ich kann uns inzwischen einen Obstsalat zubereiten.«

»Cool. Dann bis gleich.«

Ja.

Cool.

Tosca wartete, bis ihre Tochter die Tür hinter sich schloss, und bedeckte ihr Gesicht mit beiden Händen.

Ihr war irgendwie nach Schreien. Moreno bewegte so viel in ihr. Viel zu viel.

Sie konnte doch nicht beinahe ausflippen, nur weil sie erfahren hatte, dass ihre Tochter ihn beim Schwimmen gesehen hatte. Singend. Und ohne Bart.

Entschlossen riss sie sich zusammen und zog sich endlich

an. Der Gedanke an ihn ließ sie dabei trotzdem nicht los. Sie hatten nach dem Tanzabend nichts ausgemacht. Sie wusste nicht, ob sie ihn wiedersehen würde. Sie wusste ja noch nicht mal, wie lange er vorhatte, in Mareblu zu bleiben.

Ja. Alles war unklar. Nichts war definiert.

Eigentlich war das auch in Ordnung so. Sie war kein Mensch, der klammerte, niemand, der Ansprüche stellte. Sie war stolz auf ihre Unabhängigkeit. Eigentlich.

Tosca verließ das Bad und machte sich auf in Richtung Küche. Sie nahm ihre Verwirrung mit wie eine dicke, dunkle Wolke.

»Wollt ihr noch?«, erkundigte sich Tosca bei den Mädchen, die ihren Obstsalat mit beeindruckendem Appetit verzehrt hatten. Allerdings hatte Tosca so viel Obst geschnippelt, dass ein ganzes Regiment davon satt werden würde. Und sie hatte es noch nicht mal gemerkt, so weit weg war sie mit ihren Gedanken gewesen.

Beide lehnten dankend ab und verließen gackernd die Küche, um sich auf Iolandas Zimmer zurückzuziehen. Tosca blieb allein zurück, kämpfte noch immer mit der schwarzen Wolke.

Sie erhob sich. Ging zum Kühlschrank. Ging wieder zurück zum Tisch, weil sie vergessen hatte, was sie am Kühlschrank eigentlich wollte. Dann wurde ihr das Ganze zu bunt, und sie griff genervt zu ihrem Handy.

»Ich werde wahnsinnig!«, schrieb sie Adriana per Nachricht.

Keine drei Sekunden später ging ein Anruf ein – von Adriana.

»Was ist los?«, wollte ihre Freundin sofort wissen.

»Ich möchte ihn sehen. Ziemlich dringend.«

»Dann geh zu ihm.«

»Unmöglich.«

»Wieso?«

»Weil es unmöglich ist. So ganz ohne Grund.«

»Du hast doch einen Grund: Du willst ihn sehen.«

»Ja. Aber ich kann mich nicht so einfach vor ihm bloßstellen.«

»Ach Tosca! Denk nicht so viel nach …«

Das war eigentlich ein guter Tipp.

»Ich sollte einfach alles so nehmen, wie es kommt.«

»Du solltest tun, was dich glücklich macht.«

Klopfen an der Haustür.

»Adri, ich muss Schluss machen. Ich habe jemanden an der Tür.«

»Erwartest du jemanden?«

»Ja. Sabinas Mutter.«

»Oh …«, sagte Adriana bedeutungsschwer. Sie konnten diese Frau beide nicht leiden. Weil sie schön und reich und jung und engagiert und verheiratet und insgesamt so toll war, dass es fast wehtat. »Dann viel Vergnügen.«

»Danke.«

Sie legte auf und ging zur Haustür, öffnete.

Peng.

Die Welt stand still.

Ja, Toscas Welt hörte auf, sich zu drehen. Und ihr wurde bewusst, dass es kein Zurück mehr gab: Sie hatte sich verliebt. Ziemlich heftig sogar. In den schönsten Mann überhaupt. Der leibhaftig vor ihr stand. Und dabei so verdammt gut aussah, dass sie Schwierigkeiten hatte, ihn anzusehen. Wie wenn man direkt in die Sonne blickte und das grelle Licht einen zwang, wegzusehen.

Sie erkannte ihn irgendwie neu. Jetzt, wo sein Gesicht sich

in voller Pracht zeigte. Es kostete sie jede Willenskraft, ihn nicht an der Wange zu berühren. Aber die Frage, wie sich seine Haut wohl anfühlte, fraß sich in ihre Brust.

»Darf ich rein?«

Oh, verdammt. Sie hatte ihn – wer weiß wie lang – wörtlich im Regen stehen gelassen.

»*Scusami*. Natürlich. Komm rein. Magst du ablegen?«

»Gerne. Aber es tröpfelt von meiner Jacke.«

»Das macht nichts.«

Sie nahm ihm die Jacke ab, was sich etwas umständlich gestaltete, da er ein Paket in den Händen hielt, und hängte sie an die Garderobe.

Tosca führte ihn in die Küche. »Setz dich doch.«

»Danke …«

»Möchtest du einen Obstsalat?« Sie war leicht verlegen. Er wirkte so förmlich …

»Das wäre toll, ja!«

Sie füllte ihm duftendes, klein geschnittenes Obst in eine Schüssel und reichte sie ihm.

»Du bist die Erste, die mich auf Anhieb erkannt hat – so ganz ohne Bart«, stellte er fest.

»Iolanda hat mich vorgewarnt«, gab sie zu.

Dass sie ihn trotzdem immer, überall und egal in welcher Form und Farbe erkannt hätte, das behielt sie für sich. Sie hatte aber den Eindruck, dass dieser Gedanke ihn irgendwie trotzdem erreichte, denn er blickte ganz plötzlich auf. Fast ein bisschen überrascht. Dann nahm er ein Stückchen Banane in den Mund, kaute kurz und schluckte.

»Ich hoffe, ich habe sie nicht erschreckt …«

»Kaum. Du warst ja immerhin angezogen.«

Er lachte. Und sie war froh, dass er ihre Art von Humor verstand.

»Ja. Das war ich.«

»Und was genau hast du gesungen?«

»Deiner Tochter entgeht wirklich nichts … *Purple Rain* von Prince. Aber nur den Refrain. Um ehrlich zu sein, kenne ich nicht den ganzen Text.«

Nun lachte sie. Bestand der Refrain nicht weitgehend aus *Purple Rain* – bis zum Abwinken wiederholt? »Du machst es dir aber einfach!«

Er löffelte schelmisch grinsend die Schüssel aus. »Ich bin Anwalt. Ich weiß, wie einfach es ist, jemanden aufgrund ein paar falscher Worte festzunageln. Da verlasse ich mich lieber auf das, was ich weiß.«

Anwalt … Sie schluckte, als hätte sie den Mund voll Obst gehabt und nicht er. Details aus seinem Leben zu erfahren, das war aufregend und fühlte sich an, wie durch ein Schlüsselloch zu schauen.

Er stand auf, stellte die Schüssel in die Spüle und setzte sich wieder. Tosca war überwältigt. Von der Natürlichkeit seiner Gesten. Von seiner Männlichkeit. Von ihm.

Nun nahm er das Paket wieder in die Hände, hob dann den Blick und fesselte sie damit. »Das ist für dich. Ein kleines Geschenk, weil du kein Geld für das Armband wolltest. Und irgendwie musste ich mich revanchieren. Auch wenn es längst nicht so perfekt und schön ist wie das Armband. Aber … also, hier!«

Er reichte es ihr. Sie nahm es und ärgerte sich über das Zittern ihrer Hände, das er mit Sicherheit auch bemerkte.

»Du brauchst mir doch nichts schenken …« Sie war fast ein bisschen gerührt, was sie natürlich auch wieder ärgerte. Sie reagierte deutlich über. Maß der Geste einfach zu viel Bedeutung bei. Das war ihr bewusst. Aber was sollte sie machen, wenn das Glück schon wieder so greifbar war?

»Es ist wirklich nichts Wertvolles«, wiegelte er ab.

Wie sollte sie ihm erklären, dass bereits die Tatsache, *dass* er ihr etwas schenkte, wertvoller war als alles?

Vorsichtig löste sie das Klebeband vom einfachen, dicken Papier, nahm es ab. Zum Vorschein kam … ein Bild?

Sie sah es sich genauer an.

Regen.

Violetter Regen.

Der Regen machte sie sprachlos.

Moreno machte sie sprachlos.

Und dann klopfte es erneut an der Tür.

Sie verfluchte innerlich ihre Haustür und überlegte, ein Klopfverbot einzuführen. Aber es nutzte ja nichts. Sie musste aufmachen.

»Entschuldige bitte …«, setzte sie an und wollte sich endlich bedanken.

»Kein Problem, ich muss sowieso los. Oronzo hat noch kein Futter bekommen.«

Er stand auf. Sie wollte ihn aufhalten.

Es klopfte erneut. Fester. Länger.

Moreno war schon im Flur. Zog die Jacke an. Und sie musste wohl oder übel zu dieser verfluchten Tür.

Sie machte schwungvoll auf. Natürlich war es Sabinas Mutter. Natürlich war sie selbst bei Regen perfekt, was Tosca unheimlich auf den Geist ging. Mehr noch als sonst immer. Weil Moreno sich diese Perfektion jetzt ebenfalls ansehen konnte.

Er nickte der Frau aber nur zu, murmelte einen Gruß und ging.

⋆

Oronzo war offenbar endlich satt. Moreno hatte inzwischen herausgefunden, dass der Hund am liebsten Nassfutter aus der Dose fraß. Mit Trockenfutter hingegen konnte er nichts anfangen. Also verwöhnte er den Vierbeiner. Daran konnte ja nichts falsch sein. Und Oronzo freute es.

Es war inzwischen Abend. Moreno hatte nichts vor. Also ging er in sein Schlafzimmer und holte die Liste hervor.

Er war ziemlich stolz auf sich. Viele Punkte waren schon erledigt. Und doch wusste er, dass er noch lange nicht bereit war, sich dem einzig relevanten Punkt zu widmen, der gar nicht auf der Liste stand, um den sich aber alles drehte. Er legte das Blatt seufzend in die Mappe und nahm das Buch vom Nachttisch, bevor er zurück ins Wohnzimmer ging.

Moreno setzte sich auf den Sessel und schlug es auf. Er hatte die Ecke einer Seite umgeknickt, weil er beim Lesen am Vorabend kein Lesezeichen zur Hand gehabt hatte. Im Buchladen hatte man ihm Elena Ferrante wärmstens empfohlen. Und er war beim Lesen tatsächlich mitten in Neapel. So tief, dass er sich schon mal lose vorgenommen hatte, auf der Rückfahrt nach Bologna mindestens einen Tag in dieser sicherlich beeindruckenden Stadt zu halten.

Der Gedanke an seine Rückfahrt weckte einen Anflug von Unbehagen in ihm. Kurz und heftig. Er fühlte sich wohl in Mareblu. Gleichzeitig aber vermisste er Aspekte seines Alltags. Seine Arbeit. Seine Wohnung. Das Gefühl, alles unter Kontrolle zu haben. Sogar seine Kakteen und Sukkulenten. Ja, er hatte über die Jahre diese Leidenschaft entwickelt, die sich inzwischen in der ganzen Wohnung ausgebreitet hatte. Dabei hatte alles ganz harmlos angefangen, mit einem gewöhnlichen Bauernkaktus, der sich über die Jahre eigentlich meistens selbst versorgt hatte und einen festen Platz in der Küche auf dem Fensterbrett eingenommen hatte. Ab und an, wenn er mal dran gedacht hatte, hatte er – meistens wohl eher Pierina, seine Haushälterin – das stachelige Ding gegossen. Dann aber, einfach so, hatte der Kaktus angefangen zu blühen. Zuerst hatte er gar nicht begriffen, was vor sich ging. Erst als die Blüte sich, *peng*, in voller Pracht entfaltete, hatte die Begeisterung ihn gepackt. Das eher hässliche, stachelige Grünzeug hatte sich in etwas Prachtvolles, Elegantes verwandelt. Die weiße Blüte war so unerwartet schön, dass sogar seine Küche ihm freundlicher erschien. Sofort hatte er seine Tochter angerufen, ihr ein Bild geschickt und seine Begeisterung mit ihr geteilt. Und am nächsten Tag hatte sie ihm zehn neue Kakteen geschenkt. Was so einiges ins Rollen gebracht hatte.

Er überlegte, ob seine Kakteen und Sukkulenten einen Umzug überstehen würden. Überrascht hielt er inne, noch immer mit dem Buch auf den Knien. Wohin sollte er denn umziehen, fragte er sich.

Oronzo, der faul vor dem Kamin gelegen hatte, erhob sich so plötzlich, dass ein ganz seltsames Geräusch dabei entstand. Moreno erschrak. Keine Sekunde später klopfte es an der Tür. Er blickte auf die Uhr, erhob sich.

»Ja?«

»Ich bin's«, kam es schwach von draußen.

Tosca.

Er öffnete.

Es hatte aufgehört zu regnen. Ihr Gesicht war leicht gerötet. Sie schien etwas außer Atem.

»Alles gut?«

»Ja. Kann ich kurz rein? Ich störe nicht lang.«

»Selbstverständlich.«

Sie ging ihm voraus, direkt ins Wohnzimmer, wo sie Oronzo über den Kopf strich, der sich fordernd zu ihr gesellt hatte.

Moreno wartete ab. Sah ihr dabei zu, wie sie sich geschmeidig bewegte. Wie ihr Haar mitschwang. Wie sie sich ihm zuwendete. Wie sie das schlichte Wohnzimmer irgendwie erleuchtete. Wärmer machte. Heimeliger machte. Schöner machte.

»Ich habe mich nicht bedankt. Also, für das Bild. Danke.« Jedes Wort unterstrich sie mit ausholenden Armbewegungen.

»Gerne«, erwiderte er. Es machte ihn schon ein bisschen stolz, dass sie dafür extra noch mal zu ihm gekommen war.

»Es wird einen Ehrenplatz bekommen«, versicherte sie.

Er wollte nicht, dass es das jetzt schon war. Dass sie gleich wieder ging. »Möchtest du etwas trinken?«

Sie nickte. *»Sì, grazie.«*

»Dann leg doch deine Jacke ab und setz dich. Ich hole uns was aus der Küche.«

»Okay.« Sie nickte erneut.

Moreno entkorkte eine Flasche Roten und hielt kurz inne. Dann ging er zum Kühlschrank und nahm die verschiedenen Käsesorten heraus, die er eingekauft hatte. Er schnitt sie in Stücke und arrangierte sie auf einem Teller so, dass es einigermaßen hübsch aussah. Frisches Brot hatte er auch. Er legte es in Scheiben in einen Korb.

»Hat etwas länger gedauert. Ich habe mir gedacht, dass Käse zu Wein ganz gut passt.« Er stellte den Teller auf den Wohnzimmertisch. »Du magst doch Käse?«

»Oh, ja. Sehr sogar.«

Das freute ihn. Er mochte Frauen, die Käse mochten. Er mochte Frauen, die gerne aßen und nicht ständig sorgenvoll alles beäugten, was eigentlich mit Vergnügen und Genuss verzehrt werden sollte. Moreno holte den Wein, schenkte ihr und sich ein, reichte ihr das Glas. Er überlegte, sich zu ihr auf die Couch zu setzen. Das fand er dann aber doch irgendwie zu … aufdringlich. Also legte er das Buch beiseite, das auf der Sitzfläche des Sessels lag, und setzte sich dorthin. Er trank einen großen Schluck und beobachtete, wie Tosca ein Stück Käse vom Teller nahm und davon abbiss.

»Ist es gut?«, fragte sie noch mit vollem Mund und zeigte auf das Buch.

»Ich bin noch nicht sehr weit, aber bisher liest es sich wunderbar. Mittlerweile bin ich schon total neugierig auf Neapel, muss ich gestehen.«

»Neapel …«, sagte sie gedankenverloren.

»Ja. Kennst du dich dort aus?«

»Ähm … ja. Ich habe da mal eine Weile gewohnt.«

»Ach, tatsächlich?« Für ihn gehörte Tosca zu Mareblu. Es fiel ihm schwer, sie sich an einem anderen Ort vorzustellen. Was natürlich völlig schwachsinnig war. Schließlich hatte jeder Mensch seine ganz persönliche Vergangenheit. Und doch begann sein Kopf seltsame Gedanken zu spinnen. Zum Beispiel wollte eine innere Stimme von ihm wissen, ob er Tosca in Bologna sehen könnte. In seiner Stadt. In seiner Wohnung. In seinem Leben.

Er schüttelte sich leicht. Die Fragen aber blieben. Das Bild von ihr in seinem Wohnzimmer in Bologna. In seiner Küche, wie sie seine Kakteen bewunderte. In seinem Schlafzimmer …

Nun räusperte er sich.

»Nimmst du gar keinen Käse? Das sieht so blöd aus, wenn wieder nur ich den Teller leer mache«, bemerkte sie lachend.

Er war froh, sich ablenken zu können, und stand auf, setzte sich spontan doch mit auf die Couch, direkt neben Tosca, um besser die Käseplatte erreichen zu können. Er schob sich ein Stück in den Mund.

»Wollen wir anstoßen?«, fragte sie ihn mit strahlendem

Lächeln. Es war schön, sie so gut gelaunt, fröhlich und entspannt zu erleben. Er war es nun ja gerade nicht. Dazu fühlte er sich von Tosca viel zu sehr angezogen. Er spürte ihr Lachen in jeder Faser seines Körpers. Wie eine tiefe Vibration, die ihn im Zentrum seines Seins erreichte und alles bewegte. Langsam, fast unmerklich. Aber mit hartnäckiger Entschlossenheit.

»Gute Idee.«

Sie drehte sich in seine Richtung, winkelte ihr rechtes Bein an und schlug es sich unter ihr linkes.

»Und auf was trinken wir?«

»Auf uns?«

Ihre Augen funkelten, ihre Lippen bebten und die Luft zwischen ihnen konnte er förmlich schimmern sehen, so sehr war sie geladen mit aufregend positiven Schwingungen, die umherirrten und -schwirrten, auf der verzweifelten Suche nach einem Ort, an dem sie sich entladen konnten.

Sein Herz pochte fest und aufgeregt in seiner Brust.

Er wollte Tosca wirklich küssen, erkannte er überrascht. Ganz dringend. Nur hauchzart. Die Vorstellung reichte aus, um seinen Atem zu beschleunigen.

Er konnte nicht leugnen, die letzten Tagen sehr viel an sie gedacht zu haben. Tosca hatte sich dezent in seine neue Art von Leben gemischt. Sie war sogar Bestandteil davon geworden. Mit leisen Tönen, leichten Gesten. In seiner Vorstellung. Vor allem dort. Aber nun war sie hier. So greifbar. So wunderschön.

»Ist alles in Ordnung?«, fragte sie leise und legte eine Hand auf sein Bein.

Er nahm die Hand vorsichtig, hielt sie sich an die Brust. »Alles in bester Ordnung«, sagte er rau, beugte sich zu ihr vor und legte endlich, endlich seine Lippen auf ihre.

Der Kuss war sanft und scheu. Wenig mehr als ein vorsichtiger Wimpernschlag. Dennoch hob diese minimale Berührung sein Leben komplett aus den Angeln.

Gehe in eine Kirche!
Und bete!

Kapitel 11

Tosca war sich nicht sicher, ob sie auf ihrem Heimweg den Boden berührte. Ihrem Gefühl nach schwebte sie. Um die Wette mit den feinen, kaum sichtbaren Wasserpartikeln, die das Meer in die Lüfte schleuderte und die sich über alles legten, wie ein unsichtbarer Schleier, der aber nichts verbarg, sondern erst besonders schön hervorhob. Und ihr Herz veranstaltete eine ganz eigene Show mit akrobatischen Kapriolen, sodass ihr beinahe schwindelig wurde.

Schwindelig vor Glück. Ungläubig fast, dass es bei ihr angeklopft hatte. Schon wieder.

Er.

Hatte.

Sie.

Geküsst!

Zwar einmal nur, aber, *wow*, dieser Kuss, der nichts weiter gewesen war als eine federleichte Berührung ihrer Lippen, der hatte es in sich gehabt. Der hatte sie umgehauen.

Sie war nicht mit der Absicht zu ihm gegangen, ihn zu küssen. Sie war mit gar keiner Absicht zu ihm gegangen, außer der, sich bei ihm für das Bild zu bedanken – und ihn ein wenig zu bewundern wie ein alberner Fan einen unerreichbaren Rockstar, das wollte sie sich gegenüber gerne zugeben. Aber dann hatte sie das Denken ausgeschaltet und sich endlich kompromisslos wohlgefühlt bei ihm. Bei Oronzo. Mit dem Käse. Auf der Couch. Mit Moreno. Mit Moreno. Mit Moreno. Sie wollte seinen Namen singen, ihn herumwirbeln, wie das Glück, wie die Wasserpartikel. Sie wollte … glücklich sein. Verliebt sein. Immer wieder an den Kuss denken. Und schwerelos schweben, bis zum Horizont und darüber hinaus. Oder vielleicht auch nur bis nach Hause.

Sie wusste zwar noch immer nicht, wie sich Morenos Haar, seine perfekte Welle aus flüssigem Silber anfühlte, aber sie wusste jetzt, wie süß sein Atem roch, wie weich seine Lippen waren, wie aufregend seine kaum wahrnehmbaren Laute, direkt aus der Kehle, sich anhörten. Sie wusste, dass seine Haut sich perfekt und scheinbar übergangslos an ihre schmiegen konnte. Und das war doch schon eine ganze Menge, wie sie fand.

Bevor sie gegangen war, hatte er sie gefragt, ob sie eine nette Kirche kenne. Diese Frage hatte sie mal wieder etwas erstaunt. Aber sie hatte beschlossen, seine eigenartigen Aktivitäten nicht zu hinterfragen. Wollte sie denn überhaupt eine Antwort? Dafür hatte sie spontan an die kleine Kapelle oben in den Hügeln gedacht. Gemeinsam hatten sie beschlossen, am nächsten Tag mit Morenos Wagen hochzufahren.

Ein weiterer Tag, an dem sie sich sehen würden. Das, und nur das, war Tosca wichtig.

Inzwischen hatte sie ihr Häuschen erreicht. Es schien Licht aus der Küche. Stimmen waren zu hören. Tosca ging etwas schneller, weil Iolanda eigentlich keinen Besuch erwartet hatte. Vor allem nicht so spät am Abend.

Etwas gehetzt öffnete sie die Hintertür und ging direkt in die Küche. Mal wieder schleppte sie eine Menge Sand mit ins Haus, weil sie mit Taschenlampe am Strand entlanggegangen war und die Stiefel nicht ausgezogen hatte, aber das Zusammenleben mit ganzen Sandbergen musste sie wohl oder übel akzeptieren lernen.

Das Bild, das sich ihr in der Küche bot, war eigentlich sehr schön. Da war eine schicke Großmutter zu sehen, die am Herd stand und irgendetwas lecker Duftendes zubereitete. Und da war eine Enkeltochter, die brav bei Tisch auf dieses lecker duftende Zeug wartete. Beide lachten. Sie unterhielten sich laut. Partylaune lag in der Luft.

Was genau hatte Tosca verpasst?

»Ma, da bist du ja!« Iolanda sprang auf, kam auf sie zu und sprang ihr um den Hals, während sie – aus welchem Grund auch immer – laut einen Kinderreim mit Zutaten aufsagte. Alles zusammen. Auf irritierend fröhliche Art und Weise. »*Nonna* hat mir ihr Geheimrezept verraten«, erklärte sie. Stolze, freudig funkelnde Augen starrten sie an. In Erwartung einer Reaktion. Wahrscheinlich einer ebenso freudigen Reaktion.

Inzwischen versuchte Tosca erst mal anzukommen, zu begreifen, dass ihre Mutter am Herd in ihrer Küche stand, als hätte sie nie anderes getan, Moreno und ihr Glück kurz in eine Schublade zu stecken, zu verarbeiten, dass ihre Tochter Annalisa plötzlich *nonna* nannte und, nicht zuletzt, dass sie, Tosca, dieses Geheimrezept bestimmt *nicht* kannte. Und sie war immerhin die Tochter dieser *nonna.* »So, so. Ein Geheimrezept …« Tosca hasste es, wie verletzt sie klang. Wieso denn bitte schön verletzt? Weil ihre Tochter nun ganz dicke mit Annalisa war? Weil Annalisa ihr, Tosca, dieses tolle Rezept nicht verraten hatte, obwohl sie doch gut achtzehn Jahre Zeit dazu gehabt hätte?

Sie legte ihre Jacke ab und schielte zu Annalisa, die … Pfannkuchen wendete? Was zur Hölle …?

»Willkommen zu unserer Pfannkuchen-Party!«, freute Ioio sich weiter.

Tosca war ganz ehrlich überfordert. Vielleicht war sie auch nur abgelenkt. Von dem, was Moreno in ihr bewegt hatte. Sie zuckte also mit den Achseln und streifte sich die Stiefel von den Füßen. Es störte sie, wie köstlich und zuckrig-süß diese verdammten Pfannkuchen rochen. Ganz davon abgesehen, wie sehr es sie störte, dass ausgerechnet ihre Mutter für diesen wunderbaren Duft verantwortlich war. Und das auch noch in *ihrer* Küche! Warum war sie überhaupt schon wieder hier?

»Ich dachte mir, Süßes könnte den Tag doch noch retten. Verabscheut ihr den Regen auch so sehr wie ich?« Annalisa schien ganz in ihrem Element zu sein. Und irgendwo auf einer Geraden konnte man mit mathematischer Genauigkeit Toscas Befinden spiegelverkehrt im Minusbereich eintragen.

»Regen ist scheiße«, fand Iolanda auch sehr solidarisch.

»Seit wann das denn?«, erkundigte sie sich schroff. Schroffer als beabsichtigt.

»Tosca, das soll ein fröhlicher Moment werden …«, tadelte Annalisa sie. Sehr direkt und sehr pikiert. Als hätte sie das Recht dazu. Als wäre Tosca noch das kleine Mädchen, das sie, streng genommen, nie sein durfte. Als stünde Annalisa nicht als Gast in ihrer Küche. So selbstverständlich und … fies. Ja, fies. Ha. Haha. Da war sie also wieder, die fiese Ader ihrer Mutter. Willkommen zurück! Tosca hatte sie beinahe vermisst.

Sie zwang sich, darauf nichts zu erwidern, setzte sich und bat ihre Tochter, es auch zu tun. »Tut mir leid, Schatz. Was ist an diesem Geheimrezept so besonders?«, fragte sie ihre Tochter sanft und nahm ihre Hand. Ioio konnte nichts dafür, dass sie von Annalisa genervt war.

Iolanda setzte an, um zu antworten, wurde aber von ihrem Handy unterbrochen, das aufgeregt – so schien es, wahrscheinlich lag es aber nur am hysterischen Klingelton – begann zu läuten. Ganz automatisch schnappte das Mädchen sich das auf dem Küchentisch liegende Gerät, blickte auf den Bildschirm und hob augenblicklich erschrocken eine Hand vor den Mund, nachdem es das Handy wieder weggelegt hatte. Dann sprang Iolanda auf. Immer noch erschrocken. Vielleicht sogar mehr als zuvor. Jetzt zeigte sie panisch mit dem Finger auf das noch immer brummende Gerät.

Tosca nahm das Handy und konnte gerade noch einen kurzen Blick auf den Namen des Anrufers werfen, bevor es aufhörte zu klingeln.

Ivo.

Das hatte da gestanden.

Tosca zählte angestrengt bis zehn. »Was hat das zu bedeuten, Iolanda?« Das Zählen hatte nicht viel gebracht. Ihre Stimme erinnerte verdächtig an Knurren.

Sogar Annalisa ließ besorgt von ihren bescheuerten Pfannkuchen ab und setzte sich zu ihr, legte ihr beschwichtigend eine Hand auf den Arm. Als spürte sie, dass Tosca kurz davor stand, richtig, richtig wütend zu brüllen. Mindestens so laut, dass man sie bis nach Afrika hören würde. Tosca ließ es zu. Ausnahmsweise galt ihre Wut nicht ihrer Mutter. Ausnahmsweise hatte sie hier einen Mutter-Tochter-Moment, der in einer anderen Situation vielleicht sogar kostbar für sie gewesen wäre. Am Rande versuchte sie das Mitgefühl ihrer Mutter zu verinnerlichen. Symbolisch in ein Einmachglas zu packen, um es in einem ruhigeren Moment hochzuheben und gegen das Licht zu halten. Um es interessiert zu betrachten, die Konsistenz, Farbe und Form zu studieren.

Doch Iolanda fing augenblicklich an zu weinen, und das warme Gefühl von Annalisas Berührung entglitt Tosca, noch bevor sie das Einmachglas zuschrauben konnte. »Ich wollte das nicht. Ich schwöre«, schluchzte das Kind.

»Du wolltest was nicht?«

»Ich bin in einer Facebook-Gruppe. Du-bist-aus-Capo-d'Oro-wenn-…, heißt die. Ich habe dort einen Post veröffentlicht und einfach mal gefragt, ob jemand einen Ivo kennt, der vor fünfzehn Jahren in eurem Hotel gearbeitet hat«, erzählte sie aufgeregt, schnell und in einem Tonfall, der sehr kindlich klang. Falls sie sich so vor der Verantwortung drücken wollte, hatte sie sich definitiv geirrt.

»Und weiter?« Tosca wurde schlecht. Das alles hinter ihrem Rücken … Gleichzeitig versuchte sie, ihrer Stimme die Autorität zu verleihen, die sie jetzt unbedingt haben musste.

»Ich habe es wirklich nur aus Spaß gemacht. Und es hat sich auch nur einer darauf gemeldet. Ivo Bondi. Der hat mir eine Freundschaftsanfrage gestellt, und ich habe sie angenommen. Mehr war da nicht.«

Wie um sie Lügen zu strafen, begann das Handy wieder zu läuten. Laut und deutlich. In eine unheilvoll geladene Stimmung hinein bohrte sich der Ton in Toscas Schädel. Sie sah dieses Mal besser hin. Ein Videoanruf über Messenger. Mit Profilbild. Von Ivo Bondi. Einige Sekunden verharrte ihr Blick auf dem Bild. Sie musste es gleichsam scharf stellen, es mit den Erinnerungen vergleichen, die nur dank Iolanda überhaupt noch eine Rolle in ihrem Leben spielten. Sie war sich trotzdem nicht sicher. Ob das auf dem Bild der Erzeuger ihrer Tochter war. Sie wollte sich nicht sicher sein. Nicht sicher sein müssen.

»Ich kann nicht glauben, dass du das wirklich getan hast. Ich bin maßlos enttäuscht von dir.«

»Aber …« Iolanda versuchte zu protestieren, schluchzte aber gleichzeitig. Tosca spürte das typische Pochen hinter den Schläfen, das für bevorstehende Kopfschmerzen stand.

»Ioio, das kann doch jeder sein! Du musst bei diesen Dingen viel vorsichtiger sein!«

Iolanda schüttelte vehement den Kopf. Ihre Locken wippten empört und anklagend mit. »Ma, ich bin doch nicht blöd! Ich hatte keinerlei direkten Kontakt zu diesem Mann.«

»Ach nein? Weshalb erscheinen dann sein Bild und sein Name auf deinem Handy?«

»Weil …« Iolanda suchte sehr offensichtlich nach Ausflüchten. Als sie keine fand, gab sie kleinlaut zu, nicht ganz ehrlich gewesen zu sein. »Also gut: Wir haben auf Facebook Nummern ausgetauscht, und ich habe sie mit Bild als Kontakt gespeichert. Mehr war da aber nicht. Ich schwöre es. Ich habe ihm jetzt nicht unsere Adresse verraten oder so.«

»Deine Tochter ist sehr reif für ihr Alter …«, versuchte Annalisa wohl die Wogen zu glätten.

»Das weiß ich. Ich weiß aber auch, dass das Internet Gefahren birgt, die sie nicht einschätzen kann.«

»Als wäre ich ein Baby …«, maulte Iolanda, die sich vom Schock erholt hatte.

»Hey!« Tosca hob drohend den Finger gegen ihre Tochter, ließ ihn dann aber sinken. Sie war plötzlich erschöpft. Aber so richtig. »Geh bitte in dein Zimmer. Das Handy bleibt bei mir. Morgen sprechen wir über alles.«

Iolanda protestierte nicht, warf keine Türen zu, verschwand einfach. Was alles noch schlimmer machte. Tosca wusste gar nicht, wie sich das anfühlte, wenn ihre Tochter sich ergeben und gehorsam zeigte.

»Gut gemacht!«, hörte sie Annalisa sagen, als sie allein waren.

War das jetzt ein Zuspruch gewesen? Lob?

»Ich brauche deine Kommentare nicht!«, sagte Tosca schnippisch, wohl wissend, dass sie ihren Stress, ihre Sorge jetzt an ihrer Mutter abreagierte. Und all das Aufgestaute der langen Jahre des Schweigens. So war das. Man hielt sich zurück und zurück und zurück. Und dann kam er, der unaufhaltsame Tsunami, den vor allem nachtragende Menschen kannten.

»Das weiß ich, Tosca. Die hast du nie gebraucht.«

Was sollte das denn nun bedeuten?

»Doch. Oh, doch. Die hätte ich sogar sehr dringend gebraucht! Jetzt aber kann ich nichts mehr damit anfangen.«

Annalisa stand auf, nahm die Schürze ab, hängte sie an den Treibholz-Haken, den Tosca vor Jahren schon gebastelt hatte. Einer der ersten Versuche, der sie davon überzeugt hatte, künstlerisches Talent zu besitzen.

»Ja. Vielleicht ist es zu spät. Vielleicht aber auch nicht.«

»Spar dir dieses blöde Drumherumgerede!«, zischte Tosca. Oh, sie war wütend, sie war gereizt. Sie wusste beim besten Willen nicht, wie sie auf das ungewohnte Verhalten ihrer Mutter reagieren sollte.

»Ich rede drum herum? Okay. Dann werde ich eben deutlicher: Ich bin hier, weil ich dich und deine Tochter brauche!«

»Findest du nicht, dass du es dir ein bisschen einfach machst? Platzt hier ohne Ankündigung rein und sagst, du brauchst uns? Was soll ich jetzt tun, deiner Meinung nach?«

»Ich will es mir nicht leicht machen, Tosca, mit so einem Geständnis. Nur bin ich an einem Punkt angelangt, an dem ich mich ganz einfach aufzwinge. Und ich werde es jeden Tag erneut tun. Weil Mütter das so machen. Ich lasse dir nicht die Wahl. Die habe ich dir schon viel zu oft gelassen. Und deine Entscheidungen gingen immer gegen mich, was natürlich auch und vor allem daran lag, dass ich als Mutter versagt habe. Deshalb habe ich ein ganzes Leben lang akzeptiert, dass du dich von mir abgewendet hast. Ab heute tue ich das nicht mehr. Das Leben ist zu kostbar. Du und Iolanda, ihr seid zu kostbar.«

Iolandas Handy unterbrach erneut, und wieder sehr unpassend, den Moment. Der Tonnen wog, unendlich bedeutsam war. Tosca blinzelte. Ein erneuter Anruf von Ivo. Das lenkte sie so weit ab, dass die Worte ihrer Mutter zwar bei ihr ankamen, sie aber trotzdem nicht hundertprozentig erreichten. Sie konnte sie nicht fühlen – nicht im Herzen, das wie ein ausgetrockneter Schwamm danach lechzte, das Gesagte aufzusaugen. Und zu halten. Zu halten. Zu halten. Um dann all die Worte mit jedem Schlag durch ihren Körper zu jagen.

»Ich denke, du solltest rangehen.«

»Den Teufel werde ich tun!«

Ein bitteres Lächeln huschte über Annalisas Gesicht. Und sie nickte. Tosca überlegte krampfhaft, welche innere Frage ihrer Mutter sie wohl gerade mit einem Ja beantwortet hatte. Ihr fiel nichts ein. Ihr Kopf war erschreckend leer.

»Setzen wir uns noch ein bisschen raus?«, hörte Tosca sich selbst fragen. Und irgendetwas passierte in diesem Moment. Statt die Meinungsverschiedenheit an die Spitze zu treiben, lenkte sie ein. Vielleicht war jetzt erst so richtig angekommen, was Annalisa einige Momente zuvor getan hatte, überlegte Tosca. Ihre Mutter hatte die Dinge endlich beim Namen genannt. Sie hatte zugegeben, dass sie hier war, weil sie Tosca und Iolanda brauchte. Egal wie verkorkst ihre Beziehung war, diese Tatsache drang durch.

Annalisa nickte. »Ja!«, sagte sie aber dann deutlich und voller Hoffnung. Wenig später gesellte sich Tosca mit zwei dampfenden Tassen zu Annalisa auf die Terrasse. Sie stellte sie ab, klappte den Kragen ihrer leichten Jacke nach oben und setzte sich ebenfalls.

Sie schwiegen sehr lange, nippten an ihrem warmen Getränk. Das Meer rauschte im Hintergrund, und man konnte den Duft von Algen und Salz deutlich wahrnehmen. Der Regen hatte sich verabschiedet. Schon morgen würde es wieder sommerlich warm sein. Das Wetter hatte sich einen kleinen Ausrutscher erlaubt, sich von einer geradezu menschlichen Seite gezeigt. Tosca mochte das, wenn die Natur ihre Perfektion hinter kleinen Episoden versteckte, die in kein Schema passten.

Wieder das Handy.

Es klingelte und klingelte.

»Meinst du, er ist es?«, erkundigte sich Annalisa vorsichtig.

Tosca zog die Schultern hoch. Aber eigentlich wusste sie es tief in sich bereits: Ihre Tochter hatte ihren Vater gefunden. Auf so banal einfache Weise, dass es beinahe unwirklich erschien. »Wieso denkst du, dass ich mit ihm reden sollte?«

Annalisa nahm sich sehr lange Zeit mit der Antwort. »Weil Iolanda dich sonst ein Leben lang dafür verurteilen wird. Sie wird nicht verstehen, dass du sie beschützen wolltest. So, wie du es nie begriffen hast.«

Tja. Und da war sie nun, die ganze Wahrheit. Herausgeschüttet, wie eine Flüssigkeit, die in alle Richtungen lief und auf sie tropfte. *Pling, pling, pling.* Aber von dieser Wahrheit wollte Tosca nicht benetzt werden. Und erst recht nicht durchdrungen.

»Du hast ihn gegen mich ausgespielt. Das ist etwas anderes.«

»Ja. Doch irgendwann, in dreißig Jahren, wirst du vielleicht hier mit Iolanda sitzen, die dir vorwirft, ihr den Umgang mit dem Vater verboten zu haben.«

Konnte das sein? Hatte Annalisa sie die ganzen Jahre nur beschützen wollen? Vor wem? Vor ihrem alten, gutmütigen Vater?

»Wir brauchen ihn nicht!«

»Wir haben deinen Vater auch nicht gebraucht!«

»Ich hätte ihn sehr wohl gebraucht!«

»Ja. Siehst du? Genau das meine ich. Zwei Sichtweisen, die sich nirgendwo treffen.«

»Was ist, wenn er ein ganz mieser Kerl ist? Was ist, wenn er sie mir wegnehmen will? Woher soll ich wissen, ob er gut oder schlecht für Iolanda ist?«

»Du kannst die Antwort auf diese Fragen nur von ihm bekommen. Und Iolanda muss da durch.«

»Was, wenn er sie verletzt, traumatisiert oder sonst was?« Tosca kam sich vor wie in einer parallelen Realität. Dass sie diese Fragen ausgerechnet ihrer Mutter stellte, das war so weit weg von all dem, was sie jemals erwartet hätte. Das war … reine Fantasie, irgendwie. Und doch so natürlich wie nichts auf der Welt. Denn wem konnte man diese Art von Fragen schon stellen, wenn nicht der eigenen Mutter?

»Ich wünschte, ich hätte eine Antwort auf deine Fragen. Aber die habe ich nicht. Leider. Hatte ich auch damals nicht. Dein Vater hat mir sehr wehgetan. Nicht absichtlich. Ich habe für ihn einfach nicht existiert. Du auch nicht. Jedenfalls nicht so richtig. Für ihn gab es nur seine Uni. Seine Arbeit. Seine Studien. Und ich wollte nicht, dass er dir ebenso wehtut wie mir. Als er noch bei uns lebte, hat er dir kaum Beachtung geschenkt. Ich war davon überzeugt, ohne ihn ginge es dir besser. Es tut mir leid, wenn ich dich um ein gesundes Verhältnis zu ihm gebracht habe. Es tut mir leid, wenn du jetzt denkst, deine Tochter ebenso energisch beschützen zu müssen, wie ich es getan habe. Begehe nur bitte nicht die gleichen Fehler wie ich. Du versuchst so angestrengt, anders zu sein als ich, dass du gar nicht merkst, wie sehr du so bist wie … ich …«

Tosca schluckte und konnte den Blick ihrer Mutter nicht halten. Genauso wenig konnte sie etwas erwidern, weil so viele neue Teile zu dem Puzzle ihrer Vergangenheit hinzugekommen waren, dass sie jetzt ein ganz anderes Bild ergaben. Ein Bild, in dem Annalisa nun überraschend gut wegkam.

»Du hast bei Iolanda gute Arbeit geleistet. Dass sie so vernünftig und lieb ist, ist dein Verdienst«, fügte Annalisa hinzu.

Sie schwiegen wieder ewig. Aber es war kein unangenehmes Schweigen. Irgendwie unterhielten sie sich trotzdem. Wortlos.

»Wie lange bleibst du?«, fragte Tosca in die Stille hinein.

Annalisa zuckte mit den Achseln. »Sergio und ich … wir hatten einen Urlaub gebucht. Für Ende Juli. Er hat die ganzen Touristen gehasst und wollte immer irgendwohin, wo nicht so viel Trubel ist.« Sie brach abrupt ab, sprach dann aber hastig weiter. Wie ein Motor, der nach kurzer Pause weiterratterte. »Ich denke, ich werde die Reise allein antreten. Es wäre sonst … schade ums Geld, nicht? Aber bis dahin … würde ich gerne in Mareblu bleiben. Das Hotel hat mir einen so verlockenden Pauschalpreis gemacht, dass ich gar nicht ablehnen kann.«

Ende Juli. Das war noch über einen Monat hin.

»Vermisst du Sergio?«

Annalisa schluchzte kurz auf, schluckte dann aber und war nach nur einigen Sekunden wieder voll da.

»Ich finde es okay, wenn man mal weint …«, fand Tosca und berührte kurz die Hand ihrer Mutter, was sie bis vor ein paar Stunden nicht für möglich gehalten hätte.

»Es ist nur so leicht, damit anzufangen, und so unheimlich schwer, damit aufzuhören. Deshalb vermeide ich es lieber. Wenn es irgendwie möglich ist.«

Das verstand Tosca sogar. Und das klang so beruhigend nach Annalisa, dass sie lieber nicht protestierte.

»Es wäre schön, wenn du zu Iolandas Geburtstag da wärst.«

Der war Ende Juni. Tosca zweifelte plötzlich daran, dass Annalisa sich an das Datum erinnerte.

»Oh. Schön, dass du das ansprichst. Ich werde da sein. Und ich überlege schon fieberhaft, was ich ihr schenken könnte.«

»Leichte Übung. Mir fallen spontan hundert Sachen ein!«

»Hilfst du mir dabei, aus diesen hundert Sachen etwas auszusuchen? Ich würde ihr so gerne eine Freude bereiten.«

»Ich glaube, das tust du auch so. Einfach nur, weil du da bist.«

Annalisa lehnte sich zurück. Sie schien in Frieden mit sich selbst.

Und obwohl der Tag alles andere als normal oder gar ruhig verlaufen war, spürte Tosca, wie auch sie es war. In Frieden mit sich selbst. Endlich.

*

Moreno hatte einen Entschluss gefasst. Irgendwann, mitten in der Nacht, als er noch immer an den Kuss dachte, allein mit seiner Sehnsucht. Und er dachte an Tosca, die entzückende Tosca, die so vieles bewegt hatte und noch nicht mal eine Ahnung davon hatte. Aber er hatte den Entschluss gefasst: Heute würde er Tosca von seiner Liste erzählen. Er musste schließlich dafür sorgen, dass sie ihn am Ende nicht doch für komplett verrückt hielt und, wichtiger noch, dass sie ohne Ballast dort weitermachen konnten, wo sie am Abend zuvor aufgehört hatten. Er war so sehr davon überzeugt gewesen, mit ihr über seine Vergangenheit zu sprechen, dass er sich fast mit Gewalt davon abhalten musste, auf der Stelle zu ihr zu gehen. Fast hatte er geglaubt, sogar ein Recht darauf zu haben, sie noch vor Morgengrauen zu wecken. Dann aber gewann zum Glück die Vernunft. Trotzdem, selbst jetzt am Morgen noch, wollte er mit ihr sprechen. Über alles. Nun ja, vielleicht nicht gleich über alle Details … oder vielleicht doch. Vielleicht nicht unbedingt, wie es zur Liste gekommen war … oder vielleicht doch.

Das wusste er alles noch nicht so genau. Aber er war sich sicher, dass ein Blick in Toscas Augen ihm reichen würde, um den richtigen Weg zu finden, zwei Welten, zwei Frauen, miteinander … ja … bekannt zu machen.

Dass es nicht leicht werden würde, dass war ihm natürlich schon klar. Weil da nun dieses Gefühl zwischen ihm und Tosca entstanden war, dass einerseits alles noch komplizierter machte, es aber gleichzeitig geradezu erforderte, Altes aufzuarbeiten. Er scheute sich auch nicht davor. Nicht mehr.

»Der Moment ist gekommen!«, sagte er laut und theatralisch, sogar ein bisschen dramatisch. Und wohl um sich selbst ein bisschen Mut zu machen. Denn Dinge in seinen Gedanken zu analysieren war dann doch etwas anderes, als sie laut auszusprechen. Er musste sich also nicht nur überlegen, wie er Tosca von seinem Leben und seiner Ehe erzählte, sondern auch aufpassen, was das in ihm auslösen würde.

Ihm schwirrte ein bisschen der Kopf, andererseits aber war er erleichtert und frei wie schon lange nicht mehr. Er ging wieder zur Fensterfront, ließ das endlose Spiel der Wellen auf sich wirken. Außerdem suchte er den Strand nach Oronzo ab. Er hatte ihn vor gut einer Stunde aus dem Haus gelassen. Noch immer keine Spur von ihm. Von Tosca allerdings auch noch nicht. Er blickte auf die Uhr. Leicht nervös stellte er fest, dass sie sich verspätete. Was sicherlich einen guten Grund hatte, beruhigte er sich sofort. Doch er spürte Unbehagen in sich aufsteigen. Was, wenn sie nicht kommen würde? Was, wenn sie dem Kuss nicht die gleiche Bedeutung beigemessen hatte wie er?

Das wäre geradezu verheerend. Für ihn. Für sein Herz, das sich gerade erst wieder schüchtern an so etwas wie die Idee von Liebe zwischen einem Mann und einer Frau herangetraut hatte.

Ziemlich abgehetzt erschien sie aber dann in seinem Blickwinkel, als er schon überzeugt war, sie hätte ihn versetzt.

»Es tut mir so leid, Moreno. Ich hatte ein wichtiges Gespräch mit meiner Tochter.«

»Nicht schlimm«, versicherte er ihr. »Schön, dass du es trotzdem geschafft hast. Alles in Ordnung? Ich meine … mit deiner Tochter?«

Sie zögerte kurz, machte aber dann eine wegwerfende Handbewegung. Was weder für ein Ja noch für ein Nein stand. Nur wollte er sie zwar nicht drängen, über Dinge zu sprechen, die ihn offensichtlich nichts angingen, ein bisschen verletzte ihn ihre Entscheidung, ihn nicht einzuweihen, allerdings schon. Immerhin war er bereit, ihr einen Blick in seine Vergangenheit zu gewähren. Was sie aber nicht ahnen konnte. Und schon gar nicht konnte sie ahnen, wie groß und schwer das alles für ihn war. Das Unausgesprochene erdrückte ihn fast. Also umarmte er sie zur Begrüßung, um den Moment zu überbrücken. Aber sie war nicht so weich und anschmiegsam wie noch am Abend zuvor. Irgendetwas beschäftigte sie. Das war nicht zu übersehen. Das brachte ihn etwas aus dem Konzept. Damit hatte er nicht gerechnet. Dass an diesem Tag ihre Last wichtiger sein würde als seine.

»Wollen wir los?«, erkundigte sie sich und war dabei so aufgeregt, so hibbelig, dass er sich augenblicklich selbst so fühlte. Der Versuch, ihren Blick einzufangen, misslang ihm. Ihre Augen schossen hin und her. Wie auf der Suche nach einem Punkt, an dem sie ihre Unsicherheit verankern konnte. Wie ein treibendes Boot auf hoher See.

»Hör zu, wir müssen nicht …«, deutete er an.

Davon wollte sie aber rein gar nichts wissen. »Oh, doch, doch, doch!«

Er hatte endlich ihre ungeteilte Aufmerksamkeit. Sogar ihren Blick, der sich endlich mit seinem traf, als hätte er auf nichts anderes gewartet. Und wie durch Magie festigte sich das Band wieder, das zwischen ihnen existierte.

»Na, dann los!«, sagte er.

»Ja. Lass uns fahren!«

Er nahm ihre Hand, sie hielt seine fest in ihrer. Erst als sie ins Auto stiegen, ließ er sie los. Er erkundigte sich, wie er auf die Straße Richtung Inland kam, und konzentrierte sich dann wieder voll auf sie. Obwohl sie sich bemühte, es zu verstecken, merkte er doch, dass sie noch immer etwas beschäftigte. Dieses Gespräch mit ihrer Tochter, offensichtlich.

»Ich kann ganz gut zuhören, weißt du …?«, bot er erneut an.

»Oh, verdammt. So offensichtlich, ja? Es tut mir echt leid … Ich fange mich gleich wieder, okay?«

Sie machte Atemübungen, die ihn zum Lachen brachten. »Du klingst wie eine Ente mit Wehen!«

»Was?« Sie lachte nun auch laut. »Gut, dass Adriana dich nicht gehört hat.« Sie wischte sich über die Augen, strich sich die Haare aus dem Gesicht und bildete damit einen losen Knoten, der sich gleich wieder löste.

»Ist Adriana so etwas wie eine … Entspannungstherapeutin?«, fragte er interessiert. Er wusste nicht viel über Tosca. Jedes Detail erschien ihm wertvoll. Besonders jetzt, wo er beschlossen hatte, sie in seinem Leben willkommen zu heißen. So voll und ganz. Mit allem drum und dran. Er wusste zwar nicht, was die Zukunft mit Tosca ihm bringen würde, ob es die überhaupt gab, diese gemeinsame Zukunft, die er sich einbildete, aber er wusste, dass er sich in sie verliebt hatte. Heftig sogar. Und sehr unerwartet. Diesem Gefühl wollte er eine Chance geben. Aus einem sehr einfachen Grund: Tosca schien es ebenso zu gehen. Das verrieten ihre Gesten, ihr leicht gerötetes Gesicht, wenn sie ihn ansah. Das Zittern. Und ihre Hingabe.

»Nein, nein!« Sie verneinte mit beiden Händen und lachte schon wieder. »Sie ist meine beste Freundin. Und sie hat dieses laute Atmen aus einem Film und schwört total drauf. Bei mir wirkt es nicht unbedingt …«

»Es klang aber zumindest schon mal sehr … interessant.«

»Ente mit Wehen …«, wiederholte sie amüsiert. »Das hätte ich nicht erwartet, dass du auch lustig sein kannst. Raus mit deinem schlimmsten Laster: Sonst wirst du mir unheimlich!«

Er war kurz versucht, gleich über sich und Dafne zu sprechen, überlegte es sich aber anders. Tosca entspannte gerade erst, hatte wohl vor Minuten noch Stress gehabt. Da wollte er nicht sofort eins draufsetzen. Also dachte er angestrengt nach. »Ich hasse es zu verlieren.«

Sie drehte sich überrascht in seine Richtung. »Okay … das heißt, du wirfst mit Karten um dich und verlässt dann fluchend den Raum, wenn du mal beim … Poker verlierst?«

»Das könnte natürlich passieren. Aber ich war jetzt im Gedanken eher bei meiner Arbeit, wo ich das mit dem Fluchen lieber lasse. Obwohl mir sehr oft danach ist, das kannst du mir glauben.«

»Du bist ein richtiger Perfektionist, hm?«

»Ich fürchte, ja.«

Sie sah ihn unvermittelt an. Ihren Blick konnte er nicht richtig deuten. Er konnte auch nicht länger die Augen von der Straße abwenden, die wunderschön von Bäumen umsäumt war und tatsächlich so etwas wie Liebe für den Süden in ihm weckte.

»Was ist?«, fragte er sie, als das Schweigen zu lang anhielt.

»Mir tut deine Sekretärin gerade leid ...«, gab sie zu.

»Oh. Muss sie nicht. Glaub mir. Sie ist viel autoritärer, als ich es jemals sein könnte. Ich schwöre, wenn sie mit mir schimpft, sperre ich mich nachher ins Bad und heule erst mal eine Runde.«

Ihr Lachen klang wundervoll und erfüllte ihn. Erinnerte ihn an Schmetterlinge. Ja, wenn er an ihr Lachen dachte, sah er buntes Schillern. Das hatte er noch nie getan. Sich das Lachen einer Frau bildlich vorzustellen. Und er lächelte innerlich, weil er auch daran merkte, dass er mit beiden Beinen drinnen steckte. In diesem neuen Gefühl, das er für Tosca empfand.

»Du musst vorne rechts hoch«, sagte sie, und erst da merkte er, dass die Landschaft sich verändert hatte, Hügel aufgetaucht waren, die sich sanft zu heben begannen. Es war alles so wundervoll, hier in Mareblu. Am wundervollsten aber war sie: Tosca. Seine Tosca.

Baue dir eine Schaukel!

Kapitel 12

»Soll ich lieber fahren?«, erkundigte Tosca sich gespielt ernst.

Sie fuhren schon seit einer gefühlten Ewigkeit Serpentinen. Rechts, links. Auf, ab. Moreno schlich eher dahin. Aber er empfand es nicht als schlimm, denn er nahm sich bewusst die Zeit, sich die atemberaubende Umgebung anzusehen. Zwar wurde die Straße – wenn man sie so nennen mochte – immer enger, aber gleichzeitig wurde die Natur auch immer dichter, satter, wilder. Und das gefiel ihm. Er hatte noch nie so prächtige Olivenbäume gesehen. Sie ragten majestätisch in die Luft und bewegten sich sanft im Wind. Wie mächtige Balletttänzer, deren Grazie fast den Himmel berührte.

Dass das Meer noch in Reichweite war, konnte er kaum glauben.

»So schlecht fahre ich doch gar nicht!«, protestierte er.

»Na ja …« Sie tat so, als würde sie grübeln.

Moreno musste bremsen, weil eine Kuh ihnen den Weg versperrte. Ein prächtiges Tier mit ebenso prächtiger Glocke um den Hals. Nur bewegte es sich keinen Millimeter von der Straße.

Tosca griff rüber zum Lenkrad und drückte auf die Hupe. Und siehe da, es kam Bewegung in die Kuh, die sich mit sanfter musikalischer Untermalung der enormen Glocke entfernte.

»Gut, dass ich dich dabeihatte. Sonst hätte ich hier vermutlich Ewigkeiten gestanden«, stellte er lachend fest. »Danke.«

»Keine Ursache.«

»Ist es noch weit?«

Sie schüttelte den Kopf. »Da vorne links musst du abbiegen.«

Moreno stellte das Auto auf dem leicht vernachlässigt wirkenden Vorhof ab und stieg aus. Tosca war schneller als er. Sonst hätte er ihr gerne die Autotür aufgehalten. Er hatte aber das Gefühl, dass sie sich nichts aus derartiger Galanterie machte. Anders als Dafne.

Das kleine Gebäude befand sich auf einer Anhöhe. Auf den ersten Blick war nicht viel Religiöses zu sehen. Dennoch. Es besaß Charisma und Stärke. Das merkte er auf den ersten Blick. Gebäude hatten manchmal diese ganz eigene Sprache, die man sofort verstand.

»Wollen wir?« Spontan reichte er ihr die Hand, die sie ebenso spontan nahm. Er mochte es, dass sie jetzt spontan und nicht mehr vorsichtig war. Gemeinsam gingen sie los. Erst an den Stufen, die direkt zur Holztür der Kapelle führten, ließ sie seine Hand los. Er wunderte sich, wie vertraut sie manchmal jetzt schon waren. Vielleicht in den kurzen Momenten, in denen sie das Denken ausschalteten.

Die Tür stand offen.

»Sieht ziemlich verlassen aus«, bemerkte er, ohne diesen Zustand kritisieren zu wollen. Er fand es hier oben schön. Und friedlich.

»Ja. Das ändert sich allerdings demnächst.«

»Wieso? Was ist denn bald?«

»Festwochen für die Madonna, die Schutzpatronin. Früher bin ich hier auch immer hoch, mit meinen Großeltern. Meine *nonna* hat bei der Blumendekoration geholfen. Mein *nonno* beim Entfernen von Unkraut hier im Vorhof. Damit alles schön aussah.«

»Und was war deine Aufgabe?«

Sie zuckte mit den Achseln. »Ich habe immer nur dabei zugesehen«, gab sie lachend zu. »Eine Schande eigentlich, dass Iolanda und ich es nicht geschafft haben, die Familientradition aufrechtzuerhalten.«

»Es ist nie zu spät, sie wieder aufzunehmen, oder?« Er versuchte, sich die Kapelle festlich geschmückt vorzustellen. »Ich mag es hier jedenfalls auch so!«

»Ja? Ich auch! Und warte es erst mal ab, die Kapelle zu betreten! Aber zuerst musst du mir erzählen, was dich zurzeit am meisten beschäftigt. Die Madonna möchte, dass man ihr Zuhause mit reinem, erleichtertem Herzen betritt.«

»Ach, tatsächlich? Das hat sie gesagt?«, fragte er augenzwinkernd.

»Nicht sie! Das sagt der Volksmund!«

Er erkannte, dass das der Moment war, um Tosca alles zu erzählen. Von der Liste, von Dafne.

»Mamma mia! Du machst aber ein ernstes Gesicht!« Sie unterbrach seine Gedanken. Er blickte sie an. Und er las in ihrem Gesicht so etwas wie ernst gemeinte Sorge. Sorge um ihn. Ihm fiel irgendwie keine schlagfertige Antwort ein, was sich mehr als ungewohnt anfühlte. Immerhin waren schlagfertige Antworten das tägliche Brot eines jeden Anwalts. Auch aus diesem Grund schimpfte er ein bisschen mit sich, weil er sich wohl tatsächlich etwas besser hätte vorbereiten sollen auf

dieses Gespräch, das in ihm brodelte und unbedingt herauswollte, aber nicht wusste, wie.

»Soll ich den Anfang machen?« Ihr Versuch, ihn abzulenken, war nur allzu offensichtlich. Und er beschloss, sich darauf einzulassen. Sich noch einen Moment Zeit zu lassen, um die Worte zumindest in die richtige Reihenfolge zu bringen.

»Auf jeden Fall!«

»Wollen wir uns vielleicht setzen?«, bot sie an und zeigte auf die alte Steinbank, die wie dafür geschaffen schien, denjenigen Unterstützung zu bieten, die tatsächlich kurz in sich kehren wollten, bevor sie die Kapelle betraten.

»Klar!«

Sie setzten sich. Es dauerte keine paar Sekunden, bis Moreno spürte, dass etwas mit ihm passierte. Nichts Greifbares. Oder gar Sichtbares. Eher etwas Spirituelles, wenn er auch nie an Derartiges geglaubt hatte. Trotzdem … irgendetwas schien in ihm zur Ruhe zu kommen. Ganz plötzlich. Und ohne dabei großen Lärm zu veranstalten.

Tosca holte tief Luft. Er tat es ebenso. Vielleicht aus Solidarität. Ein angenehmer Duft stieg ihm dabei in die Nase. Er konnte ihn aber nicht einordnen. Irgendwelche Gräser? Blüten? Beeren? Oder gleich alles zusammen? Auch merkte er, dass die Stille, die sie umgab, nur vorgab, keine Geräusche mit sich zu tragen. Denn wenn er genau hinhörte, kristallisierten sich sehr wohl feinste Laute heraus. Das Summen von Insekten. Kaum wahrnehmbares Rascheln der Vegetation, die sich im sanften Wind bewegte. Ein Vogel? Da war er sich aber nicht ganz sicher. Und sein Herzschlag. In diesem Moment fühlte er sich Tosca so unendlich nah. Er berührte ihr Bein. Er wollte sie spüren. Immerzu.

»Also: Ich mache es kurz«, setzte sie an. »Zurzeit beschäftigt mich der Gedanke an Iolandas Vater sehr.«

Moreno musste blinzeln, um diese unerwartete Nachricht zu verarbeiten. Um sie richtig zu verstehen. Wie jemand, der einen Satz in einer Fremdsprache hört und versucht, der Wortfolge einen Sinn zu geben.

»Ist dir etwas ins Auge geflogen?«, erkundigte sie sich fürsorglich.

Er rieb sich das Auge, schüttelte den Kopf. »Erzähl weiter!«, forderte er sie auf.

»Ich hatte die letzten fünfzehn Jahre nichts mit ihm zu tun. Er war nur ein Sommerflirt und wusste nichts von Iolanda. Nun hat sie ihn aber, trotz meines Verbotes, gesucht und wohl gefunden. Ganz banal über Facebook. Gestern Abend hat er versucht, sie telefonisch zu erreichen, wir sind aber nicht rangegangen. Heute Morgen hat sie mir dann gestanden, dass sie eigentlich schon gerne mit ihm sprechen würde.«

Morenos Eingeweide zogen sich zusammen. Er hatte ein ganz seltsames Gefühl im Bauch.

»Ich habe den Eindruck, dass ein Stein ins Rollen kommt, Moreno, in den niemals Bewegung kommen sollte. Es ging uns doch gut ohne ihn …«

»Ich finde es ganz natürlich, dass deine Tochter ihren Vater kennenlernen möchte. Allerdings kenne ich deine Beweggründe nicht. Ich weiß nicht, warum du ihrem Vater nichts von ihr erzählt hast.« Er zwang sich ein bisschen, Vernünftiges zu sagen. Ihm schwirrte jedoch der Kopf. Das alles ließ ihn seinen eigenen Ballast vergessen. Na, zumindest fast.

»Das ist eine lange Geschichte, die sehr viel mit meiner Mutter zu tun hat, mit der ich schon ewig zerstritten bin, die aber erst kürzlich wieder in mein Leben getreten ist, um plötzlich doch wieder Mutter zu sein …«

Er sah sie an. Konzentrierte sich auf ihre Augen, die zeigten, wie sehr sie dieses Argument tatsächlich aufwühlte. Er riss sich endlich zusammen. Sie brauchte jetzt seinen Zuspruch. »Magst du erzählen?« Er strich ihr sanft mit dem Daumen über das Bein und sah ihrem Haar dabei zu, wie es vom Wind leicht bewegt wurde. Dieser Moment war ihm kostbar. So wie jeder Moment mit Tosca.

Sie zog resigniert die Schultern hoch. Eine Geste, die er schon ein paarmal an ihr gesehen hatte. Er freute sich, dass er bereits Gesten wiedererkannte, freute sich, wie vertraut ihm diese Frau nach und nach wurde.

Sie holte tief Luft und erzählte. Von ihrem Vater, der Trennung von ihm, dem Abbrechen jedes Kontakts, ihrer fälschlichen Überzeugung, ihre Mutter hätte sie auseinandergebracht. Und all dem Rest. Sie sprach sich alles von der Seele. Auch darüber, wie ihre Kindheit sie dazu gebracht hatte, ihre eigene Tochter von ihrem Vater fernzuhalten.

»Du hast Iolanda mit Sicherheit zu einer bodenständigen jungen Frau erzogen, die damit umgehen kann. Ich finde, du solltest ihr diesen Wunsch erfüllen. Tust du es nicht, wird sie es dir irgendwann vorhalten.«

Sie nickte. »Das hat meine Mutter auch gesagt.«

»Weise Frau.«

»Aber jetzt Schluss mit diesem Thema!«, beschloss sie plötzlich. Als würde sie auf einmal befürchten, vielleicht zu viel von sich verraten zu haben. »Hast du noch was auf der Seele?«

Er zögerte. Dann schüttelte er den Kopf. Das war jetzt nicht der richtige Moment, um sie auch noch mit seiner Geschichte zu belasten. Sie hatte genug mit sich selbst zu tun.

Nicht wahr?

»Okay. Sollen wir rein?«

Moreno erhob sich. »Auf jeden Fall.« Er lächelte sie an. Aber der bittere Nachgeschmack einer verpassten Chance machte es ihm nicht einfach, sich gelassen zu geben.

Eigentlich mochte er Kirchen nicht besonders. Er war nicht übermäßig gläubig, dazu war er viel zu rational veranlagt. Und doch war er bewegt von dem, was er sah. Natürlich war die Kapelle sehr schlicht. Auch die einfachen Fresken waren teilweise nur noch zu erahnen, aber deshalb nicht minder schön und ausdrucksstark. Die Statue der Madonna, die war etwas ganz Besonderes mit ihrem Gewand aus feinstem Stoff und den hellen Augen, die wie echt wirkten. Und sie passte so perfekt in die Kapelle, dass der spontane Eindruck entstand, sie wohnte hier tatsächlich. Ihr liebliches Lächeln ließ alles um sie herum erstrahlen. Selbst die Bänke, die nur aus simplem Holz bestanden und gar nicht mal so bequem aussahen.

Tosca setzte sich in die erste Bank. Er fragte sich, ob sie auch zu Schulzeiten in der ersten Bank gesessen hatte. Und er ertappte sich dabei, weitere Teile der Vergangenheit dieser Frau kennen zu wollen. All die kleinen Details.

Er setzte sich zu ihr. »Was nun?« Dass er flüsterte, fand er irgendwie seltsam, da sie ja allein waren. Er fragte sich, was es war, das die Menschen dazu brachte, in Kirchen nicht laut zu sein. Doch fand er keine eindeutige Antwort, zumindest keine, die ihm richtig gefiel.

»Beten?«

Ja. Warum eigentlich nicht?

*

Tosca fühlte sich zurückversetzt in ihre Kindheit. Sie hielt die Augen geschlossen und erinnerte sich an die Worte ihrer *nonna*: »Wenn du betest, tust du zwar so, als würdest du mit Gott sprechen. In Wirklichkeit aber führst du ein Zwiegespräch mit dir selbst. Du musst also sehr genau hinhören, denn oft erhältst du auf diese Weise Antworten auf unausgesprochene Fragen.«

Damals als Kind hatte sie nicht ganz verstanden, was ihre Großmutter damit meinte. Heute begriff sie vieles von dem, was die weise Frau ihr zu vermitteln versucht hatte. Wie so oft, wünschte sie sich in diesem Moment ihre *nonna* zurück. Ihr fehlte es, sich einfach an sie kuscheln zu können, um all ihre liebevolle Wärme zu spüren. Was für eine Frau sie gewesen war! So klein und doch so stark. Stärker als drei Bären zusammen. Tosca lächelte bei diesem Gedanken.

»Was ist so witzig?«, flüsterte Moreno ihr zu.

Sie schüttelte nur den Kopf. Aber sie schaffte es nicht mehr, sich ernsthaft aufs Beten zu konzentrieren. Sie sah sich um. Die Kapelle war noch genau so, wie sie sie in Erinnerung hatte. Und doch war heute alles anders. Heute saß sie hier mit Moreno. Schulter an Schulter. Bein an Bein. Ohne es bewusst zu steuern, lehnte sie ihren Kopf an seine Schulter.

»Ist alles in Ordnung?«, erkundigte er sich sanft. So sanft, dass seine Stimme in ihr zu vibrieren schien. Und diese ganz besondere Wärme hochkommen ließ, die nur Verliebte kannten.

Sie nickte. Und er legte einen Arm um sie. Zog sie noch enger an sich. Tosca war sich ziemlich sicher, dass sie mit ihrer trauten Zweisamkeit irgendein ungeschriebenes Kirchengesetz brachen. Aber das war ihr egal. Sie fühlte sich so wohl und behütet wie schon lange nicht mehr. Deshalb schwang sie ihre Beine über seins, legte sich komplett in seine Umarmung. Symbolisch gab sie sich ihm hin. Mit ähnlicher Sehnsucht nach Schutz, den sie Jahre zuvor bei ihrer Großmutter gesucht hatte. War er auch so stark wie drei Bären? Oder gar vier?

»Magst du Bären, Moreno?«

»Ich wüsste ja nur zu gerne, was in deinem Kopf gerade vorgeht.« Er lachte zwar. Aber seine Stimme war noch immer so sanft, dass ihr ganz anders wurde. »Bären mag ich. Ja.«

»Gut.«

Sie konnte es nicht steuern. Nicht verhindern. Sie konnte nur dabei zusehen, wie ihr Arm sich hob und ihre Hand sich in sein Haar grub. Er schloss die Augen. Fast so als müsse er auf diese Weise Kraft sammeln.

Sein Haar war noch viel weicher, als sie es sich vorgestellt hatte. Es passte sich ihren Fingern perfekt an, umschmeichelte sie geradezu. Und sie wollte ihre Hand nie wieder herausnehmen.

»Was tust du, Tosca?«, sagte er leise.

»Ich frage mich das, schon seit ich dich das erste Mal gesehen habe, weißt du? Wie dein Haar sich anfühlt«, erklärte sie.

»Tatsächlich?«

»Ja.«

»Und? Wie fühlt es sich an?«

»Wundervoll …«

»Ich mag es, wenn du mich oder mein Haar als wundervoll bezeichnest. Ich dachte nicht, es jemals sein zu können. Wundervoll, meine ich.«

»Machst du Witze? Alles an dir ist wundervoll! Dein Haar. Deine Augen. Deine Hände. Ich wüsste nicht, was ich an dir als nicht wundervoll bezeichnen könnte.«

Tosca machte es nichts aus, ihm anzuvertrauen, wie toll sie ihn fand. Nicht hier, in dieser Kapelle. In diesem kleinen Mikrokosmos, der sie um sich herum gebildet zu haben schien. Wie ein Schutzmantel fast.

Er legte seinen Kopf jetzt auf ihre Schulter, seinen Mund an ihren Hals. Sie spürte seinen Atem.

»Gänsehaut?«, fragte er schelmisch.

»Nein.« Natürlich hatte sie Gänsehaut. Überall. Innen und außen.

Nun begann er sie zu küssen. Kleine, harmlose Küsse. An der delikaten Stelle unter dem Ohr.

»Noch immer nicht?«

Sie konnte ihm nicht antworten. Ihr Atem ging unverschämt schnell. Ihr Herz, das ihr bis in den Hals schlug, machte es ihr auch nicht gerade einfach. Sie konnte ihm nicht antworten. Nein. Denn sonst müsste sie ihm offenbaren, wie viel mehr sie wollte. Mindestens lebenslang Gänsehaut, zum Beispiel.

Er nahm ihr Gesicht zwischen seine Hände. Zwang sie, ihn anzusehen. Hineinzublicken in seine unsagbar tiefen Augen, die sie anzogen wie Magneten.

»Kommen wir in die Hölle, wenn ich dich jetzt küsse?«, erkundigte er sich viel zu ernst.

»Wahrscheinlich …«

»Gut. Dort soll es doch warm sein, hab ich gehört.«

Endlich legte er seine Lippen auf ihre. Tosca wollte diesen Kuss so sehr. Mit jeder Faser ihres Körpers. Sie vergaß alles um sich herum. Nur der Blick der Madonna schlich sich irgendwann doch wieder in ihr Unterbewusstsein. Wie der einer tadelnden Mutter. Wobei … die Madonna hatte nun wirklich nichts mit ihrer Mutter gemeinsam.

Atemlos ließ sie von Moreno ab. »Wow, ich …« Ihr fiel nichts ein, womit sie den Satz hätte beenden können.

»Was? War ich zu aufdringlich?« Er befestigte eine Haarsträhne hinter ihrem Ohr und zwinkerte ihr zu.

Sie lehnte ihre Stirn an ihn. »Ganz und gar nicht. Aufdringlich war ja eher ich. Mit meiner Hand in deinen Haaren.«

Er lachte kehlig und gab ihr einen letzten Kuss auf die Wange. »Komm, lass uns noch ein bisschen spazieren.«

Tosca erinnerte sich an eine schöne Stelle, die sie Moreno zeigen wollte. Sie kannte sie von den vielen Prozessionen, bei denen sie als Kind immer mitgegangen war.

»Bist du sicher, dass es hier langgeht?« Moreno traute ihrem Orientierungssinn offensichtlich nicht. Es ärgerte sie nicht mal.

»Ja. Ganz sicher. Das ist eine Abkürzung.«

»Hier kommen wir beim besten Willen nicht durch.«

Damit hatte Moreno nicht so ganz unrecht. So dicht und undurchdringlich hatte sie die Vegetation nicht in Erinnerung. Es handelte sich aber auch nur um ein kleines Stück. Das würden sie schon schaffen.

»Na? Dieser Ausblick ist es wert, oder?«, fragte sie ihn, als sie sich durchs Dickicht gekämpft hatten.

Moreno stand sprachlos an der hohen Klippe, hielt sich eine Hand über die Augen, um sie vor der Sonne zu schützen. Vor ihnen erstreckte sich das funkelnde Meer.

»Einfach überwältigend!«, schwärmte er und atmete ganz tief durch. Fast so, als wollte er die Eindrücke auch auf diese Weise einfangen.

»Hier hält die Prozession für die Madonna immer. Und sie wird so aufgestellt, dass sie aufs Meer sehen kann.«

»Traumhaft. Die Madonna hat es gut!« Er drehte sich fragend zu ihr um. »Wieso stehst du denn die ganze Zeit da hinten?« Er hielt ihr die Hand hin.

Sie zog es vor, nicht zu antworten. Das brauchte sie offenbar auch gar nicht.

»Du hast Höhenangst?«, nahm er sie auf den Arm.

»Nur ein bisschen …«

»Komm schon. So hoch ist es hier doch gar nicht.«

»Es geht exakt 113 Meter steil runter. Das ist *definitiv* hoch!«

Darauf erwiderte er nichts. Er hielt ihr nur weiterhin lächelnd die Hand hin. Und sie wollte sie auch wirklich nehmen. Aber Höhenangst war einfach Höhenangst. Mit oder ohne seine Hand. Ihr Magen zog sich unheilvoll zusammen. Und ihre Kopfhaut kribbelte.

»Na schön. Ich komme ein paar Schritte auf dich zu, Dafne, okay?«

Dafne?

Hatte sie richtig gehört?

Sie war so überrascht, dass sie es tatsächlich zuließ, von Moreno zur Klippe begleitet zu werden.

Viele, ganz widersprüchliche Fragen überfielen sie gleichzeitig und riefen in ihr diese seltsame Art von Starre hervor, die zwar zuließ, dass man ganz automatisch weitermachte mit dem, was man eben so machen musste, innerlich aber nicht wegkam vom Moment, der die Fragen erst aufgeworfen hatte.

Dafne?

Sie sah ihm ins Gesicht. Er war selig. Ruhig. Entspannt.

Also konnte der Name wohl kaum so etwas wie Gefahr bergen. Nicht?

Dafne.

Dafne?

Seine Lieblingsschauspielerin? Tante? Mutter? Seine Tochter?

Oder vielleicht auch seine Frau?

Sie schluckte. Dafne war auf jeden Fall ein hübscher Name. So hübsch, dass Moreno ihn vielleicht für seine Tochter ausgesucht hatte?

Ja. Bestimmt.

Er sah wie jemand aus, der seine Tochter Dafne genannt haben könnte. Was war Tosca dumm gewesen, irgendetwas anderes anzunehmen!

»Siehst du? So schlimm war das doch gar nicht«, fand er und hielt sie noch immer an der Hand fest.

Ja. So schlimm war das gar nicht, direkt am Abgrund zu stehen.

Plötzlich kam ihr das tatsächlich nicht mehr so gefährlich vor.

Viel gefährlicher war es, an diesen Namen zu denken.

Dafne …

»Lass uns gehen«, schlug er vor.

Und sie nickte. Wollte bloß noch weg.

Der Moment war vorüber. Sie brachte nicht den Mut auf, ihn auf seinen Fehler hinzuweisen. Wahrscheinlich war es … nichts. Gar nichts. Nur eben ein kleiner Fehler. Und bei Dafne handelte es sich einfach um seine Tochter, die womöglich auch Höhenangst hatte. Deshalb die Assoziation. Puh! Was fühlte sich das gut an, diese so simple Erklärung gefunden zu haben!

Sie hielt sich an dieser Wahrscheinlichkeit fest wie an einem Anker und hoffte nur, dass er sie nicht in die Tiefen zerren möge.

Sie fuhren ziemlich schweigsam zurück nach Mareblu. Sie fand weiterhin nicht den Mut, das Missverständnis aufzuklären. Denn – mal ehrlich – wieso sollte sie aus einer Mücke einen Elefanten machen? Es war so naheliegend, dass Moreno in der ausgelassenen Stimmung oben an der Klippe unbewusst an seine Tochter gedacht hatte. Tosca machte sich sicher unnötig Sorgen. Alles andere … das wollte sie einfach nicht angehen.

»Kommst du noch mit zu mir, Tosca?«

Diese Frage brachte sie aus dem eh schon wackligen Gleichgewicht.

»Ich weiß nicht …«, gab sie ehrlich zu.

»Ich brauche deine Hilfe.«

»Wobei?«

»Das ist eine lange Geschichte.«

»Okay«, stimmte sie zu. Weil das leichter war, als sich mit dem Thema Dafne auseinanderzusetzen.

»Komm mit nach vorne!«, bat er sie, als sie angekommen waren und sein Häuschen betraten. Oronzo kam ihnen entgegen. Sie tätschelte seinen Kopf.

Sie gingen auf die Terrasse, die auf der Seite zum Meer lag. Moreno stellte sich unter die beiden Palmen, die dort prächtig, fast parallel gewachsen waren.

»Meinst du, die beiden hier halten eine Schaukel?«

»Eine Schaukel?«

Er konnte so verwirrend sein …

»Ja …« Er zeigte auf Seile und eine Holzplatte, die zu Füßen einer der Bäume lag.

Sie ging auf ihn zu, nahm die Holzplatte zur Hand, die sehr stabil und schwer war.

»Die hält mich doch wohl aus?«, erkundigte er sich seelenruhig.

Das Dafne-Problem rückte in immer weitere Ferne. Weil sie es mit aller Macht wegschob. Darin war sie richtig gut, erkannte sie überrascht.

»Ich denke schon. Wie willst du die denn festbinden?«

»Ich dachte, die zwei Enden könnte ich da oben anbringen.« Er zeigte vage in die Höhe.

»Na schön. Wo ist die Leiter?«

»Ich habe keine.«

»Ohne wird es nicht funktionieren. Soll ich schnell meine holen?«

»Ich dachte eigentlich, ich hebe dich unkompliziert auf die Schulter.«

»Das schaffst du nicht.«

»Wetten?«

Sie sah ihn an. Seine Augen funkelten amüsiert. Forderte er sie etwa heraus?

»Okay. Wie du meinst. Du wirst kläglich versagen, unter der Last zusammenbrechen und …«

Er wartete nicht ab, bis sie zu Ende sprach. Stattdessen kniete er sich hin, klopfte auf seine Schultern. *»Forza!«*

Sie setzte sich drauf. »Sag nicht, dass ich dich nicht vorgewarnt hätte …«

Er erhob sich. Mit ihr auf den Schultern. Er stöhnte und ächzte. Aber er klang nicht wirklich angestrengt. Eher so, als würde er sie ärgern wollen. Was sie natürlich geflissentlich ignorierte.

Er stellte sich an die eine Palme und reichte ihr das Seil. Zum Glück kannte sie sich mit Knoten aus und schaffte es mühelos, es sicher und fest anzubringen. Dasselbe wiederholte sie am anderen Baum.

»Fertig. Du kannst mich runterlassen.«

Das tat er dann auch. Sehr, sehr vorsichtig.

Gemeinsam banden sie dann das Holzbrett fest.

»Sieht sehr schön aus«, fand Moreno.

»Ich würde die Seile noch dekorieren …«

»Dekorieren? Womit?«

Sie zog die Schultern hoch. »Strandgut?«

»Strandgut …« Er rieb sich das Kinn.

»Lass gut sein. Ich würde alles mit Strandgut dekorieren. Sogar meine Unterhosen. Ignoriere mich einfach.«

»Hast du gerade Unterhosen gesagt?«

Sie wiegelte mit einer Handbewegung ab. »Vergiss es.«

»Na gut. Du musst die Schaukel auf jeden Fall noch ausprobieren«, forderte Moreno.

»Ich?«

»Ja. Und ich schubse dich an.«

Sie setzte sich. Die Seile knarzten. Aber sie hatte nicht das Gefühl zu fallen. Oder sonst irgendwie in Gefahr zu sein. Moreno stieß sie leicht an. Dann fester. Immer fester.

Der Wind wirbelte ihr Haar auf, sodass sie schon bald gar nichts mehr sah und die Augen komplett schloss.

Das fühlte sich an wie fliegen.

Und Fliegen war gut, weil der Himmel alles wegtrug. Wolken, Gedanken, Ängste und Bedenken.

Kleide dich neu ein!

Kapitel 13

Adriana bekreuzigte sich und sah Tosca mit gottesfürchtigem Blick tadelnd an. Dass sie nur schauspielerte, fiel beinahe gar nicht auf.

»Das kann nur Unglück bringen … vor der Madonna knutschen … also wirklich …« Sie schüttelte dabei so heftig den Kopf, dass Tosca der Duft ihres teuren Parfüms selbst über oder vielleicht sogar durch das Trennglas hindurch erreichte. »Ab Morgen habe ich Urlaub. Organisiere irgendwas, sodass ich deinen mysteriösen Schwarm endlich mal kennenlernen und beurteilen kann.«

»Beurteilen. Also wirklich. Er ist doch kein … Sofa, das du begutachten sollst, bevor ich es kaufe!« Es war Tosca unangenehm, dass ihre Freundin so offensichtlich gegen Moreno war. Sie hatte schließlich keinen Grund dazu, sagte Tosca sich.

»Aber er ist seltsam. Und ich sehe es als meine Pflicht als deine beste Freundin, ihm mal auf den Zahn zu fühlen.«

»Also ich weiß nicht …« Es war ja nicht so, dass sie Moreno verstecken wollte. Oder vielleicht doch. Ein bisschen nur. Außerdem führten sie keine richtige Beziehung. Auch keine falsche. Sie führten gar keine Beziehung. Sie … sahen sich manchmal. Und küssten sich manchmal. Mehr war da nicht.

Haha.

Toscas Herz war ganz anderer Meinung.

Jedenfalls waren sie eindeutig nicht an dem Punkt, gemeinsam mit einer Freundin wegzugehen. Das würde ihre Verbindung auf eine andere Ebene heben. Sie hatte keine Ahnung, ob Moreno so etwas überhaupt wollte.

Adriana näherte sich dem Trennglas. »Hör zu, Tosca, ein Mann, der dich Diana nennt …«

»Dafne«, korrigierte sie ganz automatisch. Dieser Name hatte sich in ihr Gehirn gebrannt. Da war es doch wohl nicht zu viel von ihrer Freundin verlangt, sich auch daran zu erinnern.

Adriana rollte mit den Augen. »Von mir aus. Dafne.«

»Vielleicht ist es seine Tochter«, überlegte Tosca laut. Sie hatte alle plausiblen Möglichkeiten mehrmals durchgespielt. Dass seine Tochter so heißen könnte, war die Lösung, zu der sie immer wieder zurückkehrte. Sie hielt sich regelrecht dran fest. Mittlerweile hatte sie sich fast selbst überzeugt. Aber leider nur fast.

»Und vielleicht hättest du ganz einfach fragen sollen.«

In diesem Punkt hatte ihre Freundin recht. Nur war dieser Zug wohl abgefahren. So eine Frage stellte man entweder sofort oder gar nicht.

Tosca bezahlte die Portokosten.

»Denkst du drüber nach?«, erkundigte sich Adriana mit kaum versteckter Sorge.

»Das werde ich!«

Aufgewühlt und mit einem Kopf, der sich bleischwer anfühlte, verließ sie die Post. Sie tat alles, um *nicht* nachzudenken. Natürlich passierte genau das Gegenteil.

Ausnahmsweise war es ihr sogar ganz lieb, ihre Mutter zu sehen. Sie hatte heute früh angerufen und Tosca um ein kurzes Treffen gebeten. Zwar war ihr diese neue Zweisamkeit noch immer suspekt, aber im Moment war das nicht ihre größte Sorge.

Ihre größte Sorge galt Moreno. Und das war nicht gut. Denn der vage Eindruck, dass er etwas verbarg, wurde langsam zur Gewissheit.

»Darf ich dich zu irgendetwas einladen? Saft? Tee?«, erkundigte sich Annalisa.

Tosca blickte gedankenverloren aufs nahe gelegene Meer. Obwohl sie alles andere als entspannt war, setzte so etwas wie wohlige Trägheit ein. Wahrscheinlich lag das an den angenehm warmen Sonnenstrahlen, die sie einlullten.

Sie saßen auf der hübschen Hotelterrasse, umgeben von bunten, zart duftenden Kosmeen. Mareblu zeigte sich von seiner schönsten Seite, heute sogar belebt, fast pulsierend. In den letzten fünf Minuten hatte sie schon mindestens drei bekannte Gesichter gesehen. Und Tosca verliebte sich gerade neu in den kleinen Ort, der ihr Zuhause geworden war. Der sie auch oft genug beschützt hatte. So fühlte sich das für sie jedenfalls an.

»Tosca?«

Sie schrak hoch. »Oh. Tut mir leid.« Sie überlegte, dass sie ihrer Mutter eine Antwort schuldig war. Es ging um Tee oder so. »Tee wäre ganz wundervoll. Danke.«

Annalisa bestellte bei einem eleganten Kellner.

»Iolanda hatte noch nie einen Freund«, fiel Tosca irgendwie total unpassend ein. Dass sie diese überraschende Erkenntnis laut ausgesprochen hatte, merkte sie erst am erstaunten Blick ihrer Mutter.

Annalisa schwieg sehr lange dazu, sprach auch erst wieder, als der Kellner ihnen Tee serviert hatte.

»Du solltest dir eher um dich Sorgen machen, Tosca. Vermisst du keinen Mann in deinem Leben?«, erkundigte sich ihre Mutter.

Ein guter Moment, um von Moreno zu erzählen, erkannte Tosca. Einige Augenblicke lang glaubte sie sogar, es zu schaffen. Der Moment schwebte aber davon und trug ihren Mut in weite Ferne. In Richtung Horizont, der sich heute besonders schön und definiert abzeichnete.

»Vermisst du Sergio sehr?«, lenkte sie also von sich ab.

Annalisa richtete den Blick zu Boden und sagte erst mal gar nichts.

»In übertragenem Sinne ist Sergio mit ein Grund für dieses Treffen«, behauptete sie dann.

»Inwiefern?« Tosca trank von ihrem Tee, den sie extra stark gezuckert hatte. Manchmal brauchte sie das. Stimmen aufgeregter Fischer erreichten sie und verstummten genauso schnell wieder.

»Es geht um Sergios Nachlass. Das Haus, in dem wir zusammengelebt haben, war seins. Er hat es mir vermacht.«

Tosca kannte das Haus nicht. Und sie verstand nicht, was das mit ihr zu tun hatte. »Schön. Dann kannst du ja drin wohnen bleiben.« Mehr fiel ihr nicht dazu ein. Sie hatte auch nicht schnippisch klingen wollen. Aber dieses Haus mitsamt dem ganzen Leben, das die beiden darin geführt hatten, war ganz, ganz weit weg. Von ihrem Leben. Von ihren Gedanken.

»Er hat mir noch ein zweites Haus vermacht. Es befindet sich in derselben Straße …« Annalisa ließ den Satz gekonnt in der Luft hängen.

Tosca schloss die Augen und betete stumm, den Rest nicht hören zu müssen. Der Rest kam aber trotzdem.

»Ich hatte gedacht, dass du … also, du und Iolanda …«

Tosca hob sofort eine Hand. »Ich werde Mareblu nicht verlassen.«

Annalisa nickte. Als hätte sie nichts anderes erwartet. »Darf ich dich bitten, wenigstens darüber nachzudenken? Vor allem darüber, was für Möglichkeiten Iolanda in Mailand hätte? Schule, Uni, Arbeit …«

»Sie wird ihren Weg finden. Selbst hier in Mareblu.«

»Das stelle ich auch gar nicht infrage. Aber du könntest das Haus hier ja behalten und den Sommer weiter in Mareblu verbringen. Iolanda ist so talentiert. Sie sollte all ihr Potenzial frei entfalten können. Deine Arbeit müsstest du ja nicht aufgeben, nicht?«

»Nun. Strandgut lässt sich in Mailand eher schwer finden, fürchte ich.«

»Du könntest aber doch trotzdem deinen Schmuck herstellen. Dann eben mit anderen Materialien.«

»Es geht nicht um meinen Schmuck. Es geht darum, dass ich hier nicht wegmöchte.«

»Aber Iolanda wird hier nicht ewig bleiben. Spätestens, wenn sie an die Uni muss, ist sie weg. In Mailand … da würdest du sie nicht … verlieren …«

»Sie wird mich trotzdem irgendwann verlassen. So ist das Leben.«

Annalisa knetete die Stoffserviette. »Bitte, Tosca, denke darüber nach. Ich … fände es wundervoll, euch in greifbarer Nähe zu haben. So vieles habe ich wegen meiner Engstirnigkeit und unserer Missverständnisse verpasst. Gib mir eine Chance, es wiedergutzumachen.«

Mailand.

Ausgeschlossen.

Aber ganz so brutal wollte sie das auch nicht sagen. Nicht gerade jetzt, wo ihre Mutter anfing, sich wirklich zu öffnen. »Ich werde darüber nachdenken.«

Annalisa erstrahlte. Und Tosca hasste sich ein bisschen dafür.

»Danke. Das ist schon so viel mehr als ich zu hoffen gewagt hätte.«

Sie tranken ihren Tee. Gefangen in ihren Gedanken. Die – wie meistens – in entgegengesetzte Richtungen gingen, vermutete Tosca. An Moreno konnte ihre Mutter schließlich kaum denken.

»Hast du eine Entscheidung getroffen, wie es mit Iolandas Vater weitergehen soll?«

Sie schüttelte den Kopf. Weil sie diese Entscheidung *gar nicht* treffen wollte. Weil sie diese Entscheidung streng genommen bereits vor fünfzehn Jahren getroffen hatte. Das waren gute Gründe.

»Das solltest du aber. Ich habe die Befürchtung, das wird sonst noch zu einer fixen Idee von Iolanda. Und du weißt, fixe Ideen sind keine guten Berater.«

Das ließ Tosca nun aber doch aufhorchen, riss sie wörtlich aus ihrem wohligen Entspannungsmodus. »Weißt du etwas, das ich nicht weiß? Ich habe gestern in der Früh mit ihr gesprochen, und sie zeigte sich reuig.«

Annalisa wischte nicht vorhandene Brösel vom Tisch. »Ich schätze, ich habe gleich danach mit ihr gesprochen. Und sie hat mich gebeten, irgendwie einzufädeln, dass ich mit ihr nach Sizilien fliege.«

Hinter ihrem Rücken. Schon wieder. Das fühlte sich an, wie mit Schwung gegen eine Betonwand zu laufen.

Der Tee brodelte in ihrem Magen. Sie wünschte, sie hätte

die Tasse nicht leer getrunken. Sie wünschte, sie hätte ihre Mutter nicht wieder in ihr Leben gelassen. Es war nicht gerade das tollste aller Gefühle, sich ausgerechnet von ihr Vorwürfe machen zu lassen. Berechtigte Vorwürfe dann sogar noch. Tosca schmeckte Gift und Galle und Zitrone vom Tee.

»Natürlich habe ich ihr sofort gesagt, dass das nicht geht. Nicht auf diese Weise«, stellte Annalisa klar.

»Und was hast du ihr noch gesagt?«

»Nichts weiter. Ich will mich auf keinen Fall einmischen oder deine Autorität infrage stellen. Aber im Moment geht sie anscheinend davon aus, dass sie mit dir nicht über ihren größten Wunsch sprechen kann …«

Tja. Diese Aussage blieb hängen. Drückte auf ihre Brust. Machte das Atmen schwer. Weil sie sich selbst plötzlich in ihrer Tochter wiedersah. »Was mache ich denn jetzt?«

»Du solltest wirklich mit ihm reden. Ihm von Iolanda erzählen. Und ihn vielleicht ganz unverbindlich hierher einladen. Was dann kommt, liegt nicht mehr nur an dir. Das wird deine Tochter verstehen. Aber du könntest in jeder Phase dieses Kennenlernens dabei sein.«

Ach, verdammt! Annalisa hatte recht. »Willst du noch zum Mittagessen bleiben?«, erkundigte sich ihre Mutter irgendwann.

»Oh. Nein, danke. Ich muss unbedingt noch was tun. Die Arbeit staut sich sonst.« Das war nicht mal gelogen. Vor allem aber wollte sie jetzt allein sein und über die nächsten Schritte nachdenken.

»Schade. Ich esse ja immer vorne an der Strandpromenade, und ich habe da einen Mann kennengelernt. Also, es ist nichts. Zumindest noch nichts. Ich treffe ihn immer dort. Und ich glaube, er kommt extra, um mich zu sehen. Ich finde ihn wirklich nett und hätte ihn dir gerne vorgestellt.«

Ihre Mutter war sogar etwas verlegen, schaute in ihre Tasse. Zwar hatte Tosca keine Lust, den heimlichen Schwarm von Annalisa kennenzulernen, aber sie verurteilte sie auch nicht. Ganz im Gegenteil fand sie es schön, dass sie so bald nach Sergios Tod schon jemanden kennengelernt hatte, der offenbar ihr Herz höher schlagen ließ.

»Lass uns das Essen verschieben. Vielleicht können wir auch Iolanda dazu bewegen, mitzukommen. Wäre das in Ordnung für dich? Irgendwann die nächsten Tage?«

»Natürlich, Tosca!«

Annalisa drückte kurz ihre Hand. Es war ihr nicht unangenehm. Nicht dieses Mal. Aber der Stuhl, ein besonders schönes, schweres Teil aus Gusseisen, drückte sich allmählich in ihren Rücken. Und der Duft der vielen farbenfrohen Blumen, die in den blendend weißen Töpfen wirklich toll aussahen, verursachte ihr schleichende Kopfschmerzen.

»Ich muss los!«, rief sie und erhob sich, ohne sich umzublicken. Während sie das Hotel verließ, wurde ihr eines klar: Ihre Mutter bemühte sich wirklich. Und Tosca hatte keine Waffe gegen die Liebe ihrer Mutter.

★

»Na, was meinst du?« Moreno sah Oronzo erwartungsvoll an. Der trottete nur gelangweilt zurück ins Haus, was Moreno zum Schmunzeln brachte. Der Hund war ihm ein wirklich guter Freund. Ein ehrlicher Freund. Und wenn er einfach so weggegangen war, dann sicherlich, weil Morenos neues Outfit ihm missfiel. Er sah noch mal an sich herab. Stoffturnschuhe, die er persönlich toll fand. Jeans, die zugegebenermaßen etwas eng saßen. Und ein simples weißes Shirt mit der Aufschrift *La mia estate a Mareblu*, also *Mein Sommer in Mareblu*.

Das war das, was er im Ort gefunden hatte. Mehr gab Mareblu nicht her. Aber er war trotzdem zufrieden und hatte den Punkt *Kleide dich neu ein* guten Gewissens von der Liste gestrichen. Oronzos Geschmack war zu kompliziert, beschloss er. Und er beschloss auch, dass er allemal gut genug gekleidet war, um bei Corrado kurz eine Kleinigkeit zu essen.

Annalisa winkte ihm zu, sobald er das Restaurant betrat. Er nickte ihr zu und ging wie selbstverständlich zu ihr an den Tisch. Er verbrachte gerne Zeit mit ihr. Sie teilten viele Interessen. Und nicht zuletzt verband sie das Malen, das Moreno wirklich gut gefiel. Doch. Er mochte sie. Sein Aufenthalt hier hatte ihm demnach viel Gutes beschert.

»Du siehst heute aber … jung aus!«, sagte sie und ließ sich zur Begrüßung von ihm auf die Wange küssen.

Er setzte sich schwungvoll. »Findest du?« Er fuhr sich durchs Haar und konnte nicht leugnen, dass er sich auch besonders jung fühlte. Was nicht nur an der engen Jeans lag.

»Absolut. Du siehst keinen Tag älter aus als …« Sie tat, als müsste sie grübeln.

»Als?«

»49?«

Er lachte. »War das jetzt eine Frage oder eine Feststellung?« Corrado unterbrach sie, um die Bestellung aufzunehmen. Morenos Magen knurrte, und er strich die hübsche Tischdecke glatt. Wenn ihn nicht alles täuschte, roch er … Bohnen? Ihm war alles recht. Der Koch hatte sein Vertrauen gewonnen.

»Ich weiß nicht. Wie alt bist du wirklich?«

Er zuckte mit den Achseln. »Ich habe kein Problem mit meinem Alter. 56 bin ich.«

Moreno war nicht sicher, was Annalisas Gesichtsausdruck bedeutete. Er las so etwas wie … war das Erleichterung?

»Ich bin 62«, ließ sie ihn einfach so wissen. Er hätte sie das niemals gefragt. Nicht, weil er damit gegen irgendwelche Verhaltensregeln stieß, nein. Es interessierte ihn nur schlichtweg nicht. Kein bisschen.

»Ich finde, das Alter wird allzu oft überbewertet.«

»Stimmt!«, erkannte sie nach einem kurzen Augenblick des Zögerns. Sie hob das Glas, das Corrado inzwischen mit einem herrlich duftenden Rotwein gefüllt hatte. »Darauf stoßen wir an!«

Auch er hob sein Glas, lehnte es leicht an ihres. »Auf die Jahre, die uns nichts anhaben!«, sprach er übertrieben feierlich. Vielleicht um der Situation die Ernsthaftigkeit zu nehmen, die sich ohne seinen Willen eingestellt hatte.

Corrado kam mit zwei Keramikschüsseln und stellte sie etwas umständlich vor ihnen ab. Der Gute war vielleicht im Service nicht sonderlich geschickt, in der Küche dafür umso mehr – so wie all seine Gerichte bisher geschmeckt hatten. Moreno versuchte sich vorzustellen, wie er am Herd hin und her wirbelte, sodass jeder Handgriff passte, so wie es nur die ganz Großen konnten. Und … er sah ihn. Er sah vor seinem inneren Auge den perfekten, leidenschaftlichen Koch Corrado. Moreno nahm sich vor, ihn mal um einen kurzen Besuch im Sancta Santorum des Restaurants zu bitten. Er wollte dem gutmütigen großen Mann gern ein paar seiner Tricks abschauen.

»*Prego, zuppa di fagioli e cozze* – Bohnensuppe mit Muscheln. Vorsicht, heiß!« Er holte noch geröstetes Brot und wünschte ihnen einen guten Appetit.

Es setzten sich Duftkombinationen frei, die auf Moreno berauschend und anregend zugleich wirkten. Das geröstete Brot schien zuerst alle Gerüche der Suppe fast zu übertrumpfen, aber das hielt nicht lange an. Die Bohnen und die Muscheln hatten hier das Sagen. Nicht laut, nicht so, dass sie sich gegenseitig Konkurrenz machen würden. Es war eher eine friedliche Gemeinschaft. Ein gegenseitiges Ergänzen. Denn, auch wenn sie sich in der Natur wohl nicht so leicht begegnen würden, in der kleinen Keramik-Schüssel waren sie dicke Freunde.

»Muscheln und Bohnen. Etwas gewagt, was meinst du?«, wollte Annalisa wissen, als Corrado bereits wieder verschwunden war.

»Wer nichts wagt, der nichts gewinnt!« Moreno führte den ersten Löffel voll Suppe in den Mund und musste die Augen schließen, um den Genuss voll auskosten zu können. »Mhh!«, schwärmte er.

Sie lachte. »Ich würde sagen, du hast mich überzeugt!« Auch sie begann zu essen.

Moreno erreichte fast so etwas wie totalen inneren Frieden. Wenigstens für den Augenblick. Und es wunderte ihn nicht sonderlich, dass Tosca in diesem perfekten Moment durch seine Gedanken huschte. Sie passte in seine perfekten Momente. So sehr, dass er es bedauerte, sie nicht neben sich zu haben. Obwohl er sie gerne öfter bei sich hätte, konnte er doch nicht ignorieren, dass sie am Tag zuvor einen Rückzieher gemacht hatte. Keinen offensichtlichen, das nicht. Aber er hatte deutlich gemerkt, dass sie nach dem Ausflug zur Kapelle etwas bedrückt hatte. Bestimmt hatte das mit Iolandas Vater zu tun, beschloss er. Später würde er noch mal mit ihr das Thema aufgreifen.

»Schmeckt die Suppe doch nicht?«, erkundigte sich Annalisa vorsichtig. »Du machst so ein Gesicht …«

»Oh, doch, doch. Bitte, verzeih. Ich war in Gedanken.«

Corrado unterbrach sie, er kam mit mehr Wein. *»Tutto buono?«* Er schenkte ihnen ein.

Annalisa bejahte und erkundigte sich nach dem Rezept.

Der Restaurantbesitzer gab natürlich sehr gerne Auskunft, erklärte mit einer geradezu mitreißenden Leidenschaft, wie zuerst die Muscheln so lange in wenig Wasser köcheln mussten, bis sie sich öffneten, bevor sie dann wieder aus dem Topf genommen wurden, um die restliche Flüssigkeit durch das Sieb zu schütten. Dann berichtete er mit runden Armbewegungen, dass ein wenig Tomatensoße mit Knoblauch und Olivenöl kochen musste, bis die Soße dickflüssig wurde. Etwas Wasser, Bohnen, die vorher gekochten Muscheln und die gesiebte Flüssigkeit hinzu. Mit Pfeffer würzen. Köcheln lassen, bis die Konsistenz wieder leicht dickflüssig wurde. Nach dem Servieren mit Thymian und Pfeffer bestäuben und … *finito!* »Mein *nonno* hat die *zuppa* auch schon nach diesem Rezept zubereitet«, erklärte er schließlich stolz. »Bei uns in der *famiglia* kochen die Männer!«, schloss er seinen Bericht.

»Mein Lebensgefährte auch«, meldete sich Annalisa spontan zu Wort. Dann aber sah sie kurz weg. »Als er noch lebte …«, setzte sie hinzu.

Corrado nahm das Gespräch wieder auf. »Männer sind die besseren Köche.«

»Dem kann ich jetzt aber nicht so ohne Weiteres zustimmen …«, fand sie.

Und der Schlagabtausch ging noch eine Weile so weiter, auch wenn Moreno nicht mehr richtig hinhörte.

Annalisa hatte ihren Lebensgefährten verloren.

Das war bei ihm hängen geblieben.

Mehr als alles andere.

»Möchtest du noch am Strand spazieren?«, bot Annalisa ihm an, als sie aufgegessen und gezahlt hatten.

»Eigentlich gerne. Aber ich muss noch dringend etwas erledigen.«

»Aber du kommst doch später zu Salterio in den Malkurs?«

»Auf jeden Fall!«

»Gut … dann … bis später.«

Er hatte den Eindruck, dass sie noch etwas sagen wollte. So lange wartete er jedoch nicht ab.

Vom Restaurant aus fuhr er direkt zu Tosca. Während er vor dem Häuschen stand, nahm er zur Kenntnis, wie vertraut ihm das hier alles inzwischen war. Das Haus. Das Meer. Der Sand. Die Tatsache, dass er mit klopfendem Herzen vor eben diesem Haus stand und es kaum abwarten konnte, ihr Gesicht zu sehen. Die unverhohlene Freude darin. Die leichte Rötung ihrer Wangen. Das alles fühlte sich an wie all das, was er sich wohl insgeheim immer gewünscht hatte. Denn irgendwie erkannte er diese Szenen. Und das nur, weil sich sein Innerstes danach gesehnt hatte, ohne ihm das auch deutlich zu verstehen zu geben. Meine Güte, was waren seine Gedanken heute kompliziert. Aber gleichzeitig simpel und direkt.

Er klopfte erneut. Dieses Mal fester. Noch immer kam niemand zur Tür. Keine Antwort. Kein Laut. Er musste wohl oder übel akzeptieren, dass sie nicht da war. Seine Vorfreude schrumpfte zusammen und verwandelte sich in dumpfe Enttäuschung.

Erneut stieg er in sein Auto und fuhr den kurzen Weg zu seinem Häuschen. Er sperrte auf. Oronzo kam ihm nicht entgegen. Moreno hörte eine Stimme. Vorsichtig ging er durch bis zur Küche.

»Gut so?«, vernahm er durch das nur angelehnte Fenster.

Tosca.

Was tat sie da?

Er lugte vorsichtig hinaus.

Sie stand an der Schaukel und schob geschäftig eine lange Haarsträhne hinter ihr Ohr. Wahrscheinlich merkte sie es gar nicht, aber ein Sonnenstrahl fiel direkt auf sie und verwandelte sie in eine geradezu magische Erscheinung. Er hielt den Atem an. Ganz unbewusst.

Tosca bückte sich. Er sah nicht, wonach, aber er vermutete, dass da irgendwo ihr Eimer stand, denn sie hob etwas heraus, das wie eine Muschel aussah. Diese brachte sie dann an einem der Schaukelseile an.

Sie dekorierte die Schaukel!

Er musste sich daran erinnern zu atmen. Denn vor ihm spielte sich eine Szene ab, die vollkommener, schöner und liebevoller nicht hätte sein können. Das Bild vermittelte ihm Wärme. Und ein Zugehörigkeitsgefühl, das ihm vor Rührung die Kehle zuschnürte.

Sie drehte sich ganz plötzlich in seine Richtung.

»Moreno?« Sie hielt eine Hand über die Augen, um sie vor der Sonne zu schützen und besser sehen zu können.

Er musste sich räuspern. »Ja. Ich bin hier.« Mit einem Ruck machte er sich los vom Fenster, vom Bild der Vollkommenheit. Er ging zu ihr.

»Ich hatte dir einen Eimer mit Strandgut vorbeigebracht. Aber du warst nicht da. Also habe ich mich selbst ans Werk gemacht. Das stört dich doch nicht?« Sie plapperte drauflos, noch ehe er sie erreichte. Dann aber hielt sie inne und lachte. »Coole Hose …«, ließ sie ihn wissen.

Seine enge Jeans, die hatte er vollkommen vergessen. Und er konnte sich auch gar nicht auf ihren scherzhaften Ton einlassen. Stattdessen nahm er sie sofort in den Arm und drückte sie an sich.

»Das nenne ich eine Begrüßung!«, sagte sie. Ihre Stimme schien direkt zu seinem Herzen zu sprechen, da sie sich fest an ihn geschmiegt hatte und nicht viel weiter reichte als an seine Brust.

»Ich habe dich vermisst.«

»Ich dich auch.«

»Eigentlich sollten wir uns immer sehen. Jede freie Minute. Findest du nicht?«

»Doch. Unbedingt!«

Sie lächelten sich an. Und er fuhr ihr durchs Haar.

»Hast du Lust, ein bisschen zu reden?«

Ihr Gesichtsausdruck veränderte sich sofort. »Das klingt ernst ...«

»Nein. Überhaupt nicht.« Er nahm ihre Hand und führte sie ins Haus. Im Wohnzimmer setzte er sich auf den Sessel und zog sie auf seinen Schoß. Sie drehte sich so, dass sie ihm ins Gesicht blicken konnte. Seine Absichten waren gut. Es haperte aber an der Durchsetzung. Denn er begehrte Tosca. Sehr. Sie auf dem Schoß sitzen zu haben, machte es ihm nicht leicht, seinen Plan durchzuziehen. Er wollte ein guter Zuhörer sein. Offenbar war sie in Sorge wegen Ivo. Und Moreno wollte die Schulter sein, an die sie sich lehnen konnte. Danach konnte er noch immer von Dafne erzählen. Nur ging sein Atem schneller. Was sie natürlich merkte. Ihre Blicke verhedderten sich ineinander. Hoffnungslos. Fest. Unauflöslich.

War das sein Puls, der so wild galoppierte? Oder ihrer? Er konnte seinen Atem, seine Gefühle, seine Regungen nicht mehr von ihren trennen.

»Vielleicht sollten wir das mit dem Reden auf später verschieben?« Eine Frage. Eine Feststellung. Keine Ahnung. Er konnte nicht mehr klar denken.

»Ja. Vielleicht.«

Sie setzte sich jetzt rittlings auf seinen Schoß und schob ihre Hände in sein Haar. Das nahm er noch ganz deutlich wahr.

Der Rest verschwamm.

Heule den Mond an!
Ja, wie ein Wolf.

Kapitel 14

»Musst du wirklich schon gehen? Hatten wir nicht beschlossen, jede freie Minute miteinander zu verbringen?« Moreno klang wie ein schmollendes Kindergartenkind. Das war ihm aber ziemlich egal. Er war viel zu beschäftigt mit den Gefühlen, die die Frau in ihm auslöste, die sich gerade viel zu schnell anzog. Alles was ihn interessierte, war, sie zurückzuhalten. Er hob die Decke über seinen Bauch. Ihm war kalt. Sie hatte die ganze Wärme mit aus dem Bett genommen.

»Erklärst du das meiner Tochter?«, gab sie zurück. Irgendwie schnippisch, was ihn doch überraschte. Das Leben hatte sie wohl schon eingeholt. Das schaffte das Leben aber auch immer erstaunlich schnell.

»Wenn du das möchtest, dann, ja …« Warum auch nicht? Er war zu jeder Schandtat bereit. Er war so weit über seinen eigenen Schatten gesprungen, dass er gar nicht mehr wusste, in welche Richtung er schauen musste, um ihn wiederzufinden.

Sie zögerte. »Ich fürchte, das ist kein guter Moment.«

»Wieso nicht?« Er fand, dass der Moment perfekt war.

»Weil sie jetzt so sehr mit ihrem Vater beschäftigt ist.« Tosca hüpfte umständlich auf einem Bein, während sie die Hose hochzog. Vermied sie es etwa gerade, ihn anzusehen?

»Das hat doch nichts mit uns zu tun.«

Darauf antwortete sie nicht. Was ihn ziemlich nervte. Er setzte sich auf, lehnte sich an das Kopfteil des Bettes.

»Hat es das? Für dich?«, hakte er weiter nach.

Sie setzte sich auf den Bettrand, um in ihre Schuhe zu schlüpfen. Er war versucht, seine Hand auf ihren Rücken zu legen, tat es aber dann nicht. Sie verschloss sich gerade vor ihm. Er begriff nicht, warum.

»Hey …« Nein, er war nicht gewillt, sie in Ruhe zu lassen, obwohl sie das so offensichtlich von ihm erwartete.

Sie drehte sich zu ihm um. Ihr Haar schwang wundervoll sanft mit und wehte ihm ihren Duft ins Gesicht, der sich aufregend neu mit seinem vermischt hatte. Er stieß sich vom Kopfteil weg und schob sich zu ihr. Dass er noch immer nackt war, merkte er kaum. Dass er noch immer ihre Hände auf seiner Haut spürte, hingegen sehr.

»Was soll ich denn deiner Meinung nach zu Iolanda sagen? Hör zu, mein Kind, ich hatte gerade tollen Sex mit unserem Nachbarn?«

Wieso klang sie wütend? Und gegen wen richtete sich ihre Wut? Etwa gegen ihn? Er war sich keiner Schuld bewusst.

Er berührte ihre Hand. »Es geht nicht um Sex, Tosca.«

»Um was geht es dann?«

»Um Gefühle.«

»Gefühle …«

»Ja, verdammt, warum denn nicht?«

»Weil ich mir nicht erlauben kann, Iolanda nur aufgrund von *Gefühlen*«, er sah ihr dabei zu, wie sie Anführungsstriche in die Luft malte, »mit in diese Sache einzubeziehen.«

»Was erwartest du von mir?« Die Frage schoss Moreno spontan aus dem Mund. Er verstand einfach nicht, um was es ihr ging.

»Ich erwarte von dir, dass du ehrlich zu mir bist. Nichts weiter.«

»Ich bin ehrlich zu dir.«

»Wirklich?«

»Tosca, um was geht es hier?«

»Darum, dass ich nicht weiß, wer Dafne ist …«

Ihre Stimme hatte verzweifelt geklungen. Und sein Schock war so groß, so heftig, so dumpf, dass er förmlich erstarrte. Er spürte jeden Muskel, jede Faser seines Körpers. Starr wie ein Eisblock.

Dafne.

Er konnte nicht sprechen und schon gar nicht denken.

Dafne …

Er war durcheinander. Er hatte mit Tosca doch erst sprechen wollen. Und jetzt wusste sie bereits von ihr?

»Wie, wie …« Er stotterte unkontrolliert, was ihn nicht gerade gut dastehen ließ. Aber er war zu … überrascht.

»Du hast mich so genannt. Dafne. Zweimal.«

Oh Gott. Oh großer, gütiger Gott. Er hatte … was?

»Als es oben an der Kapelle passiert ist, dachte ich noch, es könnte deine Tochter sein. Aber deine Tochter heißt nicht so, oder? Dafne?«

Er schüttelte den Kopf. Das passierte aber ganz spontan. Wie ein Reflex.

Und sie vergrub das Gesicht in ihren Händen. »Im Bett. Eben. Da hast du mich auch so genannt.«

Sie stand auf. Er wollte sie aufhalten. So dringend, dass er eine beinahe außerkörperliche Erfahrung hatte und sich selbst sah, wie er sie vorsichtig am Arm festhielt.

Aber er tat es nicht.

Er konnte nicht. Wie gelähmt fühlte er sich.

»Erkläre es mir, Moreno. Ich bitte dich!«, forderte sie ihn erneut auf.

Er wollte es auch tun. Aber nicht so. Nicht, nachdem er gerade die beste Stunde seines Lebens mit Tosca im Bett verbracht hatte.

Verdammt! Wieso hatte er es ihr nicht einfach erzählt? Vorher. An der Kapelle. Und wieso um alles in der Welt war er so blöd, blöd, blöd, Tosca Dafne zu nennen? Er hatte große Lust, sich selbst eine zu scheuern. Fest und mitten ins Gesicht.

Tosca rührte keinen Muskel. Sie blieb einfach so stehen, mit dem Kopf in den Händen. Tat und sagte nichts. Ihm war trotzdem so, als hämmerte sie unaufhörlich auf ihn ein. Sekundenlang. Minutenlang. Er wusste es nicht.

»Dafne war meine Frau.«

»War? Bist du … ist sie …?«

»Sie ist tot. Ja.«

»Verdammte Scheiße … Bist du irgend so ein Psycho, der mit Frauen schläft, weil sie seiner verstorbenen Frau ähnlich sehen?«

»Hör schon auf, Tosca!« Er hatte nicht *so* ärgerlich klingen wollen. Aber, wie konnte sie so etwas sagen, so etwas annehmen? Das war absurd. Und meilenweit von der Wahrheit entfernt.

»Warum nennst du mich dann so?«

Jetzt musste er tatsächlich nachdenken. Denn für so einen bescheuerten Fauxpas musste es eine Erklärung geben. Vielleicht sogar eine wissenschaftliche. Doch alles, was er sich im Kopf zurechtlegte, klang einfach nur … doof. Nach Ausflüchten.

Sie rührte sich schließlich. »Verstehst du jetzt, warum ich

Iolanda aus dieser Sache raushalte?«, fragte sie ihn, vermutlich ohne eine Antwort zu erwarten.

Sie ging. Und er hielt sie nicht auf.

*

Tosca stapfte durch den Sand, direkt nach Hause. Sie drehte sich nicht um. Kein einziges Mal. Auch dann nicht, als sie so etwas wie ein Heulen vernahm. Es war ganz eindeutig Morenos Stimme. Er klang wie ein Wolf. Und ihr Instinkt sagte ihr, zu ihm zurückzukehren. Mit ihm zu reden, auf irgendeine Erklärung zu warten, die die Sache in Ordnung bringen würde. Nur ihr Stolz sagte was ganz anderes.

Dafne.

Seine Frau. Sie hatte es ja schon befürchtet. Nein, wenn sie ehrlich war, dann hatte sie es schon gewusst. Schon beim ersten Mal, oben bei der Kapelle. Aber sie hatte die Gewissheit verdrängt. Auch kurz zuvor im Bett mit ihm. Als er ihr diesen Namen ins Ohr geflüstert hatte. Da war es ihr tatsächlich für einige Minuten gelungen, ihn aus ihrem Gedächtnis zu löschen. Wahrscheinlich war sie viel zu beschäftigt gewesen, um sofort zu reagieren, vermutete sie. Bloß hatte Moreno dann angefangen, über Gefühle zu sprechen, und da war ihr der Kragen geplatzt.

Sie hielt plötzlich an, wendete sich dem Meer zu.

Warum passierte jetzt bloß so ein Mist?

Offenbar steckte Dafne noch immer in ihm. Offenbar liebte er sie noch, wenn ihm ausgerechnet beim Liebesakt seine tote Frau in den Sinn kam. Das war … nicht gut. Nein. Das war sogar ausgesprochen schlimm.

»Warum?«, schrie sie aus Leibeskräften. So laut, dass es die Wellen hörten. So laut, dass der Wind danach schnappte und die Frage mit sich trug. Weit in den Himmel. Bis zum Mond und zu den Sternen.

Da war sie endlich mal verliebt. So richtig. Und sie musste ausgerechnet einen Mann erwischen, der sie nicht auf diese gleiche Art zurückliebte. Es anscheinend gar nicht konnte, weil sein Kopf, sein Herz nicht frei war.

»*Merda!*«, schrie sie das Meer an. Als wäre es schuld an allem. Sie malte sich aus, wie es tobend auf sie zukam und sie verschluckte. Und dieses Bild war ihr sogar lieber als die Realität. Ja. Lieber ertrinken als von bescheuerten Dafne-Fragen erdrückt zu werden. Aber dann dachte sie an Iolanda und riss sich zusammen. Sie machte ein paar Atemübungen und schob dieses dumme Gefühl der Panik und der Wut von sich. Es dauerte eine Weile, bis sie sich im Griff hatte. Das Heulen, das noch immer schwach zu hören war, machte es ihr nicht leichter. Nein, sie fragte sich nicht, ob Moreno da drüben am Durchdrehen war. Dazu war sie viel zu sehr damit beschäftigt, sich selbst am Durchdrehen zu hindern.

»Also gut, du blödes Meer, ich gehe jetzt nach Hause!«, rief sie noch immer ziemlich aufgebracht. Das Wasser bewegte sich ganz unbeeindruckt und routiniert weiter. Und wie immer machte ihr die Ruhe des Meeres zu schaffen. Das, was sich unter der Oberfläche befand, machte ihr Angst. Auch bei Moreno. Was er tief in sich hatte, konnte sie nicht sehen, nicht wirklich wissen, vielleicht nur ansatzweise erahnen. Dass er aber an einer Menge Ungelöstem zu knabbern hatte, dessen war sie sich sicher. Es lauerte wie ein Meeresungeheuer und wartete darauf, sie zu verschlingen. Nur konnte sie es nicht zulassen, dass sie verschlungen wurde.

Irgendwie erreichte sie schließlich ihr Häuschen. Ihre Beine zitterten vor Anstrengung. Als würde sie nicht dauernd am

Strand hin- und herlaufen! Sie hatte noch eine Weile mit dem Meer geschimpft – es hatte Moreno recht gut ersetzt, musste sie zugeben. Und nun atmete sie noch ein paarmal tief durch, bevor sie eintrat.

Hoffentlich war Iolanda anderweitig beschäftigt, eigentlich wollte Tosca nur noch ins Bett. Und es war dann auch unerwartet still im Haus. So still, dass sie urplötzlich in Alarmbereitschaft geriet.

Iolanda war nicht in ihrem Zimmer, wo sie zuerst nachsah. Ihre Tochter war auch nicht im Bad, nicht in der Küche, nicht im Wohnzimmer.

Tosca fand sie in ihrem Arbeitsraum, an ihrem Arbeitstisch. Voll konzentriert. Obwohl sie jetzt erleichtert hätte umdrehen können, hielt sie doch inne. Sie konnte nicht einfach so weg, ins Bett und die Decke über den Kopf ziehen. Da war etwas in der Körperhaltung ihrer Tochter, das sie davon abhielt, die Treppe wieder wortlos hinabzusteigen.

»Was machst du da, Ioio?«

Das Kind blickte nicht auf. »Nichts.«

Das stimmte nicht. Iolanda arbeitete an einem Armband. Tosca näherte sich ihr. Erhaschte einen Blick auf das Stück. Es war schwer, fast schon massig. Nicht für sie selbst. Eher für einen Mann. »Für wen ist das?«

»Für niemanden.«

»Du machst das gut«, fand Tosca. Iolanda hatte offenbar ihr Talent geerbt.

»Danke.«

Kurze und knappe Antworten bekam Tosca immer dann, wenn ihre Tochter sauer auf sie war. Also seufzte sie tief und setzte sich neben ihr Kind, direkt auf den Tisch. »Ist es für Ivo?«

Jetzt kam gar keine Antwort.

»Diese Sache ist dir wichtig, oder? Wichtiger als du mir gegenüber zugeben willst.«

Eine einzige, einsame Träne rollte die Wange ihrer Tochter entlang und landete lautlos auf der Arbeitsfläche.

Und das war der Punkt, an dem Tosca kapitulierte. Sie konnte das nicht aufhalten. Es wäre völlig sinnlos, weiter daran festzuhalten, erkannte sie. Die Dinge hatten ihren Lauf genommen. Lange bevor sie es überhaupt gemerkt hatte. Und ihre Mutter hatte recht. Tosca durfte nicht die gleichen Fehler wie sie begehen.

»Okay. Ich werde mich drum kümmern. Ich werde versuchen, ihn zu erreichen, und sehen, was ich tun kann.«

Ihre Tochter blickte auf, bewegte ihre Lippen und formte lautlos das Wort Danke. Dann stand das Mädchen auf und warf die Arme um ihren Hals. Tosca umarmte ihre Kleine fest und dachte nicht zum ersten Mal, dass Ioios Wohl für sie an oberster Stelle stand. Selbst jetzt, wo sie mit dem zu kämpfen hatte, was sich eben erst mit Moreno zugetragen hatte. Dafür konnte Ioio aber nichts.

»Magst du auf dein Zimmer gehen, sodass ich gleich mal schaue, was ich machen kann? Erst mal ohne dich? Hm? Was hältst du davon?«

»Jetzt sofort?«

»Ja. Jetzt sofort!« Sie hatte Angst, es sich sonst doch noch anders zu überlegen. Außerdem hielt sie der Gedanke an Ivo davon ab, Morenos wegen durchzudrehen.

Iolanda verabschiedete sich also, dankbar und ängstlich zugleich. Ja, sie schien Angst vor ihrer eigenen Courage, vor ihrer eigenen Beharrlichkeit zu haben. Das verstand Tosca sogar. Sie fand aber auch, dass Ioio lernen musste, damit umzugehen. Wenn sie etwas so Wichtiges in die Wege leitete, musste sie auch verstehen, dass sie mit Konsequenzen zu rechnen hatte.

Jetzt war sie also allein in ihrem Arbeitszimmer. Iolanda hatte das Armband für Ivo achtlos liegen gelassen. Vorsichtig hob Tosca es auf, fuhr mit dem Finger drüber. Analysierte die Struktur. Und dachte natürlich an das Armband, das sie selbst für Moreno hergestellt hatte. Er trug es. Er hatte es auch vorhin getragen. Sie hatte es gesehen, an seinem Arm, ja, sogar bewundert, als er mit der Hand die Linie zwischen ihren Brüsten entlanggefahren war.

Sie räusperte sich. Kämpfte gegen die Gänsehaut an, die sich ohne ihr Zutun auf ihrer Haut abzeichnete.

Nein.

Moreno durfte jetzt nicht die Kontrolle über sie haben.

Entschlossen legte sie das Armband weg und fuhr ihren Rechner hoch. Sie loggte sich auf Facebook ein, wo sie vor allem wegen ihrer Arbeit angemeldet war. Sie suchte nach Ivo Bondi, fand ihn mit Leichtigkeit, weil sie ja inzwischen das Profilbild kannte, und sendete flink eine Freundschaftsanfrage, im Versuch, schneller zu sein als ihre Zweifel und Ängste.

Die natürliche Neugierde gewann. Sie klickte sich durch sein öffentliches Profil, sah sich Bilder an. Erkannte ihn. Erkannte ihn. Und erkannte ihn. Auch wenn er anders aussah. Erwachsener. Und weniger Haare hatte. Sie erkannte ihn. Konnte gar nicht einordnen, was das für sie bedeutete, sogar Ähnlichkeiten mit Iolanda zu entdecken. Es war beunruhigend, wie vertraut er wirkte. Obwohl sie ihn aus ihrem Leben gestrichen hatte, war er unbestreitbar Iolandas Vater. Diese Erkenntnis traf sie mit voller Wucht, machte, dass sie sich fast benebelt fühlte. Wie betrunken von dieser neuen Sichtweise. Ein bisschen wie weggetreten. So sehr, dass sie aufschrak, als sie mit einem *Pling* erkannte, dass er ihre Freundschaftsanfrage angenommen hatte.

Keine Minute später erhielt sie seine erste Nachricht. »So

fühlt sich das also an, wenn die Vergangenheit anklopft und plötzlich wieder zur Gegenwart wird. Hallo, Tosca …«

»Hallo, Ivo …« Und dann wusste sie nicht weiter. Als hätte ihre Courage ihre Kräfte erschöpft.

»Da ich inzwischen Iolandas Profil nahezu auswendig kenne, erspare ich dir die Mühe, sie mir vorzustellen. Du bist ein bisschen spät dran, findest du nicht?«

»Es tut mir leid.«

»Ziemlich schwach …«

Er hatte recht.

»Ich möchte dein Leben nicht durcheinanderbringen. Ich stelle keinerlei Forderungen an dich. Ioio wollte dich einfach nur kennenlernen. Wenn das geht. Wenn es dir keine Probleme bereitet.«

»Sie wollte mich einfach nur kennenlernen … Sorry, Tosca, hast du bitte eine Nummer, unter der ich dich erreichen kann? Ich kann das so nicht …«

Sie gab ihre Nummer ein, nahm den Anruf entgegen, der Sekunden später einging. Sie agierte ganz automatisch, als ginge es nicht um ihre Tochter, nicht um sie. Sie brauchte die Distanz. Und sie musste ihr schlechtes Gewissen zum Schweigen bringen.

Deswegen hörte sie sich auch gut zehn Minuten lang Vorwürfe von ihm an. Die Versuche, ihm zu erklären, warum sie so und nicht anders gehandelt hatte, warum sie ihn aus ihrem Leben herausgehalten hatte, klangen zwar sehr schwach, aber es war die einzige Wahrheit, die sie ihm bieten konnte. Und sie lieferte sie praktisch einem Fremden. Aber es fühlte sich gar nicht so an, als sei er fremd. Was sie noch mehr durcheinanderbrachte, als sie überhaupt schon war.

»Was machen wir jetzt?«, fragte er, als sie wohl beide meinten, das Wichtigste sei gesagt.

Sie zog die Schultern hoch. Wie so oft. »Vielleicht kannst du anfangen, telefonisch Kontakt zu ihr aufzunehmen? Und dann könntest du sie von mir aus eines Tages besuchen. Also, wenn du das willst.«

»Du, eines will ich schon mal klarstellen: Mein Ziel ist es, Teil ihres Lebens zu werden. Sie ist meine Tochter. Und ich bin kein Mensch für halbe Sachen, okay? Das kann ich nicht. Jetzt will ich sie natürlich besuchen und für sie da sein.«

Tosca schluckte. Fühlte sich eingeengt. Und es störte sie auch ein bisschen, dass er einfach Ansprüche stellte, ohne sich offenbar zu fragen, ob das auch im Sinne von Iolanda war. Andererseits, konnte sie es ihm wirklich verübeln, wenn er seine Tochter so schnell wie möglich kennenlernen wollte? Umgekehrt würde es ihr doch genauso gehen …

Er unterbrach ihre Gedanken. »Sag Iolanda bitte, dass ich sie morgen anrufen werde.«

»Okay, ich rede mit ihr, dann sehen wir weiter.« Ivo verabschiedete sich und legte auf. Erst im Nachhinein fiel ihr auf, dass sie seinen Abschiedsgruß gar nicht erwidert hatte. Aber das war ihr egal. Sie fühlte sich geradezu leer.

Trotzdem ging sie zu Iolanda ins Zimmer. Das Kind war schon eingeschlafen, also nahm sie einen Zettel und schrieb kurz drauf, dass Ivo sich morgen bei ihnen melden würde. Dann löschte sie das Licht und verließ den Raum wieder.

Plötzlich war sie allein. Und ihr wurde alles zu viel. Weil sie nur ein bisschen Glück wollte, stattdessen aber ihr Leben kopfstand. Weil sie wusste, dass die Prioritäten ihrer Tochter Vorrang hatten, sich ihr Herz aber einen feuchten Kehricht darum kümmerte und ihr immer wieder Bilder von Moreno vorsetzte.

Sie diskutierte stumm mit sich. Sagte sich, dass sie doch soeben bewiesen hatte, eine vernünftige, weltoffene Mutter zu sein, auch wenn sie das weiß Gott gehasst hatte. Aber so war das nun mal. Wann tat man schon Dinge, die man wirklich, aus tiefstem Herzen tun wollte?

Wie jetzt zum Beispiel.

Sie wollte zu Moreno. Natürlich war sie noch immer verletzt. Sauer auch. Aber sie war jetzt bereit, eine Erklärung zu hören. Ihren Stolz runterzuschlucken. Verstieß sie dabei aber nicht gegen ein ganzes Heer an ungeschriebenen Gesetzen?

Sie brauchte Rat, rief spontan Adriana an.

»Hallo?«, meldete sich Adri mit bemerkenswertem Elan, der nicht zur Uhrzeit passte. Es war fast Mitternacht.

»Ciao …«

»Wieso sprichst du so leise?«

»Ich habe mich ins Bad gesperrt.«

»Ins Bad? Hast du Durchfall?«

Die Situation war nicht komisch, eher traurig. Tosca schüttelte resigniert den Kopf, merkte aber gleichzeitig, wie ihr Mund trotzdem automatisch die Winkel nach oben hob. Sie setzte sich auf den Boden, lehnte sich mit dem Rücken gegen die Badewanne, massierte mit der freien Hand ihren Nacken.

»Ich habe keinen Durchfall, nein. Ich bin im Bad, weil ich den Eindruck habe, hier besser meine Gedanken ordnen zu können.«

»Okay …«, sagte ihre Freundin gedehnt. »Keine Gedanken, was deine Verdauung anbelangt, nehme ich an.«

»Ach Adri!«

»Schon gut, schon gut. Ich höre auf. Was ist passiert?«

Tosca erzählte zuerst von Ivo.

»Na, das hast du doch erst mal super geregelt. Du wirst sehen, alles wird gut.«

»Ich hoffe, du hast recht.«

»Ich habe immer recht.«

»Das stimmt sogar. Du hattest auch recht, was Moreno anbelangt.«

»Ach ja?«

»Ja. Ich schätze, er hat mir tatsächlich das Herz gebrochen.«

»Was hat er getan? Muss ich ihn verkloppen?«

»Er hat mich wieder Dafne genannt.«

»Woah!«

»Beim Sex.«

»WOAH!«

»Und Dafne ist seine verstorbene Frau.«

»Ach. Du. Kacke!«

»Ja …«

»Und was nun?«

»Keine Ahnung. Ich bin einfach weggegangen, nachdem er keine Antwort darauf wusste, warum er mich immer wieder wie seine Frau nennt.«

»Puh. Bin ich froh, dass Pompeo beim Vögeln nur grunzt!«

Tosca schloss die Augen. »Adri!«

»Tut mir leid, tut mir leid.«

»Was soll ich denn jetzt tun?«

»Ich hätte ihm eine geknallt. Dann hätte ich ihn in der Badewanne ertränkt, ihm den Schniedel abgehackt und den Fischen zum Fraß vorgeworfen. Da du aber ein viel zu gefühlvoller Mensch bist und dich erst hingibst, nachdem du dein Herz verschenkt hast, rate ich dir dazu, mit ihm zu reden. Keine Erklärung wird dir richtig gefallen, dass kann ich dir schon mal sagen. Entscheide also am besten schon vorher, ob du mit einer Toten konkurrieren willst oder nicht.«

Mit einer Toten konkurrieren. Das klang ihr so schon viel zu makaber. Sie wollte weder mit einer Toten noch mit einer

Lebenden konkurrieren. Sie wollte die einzige Protagonistin sein. Zu viel verlangt?

Seufzend verabschiedete sie sich von ihrer Freundin und blieb mit dieser Frage allein zurück.

Flut

Kapitel 15

Sie lag im Sand und blickte den Mond an, der sich in dieser Nacht so schön und vollkommen zeigte wie vielleicht noch nie. Die Sterne wirkten wie Diamanten, die zur Verschönerung eines ohnehin schon perfekten Gemäldes dienten. Wenn die Natur mit all ihrer Schönheit auftrumpfte, fühlte Tosca sich banal unscheinbar. Und ihre Probleme erst recht. So oder so, alles würde gut werden. Der Mond würde sich weiterhin jede Nacht zeigen. Ihr Mut machen, wenn sie glaubte zu verzweifeln.

Tröstlich. Der Himmel, die Nacht … alles war tröstlich.

Als er kam, war Tosca nicht überrascht.

Sie hatte ihn erwartet.

Er legte sich wortlos neben sie, und sie war sich sicher, dass der Mond auch ihn auf die gleiche Weise faszinierte wie sie. Irgendwo, tief in der Seele, waren sie und Moreno miteinander verbunden. Ja, so war es.

Sie rechnete ihm hoch an, dass er ihnen Banalitäten ersparte. Dass er sie nicht fragte, was sie hier tat. Dass er ihr nicht riet, ins Haus zu gehen, obwohl die Feuchtigkeit, die vom Meer kam, ihr wahrscheinlich einen dicken Schnupfen bescheren würde. Sie liebte es, dass er sie einfach so im Sand liegen ließ, während er das Gleiche tat.

Diese stille Zweisamkeit war nahe dran an der Perfektion. Egal was kommen würde. Sie hatte mit Moreno die Perfektion erreicht. Nicht nur einmal. Mehrmals sogar. Während viele Paare die Perfektion nicht mal streiften und sich dessen gar nicht bewusst waren.

Zusammen waren sie perfekt. Einzeln genommen waren sie hingegen voller kleiner Macken. Amüsant fand sie diesen Gedanken. Sie lachte sogar darüber, wenn auch stumm.

Dann setzte sie sich auf, zog das T-Shirt über den Kopf, befreite sich vom BH. Ihre Hose folgte, das Höschen kam zuletzt.

Splitternackt kniete sie sich vor ihn. Sie war sicher, dass ihr kalt war. Nur spürte sie das nicht. Er lag einfach nur da. Atmete. Sah sie mit der gleichen Bewunderung an, die sie zuvor dem Mond gegenüber empfunden hatte. Noch nie hatte sie ihn so wundervoll gefunden wie jetzt. Seine Augen schienen fast zu glühen, sein Haar umrahmte sein schönes Gesicht weich. Er sah aus wie jemand, der sich hingab, der ihr vertraute, der sie … ja, liebte … Mehr als alles andere.

Sie zog ihm das Hemd aus, half ihm aus der Hose, aus den Boxershorts. Innerer Frieden machte sich in ihr breit. Als hätten sie exakt den Zustand erreicht, in dem sie sich befinden mussten. Haut an Haut. Am Strand. Untermalt vom Rauschen des Meeres und bewacht von der stillen Präsenz eines gigantischen Mondes.

Sie legte sich auf ihn. Als wollte er sie beschützen, legte er seine Arme und Beine um sie. Jede Sekunde, jede Empfindung war kostbar.

Er begann sie zu streicheln. Sie fühlte, dass er das aus einem

Impuls heraus tat. Nichts war geplant in diesem Moment. Ihre Lippen trafen sich auch so, als wären sie dazu bestimmt.

Sie liebte das Gefühl von Wärme, das von seinem Körper auf ihren überging.

Diese Nacht liebten sie sich erneut, nein, sie taten es zum ersten Mal so richtig. Diese Nacht war sie die Einzige in Morenos Herzen, dessen war sie sich sicher. Und weil sie diese Gewissheit so wertvoll fand wie nichts auf der Welt, sah sie ihm tief in die Augen. »Ich werde jetzt gehen«, sagte sie zu ihm.

Er schüttelte den Kopf. »Nein. Ich muss mit dir sprechen, dir alles erklären.«

Sie hob die Hand. »Bitte nicht. Verdirb mir das hier nicht, Moreno. Alles ist so perfekt, so verdammt perfekt. Ich glaube nicht, dass irgendetwas diese Nacht so bald toppen wird. Räum auf, mit all dem, was da noch ist. Und dann komm wieder, klopf an meine Tür, heul den Mond an – was immer du willst. Wenn du dir sicher bist, dass alles gut ist. Dass du losgelassen hast. Dann weißt du, wo und wie du mich finden kannst. Ja?«

Er nahm ihre Hand, küsste ihre Fingerspitzen sanft. Nickte. »In Ordnung.«

Sie lächelte ihn an. Ein bitter-süßes Lächeln. In diesem Moment liebte sie ihn aus tiefstem Herzen. Sie sammelte ihre Sachen ein und ging.

Tosca ging zu Bett und schlief sofort ein. Als sie scheinbar ohne ersichtlichen Grund aufschrak, war der Himmel noch undefiniert tonlos, aber bereit, bald die Sonne strahlend zu umgeben. Sie war verschwitzt, fühlte sich fiebrig. Es dauerte eine Weile, bis sie begriff, dass ein Geräusch sie geweckt hatte. Der Moment aber verging. Der Schlaf zerrte an ihr und nahm sie wieder mit auf die andere Seite. Sie hatte gar keine Chance, sich dagegen zu wehren.

Am nächsten Morgen weckte Iolanda sie und überhäufte sie mit tausend Fragen, die Tosca mit einem Happen zu verschlingen drohten.

»Sag doch was, Ma! Ruft er jetzt wirklich an? Auf welchem Handy? Was hat er gesagt? Wie ist er so?«, hakte Iolanda nach, als Tosca schwieg.

In Toscas Kopf hatten alle Fragezeichen, die ihre Tochter auf sie abfeuerte, einen einzigen, großen Knoten gebildet. Ein Wirrwarr ohne Anfang, ohne Ende. Sie kam nicht mit. Wollte einfach nur schlafen und die Welt vergessen.

»Ma!« Jetzt hatte Iolandas Stimme eine Tonlage erreicht, die nicht für menschliche Ohren geschaffen war. Tosca widerstand nur knapp dem Impuls, sich die Ohren zuzuhalten.

»Geht es dir gut, Ma?« Das Kind hielt irritiert inne.

»Jaja. Lass mich nur kurz durchatmen, okay?«

Iolanda blickte sie lange wortlos an. Schließlich ging sie aber. Und Tosca nahm sich einen kurzen Augenblick, um aus dem Fenster zu schauen.

Auf den kleinen Wellen tanzte weißer Schaum. Die Farbe des Meeres schien unentschlossen. Es tendierte zu Blau. Türkis schimmerte aber hartnäckig durch.

Ebenso unentschlossen fühlte Tosca sich. Unentschlossen, ob dieser Tag gut oder schlecht werden würde. Aber lag es wirklich nur in ihrer Hand? Sie war nicht das Schicksal in Person.

Oronzo erschien in ihrem Blickfeld. Der Hund spazierte gemächlich am Strand entlang. Ganz ungestört, bis er wieder aus ihrem Blickfeld verschwand. Moreno war nicht dabei. Ihn nicht zu sehen, das war ein seltsames Gefühl.

»Ma, Frühstück ist fertig!«, rief Iolanda. Und das war der

Punkt, an dem Tosca entschloss, dass sie den Tag trotz allem meistern musste. Sie zog sich rasch an und verließ das Schlafzimmer.

Iolanda hatte ganz wundervoll gedeckt. Es duftete nach Kaffee und Familie.

Beim Frühstück versuchte Tosca das Gespräch, das sie mit Ivo gehabt hatte, detailgetreu wiederzugeben. Was auch ohne Kauen nicht leicht gewesen wäre, weil Ioio sie alle zwei Worte unterbrach. Mit Fragen. Mit Vermutungen. Mit Kommentaren.

»Ja, und wann ruft er jetzt an?«

Gute Frage, fand Tosca und griff nach ihrem Handy. Schließlich hatte sie ihm ja gesagt, dass sie erst mit Ioio sprechen wollte. Aber ihre Tochter konnte es ja wirklich kaum erwarten, mit ihm zu telefonieren, also würde sie ihn gleich davon in Kenntnis setzen. Oh, sie hatte selbst eine Nachricht bekommen. Sie war von Ivo. »Ich komme nach Mareblu. Ich muss Iolanda sehen. Ich hoffe, du verstehst das.« Dann folgten die Flugdetails.

Nein. Das verstand sie eigentlich nicht. Kein bisschen.

Zum Glück musste Iolanda zum Babysitten, sodass Tosca Zeit hatte, sich die nächsten Schritte zu überlegen.

Am Strand, in Begleitung ihres Eimers, wägte Tosca ungefähr eine Million Mal ab, ob es machbar war, den Kopf in den Sand zu stecken und dort zu verweilen, bis sich das ganze Chaos in und um sie herum wieder legen würde.

Sie fand wenig Strandgut. Sie sah aber auch gar nicht genau hin. Immer wieder verschwamm der Sand vor ihren Augen. Und sie bezweifelte, dass sie heute zum Arbeiten kommen würde. Mit drei Muscheln und sieben Steinen im Eimer beschloss sie, dass das genug war.

Als sie ihr Haus erreichte, wartete Annalisa bereits auf der Terrasse auf sie.

»Iolanda hat im Hotel eine Nachricht hinterlassen. Ich soll nach dir sehen, mit dir sprechen …«, erklärte sie Tosca sofort. »Was ist denn los?«

Tosca stellte ihren Eimer ab und sah ihre Mutter an. Sie schien ehrlich besorgt zu sein, ihre Fürsorge tat gut.

»Ich mache mir Sorgen wegen Ivo …«, sagte sie. »Er ist auf dem Weg nach Mareblu.«

Annalisa zog erstaunt die Augenbrauen hoch. Die Geste huschte aber wirklich nur kurz über ihr Gesicht. Dann hatte sie sich wieder voll im Griff.

»Das ging aber plötzlich.«

»Ja. Irgendwie fühle ich mich überrollt.« Sie erklärte ihrer Mutter, wie sich alles zugetragen hatte.

»Verstehe ich voll und ganz.«

Sie schwiegen kurz. Die Stille wurde von Geräuschen unterbrochen, die von der anderen Seite des Hauses kamen. Ein Auto fuhr vor.

Toscas Beine wurden schwach. Ob es Moreno war? War es nicht immer so, dass die Hoffnung in den unwahrscheinlichsten Situationen so intensiv aufblitzte, dass man nicht mehr klar denken konnte?

»Erwartest du jemanden?«, erkundigte sich Annalisa.

»Eigentlich nicht …«

Es wurde gehupt. Mit zitternden Beinen ging Tosca durch das Haus, um die Haustür zu öffnen.

Adriana fiel ihr praktisch entgegen. »So. Jetzt können wir deinen Moreno verhauen!«, rief sie kampflustig.

Tosca blickte sich nach ihrer Mutter um. Die hatte natürlich jedes Wort gehört. Und verzog ganz seltsam das Gesicht. Ein bisschen schockiert wirkte sie. Vielleicht bildete Tosca sich das aber auch nur ein. Sie sah wieder zu ihrer Freundin und tötete sie mit ihren Blicken. Adriana machte ein entschuldigendes Gesicht und stand unschlüssig in der Tür. Tosca schnappte sie am Arm und zog sie in den Flur.

Schweigend standen die Frauen sich gegenüber. Tosca war es unangenehm, dass ihre Mutter auf diese Weise erfahren musste, dass sie Liebeskummer hatte. Adriana war es offenbar peinlich, dass sie mal wieder ins Fettnäpfchen getreten war. Und Annalisa, ja … was war eigentlich mit ihr? So ganz konnte Tosca die Reaktion ihrer Mutter nicht einordnen. Das musste sie zum Glück auch nicht. Denn Adriana nahm die Situation in die Hand.

»Ich habe Prosecco und *fragole* dabei!«, teilte ihre Freundin ihnen mit und ging einfach durch in die Küche. Sie folgten ihr. Tosca beobachtete, wie sie die Flasche mit einem entschlossenen *Plopp* öffnete und in dem Küchenschrank nach Gläsern suchte. Ganz so, als sei sie die Hausbesitzerin und Tosca und Annalisa ihr Besuch. Dann nahm Adriana eine Schüssel zur Hand und wusch die Erdbeeren.

»Champagner …«, flüsterte Tosca.

»Was?«, wollte ihre Freundin wissen.

»Erdbeeren gehören zu Champagner. Nicht zu Prosecco.«

»Ach wirklich? Ist der gnädigen Frau Prosecco nicht gut genug?« Adriana stellte sich vor sie. Faust in der Hüfte. Angewinkeltes Bein. Ironischer Blick.

Tosca wiegelte ab. Das Gespräch, das sich anbahnte, fand sie schon von vornherein zu anstrengend. »Gib schon her!« Sie nahm das Glas. Annalisa tat es ihr nach.

Sie setzten sich zu dritt an den Küchentisch und tranken mal wieder. Es war offensichtlich, dass sie alle ihren eigenen Gedanken nachhingen. Deshalb kam Annalisas Frage umso überraschender. »Tosca, hast du Make-up-Entferner da?«

»Ähm … ja.« Sie sprach die Antwort wie eine Frage aus. Eigentlich war es ja auch eine.

»Gut. Ich muss nämlich dringend das Zeug von Adrianas Gesicht kriegen.«

»Was? Nein!«, rief Adriana empört und hielt sich die freie Hand über die Augen. Als könnte sie auf diese Weise ihr, wie immer, sehr, sehr buntes Augen-Make-up schützen.

»Doch. Und dann bringe ich dir bei, wie man es richtig macht.« Annalisa duzte Adriana einfach. Es passte zu dieser verrückten Situation, musste Tosca zugeben.

»Ich mache es richtig! Nicht wahr, Tosca?« Adriana wollte ihre Unterstützung. Und Tosca hätte sich am liebsten in Luft aufgelöst.

»Sei ehrlich zu ihr, Tosca!« Das verlangte nun ihre Mutter von ihr.

Tosca hob die Arme in die Luft. »Hey, lasst mich aus dem Spiel raus!«

»Was stimmt mit meiner Schminke nicht?«, fragte Adriana Annalisa jetzt ganz direkt.

»Alles?«

»Ha! Tosca hat recht! Sie sind eine gemeine Person.«

Annalisa stand auf. »Ach ja?« Natürlich starrte ihre Mutter sie jetzt herausfordernd an. Und irgendwie wurde gerade alles zu viel für Tosca. Moreno, Ivo, das Leben generell, dieser Streit, sogar Adrianas Schminke, verdammt!

»Ach, wisst ihr was? Ihr könnt mich mal! Ja, Adri, dein Make-up ist grässlich! Hast du das verstanden? Grässlich! Und du, Annalisa, bist einfach oft ein gefühlskalter Mensch. So, jetzt ist es raus!«, schrie sie.

Das Schweigen, das folgte, dauerte vielleicht eine Sekunde.

»Na gut, dann kann ich mich halt nicht schminken. Aber immerhin habe ich einen normalen Freund.«

Nun musste Tosca aber wirklich lachen. »Okay. Du hältst Pompeo also für normal …«

»Ja, verdammt. Das ist er: stinknormal. Und er badet nicht nachts nackt im Meer und verkriecht sich in ein doofes Strandhaus!«

Die Anspielung auf Moreno war allzu offensichtlich. »Normal ist langweilig!«

»Normal ist sicher.«

»Normal lässt das Herz nicht höher schlagen!«

»Normal zerbricht das Herz aber auch nicht!«

Damit hatte Adriana wohl recht. Diese These konnte sie nicht widerlegen. Kein bisschen.

»Ach Scheiße!«, sagte sie und trank ihr Glas in einem Zug leer. »Tut mir leid.« Damit meinte sie beide.

»Zu viel negative Schwingungen«, fand Adriana.

»Definitiv!«

Annalisa hatte sich den Streit still angesehen und sagte erst jetzt wieder etwas. »Ich bin nicht gefühlskalt, Tosca. Ich fühle sogar eine ganze Menge.«

»Dann lass es raus!« Das war Adrianas Tipp. Auch sie duzte Annalisa, als würden sie sich schon ewig kennen.

»Ich arbeite dran …«

»Gut. Dann sollte ich vielleicht anfangen, an meinem Make-up zu arbeiten.«

Großes Nicken.

»Und woran willst du arbeiten?«

Diese Frage rüttelte Tosca auf.

Woran wollte sie arbeiten? Daran, sich das Glück zu schnappen, ohne Rücksicht auf Verluste?

»Entschuldigt mich kurz, ja?«, sagte sie und sprintete los.

Sie flog über den Sand. Roch das Meer. Spürte die Sonnenstrahlen. Hörte ihr Herz pochen. Alles, was sie umgab, schien die gleiche Sprache zu sprechen. Alles, was sie umgab, erzählte von ihren ehrlichen, starken Gefühlen für Moreno. Und sie war jetzt wild entschlossen, für dieses Gefühl zu kämpfen. Vergessen war ihr stoisches Verhalten aus letzter Nacht. Von wegen, dass sie die Einzige in seinem Herzen sein wollte und der ganze heldenhaften Mist. Sie wollte einfach nur Moreno, gerne auch bloß fünfzig Prozent. Sogar dreißig Prozent von ihm wären ihr genug. Das wusste sie jetzt. Sie würden das hinbekommen. Sie lief weiter. Ihr Ziel war das Häuschen. Morenos Häuschen. Ihre Beine konnten gar nicht schnell genug laufen. Ihre Lunge gar nicht so viel Sauerstoff aufnehmen, wie sie brauchte.

Atemlos erreichte sie das Häuschen und bildete sich ein, dabei so viel Lärm zu machen wie das Meer, wenn es ganz wild war. Fast überrascht merkte sie, dass noch nicht mal ihre Schritte zu hören waren, weil der Sand sie weich dämpfte. Es lärmte in ihr drinnen, stellte sie fest. Und irgendwie beflügelte sie das.

»Moreno?«, rief sie und erschauderte gleichzeitig, denn ganz automatisch flogen ihren Gedanken zurück zum Vortag, als sie diesen Namen in Endlosschleife direkt in sein Ohr geflüstert hatte. Dann aber fiel ihr ein, dass er hingegen Dafnes Namen in ihr Ohr geflüstert hatte. Der Prosecco machte sich in ihrem Bauch bemerkbar. Sie unterdrückte jegliche Art von Fluchtimpuls und klopfte entschlossen an. Fast ein bisschen im Takt ihres Herzschlags. Doch während ihr Herzschlag allmählich ruhiger wurde, blieb es auch im Haus ungewöhnlich ruhig.

Dass er nicht da war, gestand sie sich nach dem dritten Mal Klopfen ein. Sie hatte in Gedanken einige Möglichkeiten durchgespielt auf dem Weg zum Häuschen. Aber dass er nicht dasein könnte, das hatte sie nicht erwartet. Zumindest nicht so bald. Und nicht, ohne sich zu verabschieden.

Okay, es war plausibel, dass er gerade im Ort war, um … nun, um etwas einzukaufen vielleicht. Oder anderes zu erledigen. Oder … vielleicht war er im Meer? Sie blickte sich um, sah direkt in Richtung Wasser, schirmte ihre Augen ab, um einen klareren Blick zu haben. Nein. Im Wasser war er nicht.

Sie ging von der Tür weg zur Schaukel und setzte sich spontan drauf. Auf jeden Fall würde sie auf ihn warten.

Die Zeit verrann, und nichts passierte. Also ging sie noch mal zur Tür.

»Moreno?«

Es kam keine Antwort.

Spontan drückte sie die Klinke herunter. Die Tür öffnete sich problemlos. Abgesperrt war nicht.

Sie rief nach ihm. Wieder und wieder. Betrat das Haus aber nicht. Das war ihr zu intim, zu mutig.

Schließlich schloss sie die Tür und ging.

»Na endlich. Ich dachte schon, wir müssen dir Suchtrupps hinterherschicken!« Adriana empfing sie auf ihre gewohnt direkte Weise. Annalisa stand am Herd, und es duftete wieder sehr einladend. Wann hatte ihre Mutter das bitte so gut gelernt? Bei ihnen zu Hause hatte es früher nie so toll gerochen. Vielleicht war ihr Partner Sergio für Annalisas neu erworbene Kochkünste verantwortlich, überlegte Tosca, in welcher Form auch immer.

»Tut mir leid. Ich habe nicht auf die Zeit geachtet.«

»Das tust du nie. Habt ihr euch ausgesprochen?«

»Er war nicht da.«

Lautes Scheppern ließ sie beide hochfahren.

»Verzeihung. Der Topfdeckel«, entschuldigte sich Annalisa und hob eben diesen vom Boden.

Tosca setzte sich an den Küchentisch und sah jetzt erst direkt in Adrianas Gesicht. »Mein Gott … Ihr habt das mit dem Schminken durchgezogen?«

Adriana wiegelte ab, errötete aber leicht. »Zu wenig Farbe, nicht?«

Tosca war schockiert. Positiv schockiert. Oder einfach nur überrascht. Adriana sah hinreißend aus. »Nein, nein. Genau richtig so! Du bist wunderschön!«

»Das ist Annalisas Verdienst. Und sie hat mir beigebracht, wie es geht. Hast du gewusst, dass man in den Pinsel pusten muss, bevor man Rouge aufträgt?« Sehr viel Erstaunen lag in der Stimme ihrer Freundin. Manchmal war sie so wunderbar naiv, dass man sie einfach nur umarmen mochte.

»Ich hatte da so eine Vermutung, ja …«

»Wieso hast du nie was gesagt?«

Ja. Wieso nur?

»Weil ich dich so mag, wie du bist. Und wenn du findest, dass man Rouge aus einem Kilometer Entfernung bereits sehen muss, dann ist das für mich in Ordnung.«

Wortlos umarmte Adriana sie. »Deine Mutter ist ganz okay, weißt du?«, flüsterte sie ihr ins Ohr. »So, Mädels, jetzt muss ich aber los und Pompeo mein neues Ich zeigen.« Sie schwirrte ab und hinterließ beinahe so etwas wie freudiges Flimmern in der Küche, das erst nach und nach erlosch.

»Was kochst du da eigentlich?«, sprach Tosca nun ihre Mutter direkt an.

»Kartoffelsuppe. Zutaten für andere Gerichte habe ich nicht gefunden.«

»Ist doch vollkommen in Ordnung! Ich mag Kartoffelsuppe. Bleibst du zum Essen? Also, nur, wenn du nichts vorhast.«

»Ich habe nichts vor. Und ich bleibe gerne. Danke.«

Tosca streckte ihre Arme über den Tisch und legte ihren Kopf drauf. Annalisa tätschelte ihren Kopf. Das war ungewohnt. Aber schön.

»Ioio hat gesagt, dass aus uns noch eine normale Familie werden könnte …«

Annalisa lachte. »Gott bewahre. Ich habe mich immer gegen eine normale Familie gewehrt.«

Tosca genoss die Berührung ihrer Mutter und diese traute Zweisamkeit, die sich eingestellt hatte. »Warum nur?«

Obwohl sie noch immer mit dem Gesicht nach unten auf ihren Armen lag, konnte sich Tosca sehr gut vorstellen, wie Annalisa mit den Schultern zuckte. Zusammen mit dem Duft nach Kartoffeln, der gleichzeitig für Geborgenheit und Bodenständigkeit stand, ergab das ein wundervoll familiäres Bild.

»Ich weiß das gar nicht mal so genau. Nur wollte ich anders sein. Schon immer. Anders als meine Mutter. Anders als meine Freundinnen. Dabei habe ich wohl irgendwann vergessen, was genau ich denn sein wollte.«

Tosca glaubte einen Augenblick, Annalisa und ihre Erklärungen verstanden zu haben. Dann aber wieder nicht. Es war so schwer, ihre Mutter aus der Distanz und ohne Vorurteile zu betrachten.

»Adriana ist sehr nett«, sagte Annalisa dann ganz unerwartet. Wieder einen Schritt weg von sich selbst.

»Das ist sie. Und sie sah nach deinem Eingriff wirklich toll aus.«

»Ach, das hatte ich ehrlich gesagt schon vom ersten Augenblick an vor.«

»Schön, dass du es durchgezogen hast.«

»Du, Tosca, wir haben auch ein bisschen geredet, Adriana und ich …«

»Dass Adri dich überhaupt zu Wort hat kommen lassen, finde ich schon mal bewundernswert.«

»Ja, war nicht einfach. Aber ich kann mich durchsetzen.«

Sie lachten beide. So entspannt und verdammt nah dran an einem ganz normalen Mutter-Tochter-Gespräch.

»Daran zweifle ich nicht.«

»Nun, sie hat mir jedenfalls erzählt, dass im Häuschen drüben ein Mann wohnt, mit dem du dich triffst? Wie war noch gleich sein Name?«

»Moreno.« Sie hatte gar nicht erst versucht, den Namen zurückzuhalten. Wie ein Boot auf offener See schwappte er ohnehin schon dauernd in ihrem Kopf hin und her. Wenn sie ehrlich war, konnte sie sich auf gar nichts anderes konzentrieren.

Moreno war so präsent in ihren Gedanken, als säße er direkt neben ihr.

»Ein schöner Name.«

»Ein schöner Mann.« Und dann begann Tosca zu erzählen. Über sein wundervolles Haar. Sein faszinierendes Aussehen. Seine Augen, die so tief blicken konnten wie keine anderen. Seine Stimme, die sie wahnsinnig vermisste, wie sie erst jetzt merkte. Über das Glück, das jedes Mal in ihr explodierte, wenn sie in seiner Nähe war. Über den Tanz, die Kapelle – nicht aber über Dafne. Das nicht. Dafür aber sogar über Morenos Freundschaft mit Oronzo, den er immer ein bisschen so behandelte wie einen Menschen.

Je mehr sie über ihn erzählte, desto bewusster wurde ihr, dass sie ihn liebte. Sehr heftig, mit Herzklopfen und allem, was dazugehörte. Und gleichzeitig auch mit dieser Verbundenheit, die sich erst nach Jahren einstellte.

Ja, sie liebte Moreno. Wo steckte er bloß?

Ebbe

Kapitel 16

Moreno klopfte an die Tür. Ihm wurde klar, dass seine Hand dabei zitterte und steckte sie in die Hosentasche. Gleichzeitig räusperte er sich. Wahrscheinlich ging es seiner Stimme wie seiner Hand, überlegte er. Als er endlich Schritte hörte, raffte er sogar noch die Schultern und belächelte sich selbst ein bisschen. Er wollte sich stark zeigen. Dann überlegte er aber, dass die wahre Stärke wohl darin lag, sich auch mal schwach zu zeigen.

Die Tür wurde schwungvoll geöffnet. Niemand hatte gefragt, wer denn da sei.

Lele stand vor ihm und zog fragend die Augenbrauen hoch, was hinter seiner hippen Brille cool und abgebrüht wirkte. »Oh. Ich dachte, Sie sind auf Urlaub?«

»Bin ich. War ich.« Er wusste selbst nicht, wie er das jetzt ausdrücken sollte.

»Kommen Sie doch rein«, schickte der junge Mann sich an zu sagen. Drinnen war es gewohnt ordentlich, der obligatorische Strauß Blumen stand wie immer im Eingangsbereich. In der Vase, die ein Geschenk von ihm war.

»Wer war denn an der Tür, Lele?«, hörte er eine bekannte Stimme aus dem oberen Stockwerk rufen.

Der junge Mann räusperte sich. »Dein Vater …«, gab er Bescheid und richtete seine Brille.

Keine paar Sekunden später erschien sie oben an der Treppe. *»Papà?«* Sie flog die Stufen fast hinunter. »Du hast es abgebrochen.«

Sie fragte nicht mal. Für sie war es Fakt. Das störte ihn, dass sie es einfach als gegeben hinnahm. Als wäre er ein Hampelmann ohne Rückgrat.

»Clari, ich … gehe kurz … einkaufen, ja?«, meldete sich Lele zu Wort. Moreno beobachtete, wie die beiden sich vertraut anblickten, und Clarissa nickte. Der junge Mann küsste sie kurz auf die Wange. Von ihm verabschiedete er sich mit einer angedeuteten Umarmung. Dann ging er. Und sie waren allein.

Clarissa setzte sich an den schönen Küchentisch, der im hochmodernen Loft der Blickfang schlechthin war. Er tat es ihr nach, sah sich um und erkannte nicht zum ersten Mal, wie schön es hier war. Ein Projekt von Dafne. Sie war in ihrem Beruf als Architektin talentiert und sehr erfolgreich gewesen. Und diesen Loft hatte sie behalten wollen. »Vielleicht braucht Clarissa ihn irgendwann mal«, hatte sie gesagt. Vorausschauend war sie gewesen. Denn diese Eventualität war tatsächlich eingetroffen, und Clarissa liebte es, hier zu leben. Sie empfand es als vertraut und warm, in Räumen zu wohnen, die ihre Mutter geplant hatte.

»Habe ich irgendetwas getan? Wieso ist Lele geradezu geflohen?«

»Hör zu, *papà*, es war in letzter Zeit nicht wirklich einfach, mit dir zu reden. Lele denkt bestimmt, dass wir unter uns sein sollten, nehme ich an.«

»Ich habe mich im Griff!« Selbst in seinen Ohren klang der Protest schwach und lächerlich. Clarissa hatte den Anstand, ihm nicht zu widersprechen.

»Warum bist du hier, *papà?*«, wechselte sie das Thema.

»Weil ich eine Frau kennengelernt habe.«

Sie stand auf, begann mit der Kaffeemaschine zu hantieren. »Wie meinst du das?«, fragte sie, ohne ihn anzusehen.

»Ich denke, ich bin verliebt. Nein, ich weiß, dass ich verliebt bin.«

»Und?«

»Und sie hat mich gebeten, mich von der Vergangenheit frei zu machen.«

»Weise Frau …«

»Ja …« Er lächelte. Denn der Gedanke an Tosca traf ihn wie ein warmer Sonnenstrahl.

»Aus diesem Grund bist du ja auch im Strandhaus, nicht?« Sie reichte ihm ein Tässchen mit dampfendem Kaffee. Süß und mit einem Schuss Milch. Sie wusste Bescheid.

»Und du weißt, wie sehr ich es hasse, dass du Psychologie studierst, nicht?«

»Ebenso sehr wie ich es hasse, dass du unbequemen Fragen immer ausweichst. So funktioniert das Leben nicht. In deinem Job verlangst du doch auch Antworten.«

»Das ist nicht dasselbe!«, fand er.

»Wieso nicht?«

»Weil es bei mir um das Gesetz geht und bei dir um das Herz, um den Kopf und um Gefühle und den ganzen Kram.«

»Du glaubst, das Gesetz ist wichtiger als Gefühle?«

Er stellte die Tasse etwas lauter und heftiger ab als beabsichtigt und hob sofort die Hand, um sich zu entschuldigen.

»Ich weiß nicht, was ich glaube, Clarissa«, gab er zu.

Sie setzte sich wieder. Dieses Mal ganz dicht bei ihm.

»Erzähl doch erst mal. Wie war das Häuschen überhaupt?«

Er dachte an das Häuschen in Mareblu, wo ein Stück seines Herzens zurückgeblieben war. Die Erkenntnis überraschte ihn nicht sonderlich. Wie heftig es in seiner Brust zwickte hingegen sehr.

»Ich liebe es.«

»Das Häuschen?«

Er nickte. »Und das Meer. Und Oronzo.« Seine Mundwinkel schossen in die Höhe. Die Bewegung konnte er nicht steuern. Oronzo versetzte ihn in gute Laune. Selbst auf Distanz.

»Wer ist denn bitte Oronzo?«

»Der so ziemlich hässlichste, verwöhnteste und menschlichste Hund, den es gibt. Er gehört zum Häuschen dazu.«

»Bei der Buchung hat mir niemand Bescheid gegeben, dass ein Hund zum Haus gehört.«

»Ich bin froh, ihn kennengelernt zu haben.« Das klang zu endgültig, zu in sich abgeschlossen, um es ohne Bedauern auszusprechen.

»Hast du an der Liste gearbeitet?«

Er nickte.

»Hat es dir geholfen?«

»Ich denke schon. Ich meine, ja, hat es. Es war gut, sich darauf zu besinnen, wie und warum sie überhaupt entstanden ist. Es war nicht leicht, sich vor Augen zu halten, dass deine Mutter sie für mich geschrieben hat, um unsere Ehe zu retten. Aber noch schlimmer war vermutlich das Bewusstsein, dass ich mich leider zu lange davor gedrückt habe, sie in Angriff zu nehmen.« Wie er es auch drehte und wendete, Dafnes Listen – von seiner Frau für ihn und von ihm für seine Frau – würden wohl immer ein wunder Punkt bleiben. Dafnes Listen, Dafnes Idee, Dafnes Umsetzung. Und er hatte nicht mitgespielt. Zumindest nicht so, wie sie es sich gewünscht hätte. Denn nur sie hatte sich ehrlich darum bemüht, während er es immer aufgeschoben hatte. So lange, bis es zu spät gewesen war.

Clarissa lehnte sich zurück. Sie ließ ihn aber nicht los, obwohl sie nichts tat, außer ihn anzusehen. Aus ihr würde mal eine ganz, ganz tolle Psychologin werden. Das verstand Moreno in diesem Augenblick. Die beste überhaupt.

»Tosca«, sprach er den Namen der Frau, die ihn so tief berührt hatte, laut aus. Es war, als hätte er sie mit der Kraft der Gedanken aus Mareblu nach Bologna teletransportiert und direkt vor sich auf den Tisch gesetzt. Ihr Name hatte sie so real gemacht, dass er beinahe meinte, sie zu berühren.

Kurz huschte so etwas wie Überraschung über Clarissas Gesicht. Sie hatte sich aber sofort wieder im Griff. Und wieder wartete sie einfach nur ab.

Moreno griff an seinen schweren Ring mit schwarzem Stein, der so gut zu Toscas Armband passte. Er drehte ihn gedankenverloren ein paarmal um seinen Finger und merkte sehr wohl, wie genau seine Tochter ihn dabei beobachtete.

»Das ist ein sehr schönes Armband«, bemerkte Clarissa, die es offenbar sofort entdeckt hatte. Sie fuhr mit den Fingern drüber. »Es ist neu, oder?«

Er nickte. Und dachte daran, wie Tosca es ihm geschenkt hatte.

»Ich habe den Eindruck, dass noch mehr an dir neu ist …«, sagte sie und ließ den Satz ein bisschen in der Luft hängen.

»Ja. Das könnte sein.«

»Wie fühlst du dich eigentlich ohne Bart?«, fragte sie neugierig.

Spontan hob er seine Hand und fuhr sich damit über die Wange. »Nackt …«

Sie lachten beide.

»Also gut. Willst du über Tosca sprechen?«

Er trank einen weiteren Schluck Kaffee. »Tosca wohnt im anderen Haus am Strand. Es gibt dort nur zwei. In einem wohne ich, im anderen wohnt sie. Meine Nachbarin, sozusagen.«

»So einsam war es demnach gar nicht in Mareblu.«

»Na ja. Die Häuser liegen schon ziemlich weit auseinander. Aber, klar, man läuft sich über den Weg.«

»Und weiter?«

»Und weiter? Man trifft sich wieder, beginnt zu reden, ist plötzlich glücklich und verliebt sich.« Tja. So simpel.

Clarissa schwieg. Er hätte gerne gewusst, warum sie nichts sagte. Gleichzeitig fürchtete er ihre Beweggründe und wollte ihr nicht ins Gesicht blicken. Aus Angst davor, eine Anklage darin zu lesen. Er fuhr sich durchs Haar. Bleierne Müdigkeit überkam ihn ohne Vorwarnung. Es war, als hätte das Warten auf dieses Geständnis ihm immerzu Adrenalin durch die Adern gejagt. Und jetzt, wo es ausgesprochen war, hielt ihn nichts mehr aufrecht. Er versuchte sich auf das zu konzentrieren, was ihn umgab. Er kannte den Loft seiner Tochter sehr gut. Die Phase der Planung und des Umbaus hatte er hautnah miterlebt. Die Auswahl der Fenster, Böden, Türen. Die Planung der Zimmeraufteilung. Die Berechnung der Quadratmeter. Alles. Es tat unheimlich gut, sich in diesem Moment auf Konkretes aus der Vergangenheit zu besinnen. Er hatte das Gefühl, dass diese Art von Verankerung ihn davon abhielt, den Boden unter den Füßen zu verlieren.

»Warum bist du hier und nicht bei ihr?«, wollte Clarissa nun richtigerweise von ihm wissen.

Moreno stand auf, ging ein paar Schritte, kehrte zum Tisch zurück, sah seiner Tochter direkt in die Augen, so wie sie es anders herum immer tat. »Ich habe sie Dafne genannt.

Mehrmals. Und ich habe es noch nicht mal gemerkt.« So. Auch das war gesagt. Erleichterung wollte sich trotzdem nicht einstellen. Das lag am Entsetzen, das er in Clarissas Augen las.

*

Tosca brannten die Augen. Sie schielte so angestrengt in die Ferne, dass ihr beinahe die Tränen kamen. Aber das war allemal besser, als in Iolandas aufgeregtes oder Annalisas anteilnehmendes Gesicht zu blicken. Tosca brauchte jetzt die Einsamkeit der leeren, unbefahrenen Gleise. Sie versuchte alles auszublenden. All die typischen Bahnhofsgeräusche. Ioios aufgeregtes Geschnatter. Aber auch das wilde Pochen ihres Herzens, das die Anspannung nur schwer verkraftete.

Ivo würde bald eintreffen und ihr Leben auf den Kopf stellen. Das war Fakt. Ja, sie hatten noch diverse Male – vom Flughafen, vom Bahnhof und vom Zug aus – miteinander telefoniert, und auf diese Weise hatte sie Dinge von ihm erfahren, die sie im ersten Gespräch nicht herausgefunden hatte. Trotzdem war sie sich ziemlich sicher, dass sie es nicht richtig machte, dieses Zusammenführen. Dann aber fiel ihr ein, dass es dazu wohl keine offizielle Anleitung gab. Und zumindest wusste sie jetzt, dass Ivo nicht verheiratet, sondern Single war und noch immer in Hotels arbeitete.

An Moreno wollte sie gar nicht mal denken. Sie tat es natürlich trotzdem. Und obwohl sie wusste, dass er einfach nur das tat, worum sie selbst ihn gebeten hatte, wünschte sie ihn sich zurück. Schnellstmöglich. Trotzdem war Tosca natürlich klar, das sie genau richtig gehandelt hatte. Auch Annalisa hatte ihr das während eines ganz neuartigen Mutter-Tochter-Gesprächs bestätigt. Sie hatte ihr dann geraten, ihm zu vertrauen und darauf zu warten, dass er sich meldete. Ihre Gedanken und Gefühle ließen sich aber nicht mit der gleichen Leichtigkeit steuern. Doch ihre Mutter, die begann Tosca mit anderen Augen zu sehen. Es war wie das allmähliche Bröckeln einer Fassade. Annalisas Zuspruch, ihre Nähe und, ja, auch ihre Besonnenheit hatten etwas in Bewegung gebracht. Das konnte Tosca nicht mehr leugnen.

Iolanda lief zum gefühlt tausendsten Mal an ihr vorbei, hinterließ dabei den gewohnt angenehmen Geruch nach Mandelmilchshampoo und eine unsichtbare Wolke aus Vorfreude und Erwartung. Sie hatte das herzförmige Kissen, das sie für ihren Vater gekauft hatte, fest in die Arme genommen und an die Brust gedrückt.

»Warum kommt der blöde Zug nicht?«, fragte Iolanda. Nicht zum ersten Mal. Eher zum hundertsten.

»Die Frage sollte viel eher lauten: ›Warum habe ich meine Mutter und Großmutter gezwungen, eine Stunde vor Ankunft des Zuges zum Bahnhof zu kommen?‹«

Iolanda drehte sich zu ihr um und tötete sie mit ihren Blicken. Tosca streckte die Arme aus, deutete ihrer Tochter, zu ihr zu kommen. Nach kurzem Zögern kam Iolanda auf sie zu und schmiegte sich in ihre Umarmung.

»Mach dir keine Sorgen. Alles wird gut«, flüsterte sie ihrer Tochter ins Ohr.

»Was ist, wenn er mich nicht mag?«

»Unmöglich! Alle mögen dich.«

»Francesca nicht!« Das war Iolandas Erzfeindin. Seit dem Kindergarten schon.

»Die zählt nicht.«

»Ich habe uns Bonbons geholt«, meldete sich Annalisa zu Wort.

Sie lösten sich aus der Umarmung und nahmen dankend die Bonbons entgegen. Sobald beide sie im Mund hatten, ertönte das laute Bimmeln der Glocke, die die Ankunft des Zuges ankündigte.

»Boah, ist das laut!«, beschwerte Iolanda sich theatralisch und hielt sich die Ohren zu. Sie sprang dabei aufgeregt von einem Bein aufs andere und erinnerte Tosca an den Tag, als ihre Tochter in die Schule gekommen und ähnlich aufgeregt gewesen war.

Annalisa sah hingegen ein bisschen verloren aus. Während rund um sie herum Trolleys geschoben und Taschen getragen wurden, versuchte sie sich so hinzustellen, dass sie keinem im Weg stand, was damit endete, dass sie selbst sich am meisten im Weg stand. »'tschulding. Tut mir leid. Vorsicht«, sagte sie mehr als nur einmal. Dieses Bild ihrer Mutter berührte Tosca. Ziemlich tief sogar. Immerhin war sie ihretwegen hier. Und wegen Ioio. Annalisa war da. In diesem wichtigen Moment. Egal wie viel Mist sie in der Vergangenheit gebaut haben mochte, jetzt war sie da. Wie schön wäre es, von jetzt an immer auf ihre Mutter zählen zu können? Der Gedanke war wie warme Schokolade mit Sahne. Süß. Und irgendwie doch verboten.

Während Iolanda nun das arme Kissen malträtierte und Annalisa ohne Erfolg versuchte, die Bonbontüte in ihre Handtasche zu stecken konnte Tosca gar nicht anders, als sich von den Gedanken um ihre Mutter zu lösen und sich der allgemeinen Aufregung zu fügen.

Der Zug fuhr ein, brachte einen Schwung frische Luft mit, die Enthusiasmus und Freude zu wecken schien. Quietschend kamen die Waggons zum Stehen. Mit einem zischenden Geräusch öffneten sich die Türen, und Reisende strömten wie Flüssigkeit ins Freie. Tosca verlor den Überblick. Dieser Bahnhof im nächsten Provinzstädtchen bediente unzählige kleinere Ortschaften. Vor allem Rucksacktouristen waren auf diese sporadisch fahrenden Züge angewiesen, weil sie die einzig einigermaßen gut funktionierende Verbindung zum nächsten Flughafen darstellten. Also war immer, wenn einer hielt, viel zu viel los. Doch hatten die meisten es eilig, ihr Ziel zu erreichen. Der Bahnsteig leerte sich ebenso schnell, wie er sich gefüllt hatte.

»Tosca?«

Sie fuhr herum. Blickte direkt in Ivos lächelndes Gesicht.

»Ivo? Ach du meine Güte!« Sie umarmte ihn spontan, was sie im Moment danach schon als die Übertreibung des Jahrhunderts empfand. Was sie nicht erwartet hatte, war, wie sehr er sie an die Sorglosigkeit ihrer Jugend erinnerte. Und daran dachte sie überraschend gerne zurück.

Ivo jedenfalls schien die Umarmung nicht zu stören. Ganz im Gegenteil: Er drückte sie fest an sich. Und es war wirklich ungewohnt. Angenehm? Oder nicht? Tosca konnte es nicht sagen. Ein ganz seltsames Gefühl hinterließ sie, diese erste Umarmung nach so langer Zeit.

Sie ließ von ihm ab und sah, wie Iolanda in seine Arme sank. »*Papà* …«, hörte sie ihr Mädchen sagen. Danach versuchte Tosca, sich ein bisschen von ihrer Rührung zu distanzieren. Es fehlte jetzt nur noch, dass sie anfing, wie ein Sensibelchen zu heulen! Trotzdem brannte sich das Bild ihrer Tochter in den Armen ihres Vaters in ihr Herz, ihren Kopf, ihre Seele.

Sie spürte, wie eine Hand sich auf ihre Schulter legte. Das tat gut.

»So, genug Umarmungen. Lasst uns nach Hause fahren!«, schlug Annalisa vor und stellte sich selbst kurz Ivo vor, der den Blick aber nicht von Iolanda wenden konnte.

Tosca war froh, dass Iolanda im Auto auf dem Nachhauseweg für sie alle zusammen redete. Und redete. Und redete. Sie wollte alles von ihrem Vater wissen.

Alles.

Angefangen bei seiner Lieblingsfarbe bis hin zu seinem Lieblingslied. Dann aber interessierte sie sich plötzlich wieder für seine Anreise … Ein aufgeregtes Durcheinander, das Ivo aber erstaunlich gut meisterte. Trotzdem war er vermutlich ebenso erleichtert wie Tosca, als sie endlich ihr Haus erreichten.

»Nett habt ihr es hier«, fand Ivo entwaffnend spontan, als er aus dem Auto stieg. Überhaupt war er so unkompliziert lieb und freundlich, wie sie ihn in Erinnerung hatte.

»Danke. Alle rein in die gute Stube«, bot sie an. Iolanda und Ivo betraten dann auch das Haus.

Annalisa aber hielt Tosca kurz zurück. »Ich lasse euch jetzt besser allein«, sagte sie und lächelte sie offen und warm an. Ihre distanzierte Erhabenheit war gerade ganz weit weg. »Es ist schön, Iolanda und Ivo zusammen zu sehen. Er tut ihr gut.«

Er tut ihr gut … Dieser Satz hallte in Tosca nach. Sie glaubte ihn noch zu hören, als sie sich von ihrer Mutter verabschiedet hatte und direkt in die Küche ging, wo Ivo und Iolanda sich gegenübersaßen.

Tosca blieb beim Anblick die Luft weg. Die Ähnlichkeit zwischen Ivo und ihrer Tochter war nicht zu übersehen. Groteskerweise erkannte man auf den ersten Blick die Verwandtschaft der beiden leichter als die zwischen Iolanda und Tosca.

Die beiden waren Vater und Tochter, eine Familie. Daran war nicht zu rütteln.

»Ioio, meinst du nicht, du stresst Ivo ein bisschen? Vielleicht möchte er sich kurz frisch machen«, versuchte Tosca den Redefluss ihrer Tochter wenigstens einzudämmen.

»Stresse ich dich?«, sprach Iolanda ihren Vater ganz direkt an. Tosca konnte zwar nicht ihr Gesicht sehen, aber sie konnte sich sehr genau vorstellen, wie sie schmollte.

Ivo lachte und schüttelte den Kopf. »Kein bisschen. Aber das mit dem Frischmachen ist vielleicht keine verkehrte Idee.«

»Okay. Ich zeige dir, wo das Bad ist.«

Iolanda nahm Ivo mit. Und Tosca sackte fast in sich zusammen. Die Anspannung fiel von ihr ab. Sie atmete durch. Fast so tief, als hätte sie ewig die Luft angehalten. Sie wusste nicht, woran sie sich festhalten sollte. Sie wusste auch nicht, ob es überhaupt nötig war. Eigentlich lief doch alles wunderbar. Bis auf die Tatsache, dass sie einfach nicht mitkam. Ihr Leben, das trieb gerade auf offener See und sie konnte nicht einschätzen, ob da Wellen am Horizont lauerten, die nur darauf warteten, sie mit sich zu reißen.

Zu viel Platz wollte sie ihren wirren Gedanken jetzt aber wirklich nicht geben. Also konzentrierte sie sich auf Konkretes.

Kochen.

Das erschien ihr eine gute Idee, zumal sie sich in der Küche befand und sie Ivo schließlich nicht mit leerem Magen in irgendein Hotel schicken konnte. Hm. Das mit dem Übernachten hatte sie noch gar nicht richtig geplant. Dass er in einem Hotel schlafen würde, stand für sie einfach mal fest. Und Hotels gab es in Mareblu mehr als genug. Sie beschloss, das gleich zu klären, und holte Hackfleisch aus dem Kühlschrank.

Sie hörte Schritte. Ohne hinzusehen, erkannte sie, dass sie zu Ivo gehörten.

»Brauchst du Hilfe?«, erkundigte er sich.

Einerseits wollte sie nicht unfreundlich auf ihn wirken und seine Hilfe ablehnen. Andererseits aber konnte sie sich beim besten Willen nicht vorstellen, hier in ihrer Küche mit Ivo am Herd zu stehen. Das war … einfach so unwirklich. Und doch passierte es gerade, oder?

»Überfordert dich meine Frage?«, amüsierte er sich.

»Na ja, *sinceramente* überfordert mich gerade die ganze Situation ein bisschen …«, gab sie zu.

»Mich doch auch.«

»Wirklich? Das versteckst du aber gut.«

Er stellte sich nun doch neben sie und begann die Zwiebel aufzuschneiden, die sie inzwischen bereitgelegt hatte.

»Weil die Freude überwiegt.« Er gab die fein gehackte Zwiebel in die Pfanne.

»Es tut mir so leid, Ivo. *Scusami.* Für alles. Ich dachte einfach, es wäre besser für Iolanda.«

»Schon gut, ich … es ist jetzt einfach mal so gelaufen. Daran kann niemand etwas ändern. Und ich muss gestehen, dass ich, hättest du mir damals gleich von der Schwangerschaft erzählt, wahrscheinlich in Panik das Weite gesucht hätte. Der Gedanke daran, wie viel ich verpasst habe, tut trotzdem weh. Das kann ich gar nicht leugnen. Aber ich glaube an das Schicksal. Es musste wohl so sein.«

Tosca wünschte, dem Schicksal das gleiche Vertrauen entgegenbringen zu können. Oder einfach dem Schicksal die Schuld an allem geben zu können. Ja, wo sie schon mal dabei war, konnte sie das Schicksal ja ebenso für das Dafne-Problem mit Moreno verantwortlich machen.

Nein, das funktionierte wohl nicht.

Und überhaupt passte Moreno jetzt gar nicht ins Bild.

Sie schüttelte den Kopf. Das stimmte so auch nicht. Denn Moreno, der passte perfekt. Aber nicht ins Bild. Sondern in ihr Herz. Ja, er hatte es sich darin verdammt bequem gemacht.

»Uhuuu. So viele dunkle Gedanken …«, flüsterte Ivo mit theatralischer Stimme.

»Tut mir leid …«, setzte Tosca an, ließ es dann aber bleiben. Was hätte sie denn sagen sollen? Tut mir leid, dass ich ganz unpassend an einen anderen Mann denke?

»Weißt du was? Hör einfach auf, dich zu entschuldigen. Sonst müsste ich anfangen, mich für das spontane Aufkreuzen zu entschuldigen, und wir kommen gar nicht mehr raus aus dem Teufelskreis. Ich akzeptiere die Situation so, wie sie jetzt ist. Vielleicht solltest du es auch tun«, schlug er vor und wusste sicherlich nicht, dass Tosca seine Worte nun doch wieder auf Moreno bezog, der partout nicht verschwinden wollte aus ihren Gedanken. Wo war er überhaupt? So hatte sie das nicht gemeint mit dem Wiederkommen …

Iolanda kam polternd aus ihrem Zimmer und gesellte sich wieder zu ihnen. Vermutlich hatte sie mit ihrer Freundin telefoniert, um sie auf dem Laufenden zu halten. Das Handyverbot hatte Tosca aufgehoben. Iolanda hatte ihre Lektion gelernt.

»Wisst ihr was? Das könnte der schönste Tag meines Lebens werden«, verkündete sie und hielt dabei die Hände zusammen und entzückt an die Brust gedrückt.

Ivo hob die Hand. »Meiner auch!«

Tosca fühlte sich verpflichtet, auch etwas zu sagen. Aber sie wollte nicht heucheln. Daher schwieg sie am Ende dann doch, was die anderen beiden nicht sonderlich zu stören schien. Der schönste Tag ihres Lebens war das hier ganz sicher nicht. Es hatte ein paar wirklich gute Tage in ihrem Leben gegeben. Sogar erst kürzlich. Alle mit Moreno.

Schon wieder Moreno! Eine süße Obsession …

Und dann war sie so froh wie noch nie in ihrem Leben, den Klingelton ihres Handys zu hören.

Mache einen Handstand!

Kapitel 17

»Wie läuft es?«, wollte Adriana von ihr wissen.

»Eigentlich ganz gut«, musste Tosca zugeben. Sie hatte sich zum Telefonieren raus auf die Terrasse gesetzt. Es tat gut, das Meer rauschen zu hören. Und es war ebenfalls gut, einen Moment für sich zu haben, auch wenn Adriana am anderen Ende der Leitung sie ja doch nicht völlig allein ließ.

»Wie ist er so?«

Er, das war Ivo. Sie musste nachdenken. Wie war er? »Er ist total in Ordnung.«

»Jaja. Aber wie sieht er aus?«

»Er sieht sehr gut aus.« Das stimmte, stellte sie für sich fest. Er hatte zwar keine wilden Locken mehr, aber das machte ihn nicht minder attraktiv. Ivo war groß und gut gebaut, mit breiten Schultern und schmaler Taille und sehnigen Armen und muskulösen Beinen. Er war jetzt einfach viel … männlicher. Dennoch kam er nicht an Morenos einzigartige Schönheit ran. Kaum war der Gedanke zu Ende gedacht, schlug Tosca sich aufs Bein. Das musste doch zu schaffen sein, Moreno nicht dauernd vor Augen zu haben!

»Wann darf ich ihn kennenlernen?«

»Bestimmt ganz bald.«

»Okay, du, genieß die Zeit, ja? Mach dir nicht immer so viele Gedanken. Manchmal muss man die Führung einfach abgeben, weißt du?«

Ja, das wusste sie. Dennoch war sie nicht ohne Weiteres bereit, ihr Leben einfach so laufen zu lassen. Sie wollte noch immer bestimmen, wo es langging.

»Du, Adri …«

»Hm?«

»Würdest du was ganz Dummes für mich tun?«

»Warum du ausgerechnet mich das fragst, ist mir schleierhaft!«

Tosca wusste ehrlich gesagt selbst nicht, warum sie überhaupt um etwas bat, was sie eigentlich unterlassen sollte. Aber sie war nahe dran, durchzudrehen. Und ihre beste Freundin war die Einzige, die fast alles für sie tun würde. Am liebsten sowieso Dummes. »Weil ich weiß, dass ich mich bei dir und vor dir nicht verstecken und vor allem verstellen brauche. Darum. Adri, bitte, würdest du bei Moreno drüben vorbeifahren und nachschauen, ob Licht brennt, ob er daheim ist? Ich kann hier jetzt nicht weg, um es selbst zu tun. Ioio will ich mit Ivo nicht allein lassen. Und wegen Moreno, ich weiß nicht, ich habe so ein komisches Gefühl. Gut, ich habe ihm zwar gesagt, er soll sich erst wieder bei mir melden, wenn er sich seiner Gefühle sicher ist, aber ich … hätte erwartet, dass er … keine Ahnung … sich eher meldet?«

Adriana atmete ein paarmal laut. »Als beste Freundin sehe ich es als meine moralische Verpflichtung an, dir zu sagen, dass das tatsächlich dumm ist. Männer hassen es, Antworten zu geben. Deshalb geben sie gerne keine Antwort, erst recht, wenn sie eine Antwort haben. *Capisci?*«

Tosca schloss kurz die Augen, um ernsthaft über die Worte ihrer Freundin nachzudenken. Sie verlor sich aber in der anscheinenden Widersprüchlichkeit der Aussage, also gab sie es auf. »Nun, tust du es?«

Adriana lachte laut. »Aber klar doch. Ich bin schon unterwegs!«, rief sie voller Tatendrang und legte auf.

Tosca massierte sich die Schläfen, hasste sich, weil sie eben etwas Dummes getan hatte. Aber wenn man liebte, war einem das egal. Seufzend stand sie auf und schob den Holzstuhl mit den Beinen zurück.

Sie fühlte sich so allein.

Die Stimme ihrer Tochter drang leise an ihr Ohr. Gleich danach hörte sie Ivos Lachen. Das war schön. Das war gut. Aber das war nicht das, was sie jetzt ganz dringend hören wollte. Nichts konnte dem Vergleich mit Morenos Stimme standhalten. Nichts konnte sie auf die gleiche Weise berühren. Und das machte ihr jetzt sogar Angst. Wie heftig sie in ihn verliebt war.

Doch ihre Gefühle musste sie fürs Erste verdrängen, denn sie hatte Ivo und Iolanda bereits viel zu lange allein gelassen. Sie betrat also wieder das Haus und fand die beiden noch immer in der Küche vor.

»Die Pasta ist gleich fertig«, informierte er sie und lächelte sie dabei an.

Familie.

Dieses Wort nahm plötzlich für sie eine ganz andere Bedeutung an.

Ihre Familie hatte bisher aus ihr und ihrer Tochter bestanden. Jetzt war alles anders. Was aber nicht hieß, dass sie alles akzeptieren musste, oder?

Sie setzte sich erschöpft. »Ihr zwei, wollen wir vielleicht mal kurz ernsthaft miteinander sprechen?«

Ivo und Iolanda hielten in ihren Bewegungen inne. Vor allem ihre Tochter sah sie sehr direkt und fragend an. Fast konnte sie das Wort hören, das Ioio sicherlich gerade dachte. »Spielverderberin!«

Ja, vielleicht war sie das sogar. Aber sie war sich ihrer Rolle als Mutter vor allem jetzt sehr, sehr bewusst.

Das verstanden wohl auch die beiden, denn sie setzten sich.

»Ivo, tut mir leid, aber ich muss dir das noch mal sagen, in Iolandas Beisein: Ich finde es noch immer nicht in Ordnung, dass du einfach so hier aufgekreuzt bist. Ich denke, wir sollten so wichtige Entscheidungen zusammen treffen, okay?«

Er nickte. »Natürlich!« Er stand auf, um die Nudeln abzugießen. Dann bekam jeder eine Portion.

»Und würde es dir etwas ausmachen, uns zu erzählen, was du so machst, wie dein Leben aussieht?« Sie konnte ihn noch gar nicht richtig einschätzen. Er wirkte wie ein netter Kerl, aber konnte sie das auch sicher wissen?

Ivo begann zu erzählen. Ziemlich genau ab dem Punkt, an dem sie von Sizilien abgereist war. Er hatte in den letzten fünfzehn Jahren offensichtlich nichts Großes erlebt, arbeitete nur die Sommersaison über und verreiste im Winter gerne. Er erzählte von zwei wichtigen Beziehungen in seinem Leben, war aber derzeit Single. Tosca beobachtete ihre Tochter dabei, wie sie ihm zuhörte. Sie wollte, dass Ioio begriff, dass er ein ganz normaler Mensch war, der ein ganz normales Leben führte. Sie sollte ihn nicht idealisieren, das war ihr wichtig. Tosca wusste schließlich, wie leicht es war, den eigenen Vater zu idealisieren.

Die Unterhaltung ging ruhig weiter, nach und nach lernten sie sich kennen. Dann aber klopfte es an der Tür.

Ihr Herz machte einen Satz. Hoffnung blitzte auf. Draußen stand aber nicht Moreno, sondern Adriana.

»Was machst du denn hier?«

»Ich war drüben, er ist nicht da, sein Auto auch nicht. Oronzo allerdings schon. Ich bin rein ins Haus, habe ganz genau alles durchgesehen …«

»Du hast was?«

Adriana wedelte mit den Händen, um ihren Protest im Keim zu ersticken. »Der Müll wurde nicht rausgetragen. Ich schätze, er ist schon seit eurer gemeinsamen Nacht weg. Seine Klamotten sind aber noch da. Und im Schrank habe ich etwas Interessantes gefunden.«

Tosca konnte nicht glauben, dass ihre Freundin wirklich so viel gewagt hatte. Das war … das war … verrückt! Sie nahm das Blatt entgegen, das Adri ihr hinhielt.

Zunächst sah sie keinen Sinn in dem, was sie las. Dann aber stutzte sie.

Backe einen Kuchen!
Gönne dir Pizza zum Frühstück, direkt aus dem Karton!
Schwimme nackt, um Mitternacht!
Lerne endlich tanzen!
Male ein Bild!
Rasiere den Bart ab!

Das kam ihr alles bekannt vor. Ließ ihr Morenos scheinbar bizarres Verhalten in einem anderen Licht erscheinen. Das hatte Moreno alles gemacht, teilweise sogar mit ihr. Nur, warum?

Sie musste ihre Frage laut ausgesprochen haben, denn Adriana gab ihr eine Antwort drauf: »Das weiß ich nicht, Liebes. Aber ich bin mir sicher, du wirst es herausfinden.«

Adriana verabschiedete sich, Tosca ging zurück zu ihrer Pasta. Hunger hatte sie aber keinen.

*

Moreno schob die Pasta im Teller hin und her und legte irgendwann die Gabel weg. Stattdessen nahm er sein Glas Wein in die Hand und stand auf, ging hinüber zum Fenster und blickte auf die befahrene Straße. Er wünschte, er hätte eine magische Fernbedienung, um den Ausblick mit dem Meer von Mareblu austauschen zu können.

Er trank einen weiteren Schluck, entfernte gedankenverloren ein absterbendes Blatt von einer seiner Sukkulenten. Die hatten seine Abwesenheit aber sonst ganz gut überstanden. Er hatte Pierina, seiner Haushälterin, oft genug gesagt, dass sie wenig, fast gar kein Wasser brauchten. Trotzdem tendierte sie immer dazu, ihnen zu viel zu geben. Dieses Mal schien sie auf ihn gehört zu haben.

Seine Liste fiel ihm ein. Der Handstand. Der nächste Punkt. Es ärgerte ihn, dass er seine Mission nicht zu Ende gebracht hatte. Er fühlte sich, als wäre er Dafne wegen der Liste noch Rechenschaft schuldig. Aber das musste endlich aufhören! Es ärgerte ihn so sehr, dass er sich regelrecht eingeengt fühlte. Er musste Luft schnappen. Entschlossen stellte er das Glas in die Spüle und verließ die Küche, die Wohnung, das Haus. Draußen empfing ihn der gewohnte Geräuschpegel einer lebendigen, pulsierenden Stadt. Unter den Arkaden, die das Gebäude, in dem er wohnte, verschönerten und stützten, saßen Menschen aus jeder Altersgruppe vor den zahlreichen Lokalen, die sich hier angesiedelt hatten. Er ging an ihnen vorbei, direkt über die Zebrastreifen, die kein einziger Autofahrer der Via dell'Indipendenza wirklich ernst nahm, immer weiter unter die ihm gegenüberliegenden Arkaden, vorbei an der Bank, am Schmuckladen und am Barbier, bei dem er sich immer mittwochs den Bart stutzen ließ. Den Bart, den er, wie sein Herz, in Mareblu gelassen hatte. Alle Läden waren so spät abends geschlossen, sahen im fast romantischen Schein der Straßenlaternen aber vielleicht noch einladender aus als tagsüber.

Ein Linienbus fuhr an ihm vorbei, und Moreno konnte einen Blick auf den gelangweilten Fahrer erhaschen, der resigniert und besiegt wirkte. Moreno fühlte sich dem Unbekannten seltsam verbunden. Auch er wusste, was das Leben mit einem anstellen konnte. Das Leben, oder besser Schicksalsschläge, konnten dazu führen, dass man die Freude, das Glücksgefühl und am Ende sich selbst komplett verlor. Fast war er versucht, den Bus zu stoppen, um dem Fahrer Mut zuzusprechen. Es ging nämlich auch anders. Das wollte er dem Mann sagen. Sich nicht geschlagen zu geben. Irgendwo versteckte sich eine Portion Glück für alle. Und seine Portion Glück wollte Moreno sich jetzt holen.

Als er sein Ziel erreichte, nahm er sich einen Moment, um sich zu sammeln. Vor ihm erstreckte sich eine kleine Piazza mit Brunnen. Rechts und links vom Brunnen gingen prächtige Treppen mit verschwenderisch verarbeiteten Geländern aus weißem Marmor hoch zu einer Terrasse, die sich direkt über dem zentralen Wasserspiel befand, in dessen Mitte ein Pferd mit wehender Mähne stand. Dass es sich um eine Statue handelte, mochte man fast nicht glauben. Dennoch wunderte sich Moreno nicht zum ersten Mal, was ein Pferd in einem Brunnen zu suchen hatte. Er lief hier täglich vorbei. Sein Büro lag nicht weit entfernt, und er zog es immer vor, zu Fuß zu gehen.

Im Park, der oberhalb der Piazza lag und der über die Treppe zu erreichen war, war er hingegen schon lange nicht mehr gewesen. Inzwischen hatte der *Parco della Montagnola* einen eher negativen Ruf, besonders wegen der Dinge, die sich offenbar abends und nachts hier zutrugen. Was Moreno ziemlich schade fand, weil die Stadt tagsüber mit allen Mitteln und Aktivitäten versuchte, dem Park zu einem besseren Image zu verhelfen.

Hätte er Oronzo dabei, dann hätte er sich vermutlich noch mehr dazu berechtigt gefühlt, den Park endlich einmal wieder zu betreten. Er versuchte sich seinen felligen Freund hier in der Stadt vorzustellen und musste lachen. Nie im Leben würde Oronzo sein Mareblu verlassen! Aber der Gedanke an ihn machte, dass ihm warm ums Herz wurde.

Moreno atmete tief durch. Fast so, als hätte er eine schwere Prüfung zu bewältigen. Dabei wollte er doch nur in einen Park. Also entschloss er sich dazu, die rechte Treppe zu nehmen, und begann, die Stufen hinaufzusteigen, bis er zum Eingang gelangte. Auch hier sorgten antik wirkende Straßenlaternen für Licht. Eigentlich war seine Stadt doch sehr schön. Eigentlich hatte er es richtig gut.

Mit dieser Art Eigenmotivation ging er schließlich den einfachen Parkweg entlang und erreichte wenig später den Rasen.

Es war nicht der Marinella-Strand, aber das Gras würde es auch tun.

Moreno war gut trainiert. Dreimal die Woche ging er ins Fitnessstudio. Einen Handstand hatte er trotzdem nicht so ohne Weiteres drauf.

»Hey, *psst*, was machst du denn da?«, wollte jemand von ihm wissen.

Er drehte sich um, blickte direkt in das verdreckte Gesicht eines Mannes undefinierbaren Alters, der nach Alkohol roch.

»Ich überlege.« Moreno war ziemlich entspannt. Nichts an dem Mann erschien ihm wirklich gefährlich.

»Brauchst du Gras?«

Auf der Liste der Dinge, die Moreno brauchte, war Gras so ziemlich an letzter Stelle. Daher schüttelte er den Kopf.

»Dachte ich mir schon. Du siehst nicht so aus wie jemand, der Gras raucht.«

»Warum hast du dann gefragt?«

Der Mann zog die Schultern hoch und schniefte laut. »Weil ich nichts anderes kenne. Du stehst hier rum und gaffst auf den Rasen und tust mir irgendwie leid …«

Moreno tat einem Drogendealer leid. Das musste er erst mal verarbeiten.

»Es geht mir gut. Ich danke dir«, fühlte Moreno sich verpflichtet zu sagen. »Was ist mit dir? Wieso schleichst du hier nachts im Park rum?«

»Ich wohne hier.«

Das war ein Argument.

»Ich wohne drüben im Palazzo Riccardelli …«

»Dann sind wir quasi Nachbarn«, amüsierte sich der Mann und zeigte ein zahnloses Lächeln.

Moreno wollte jetzt nicht an die einzige Nachbarin denken, die ihm etwas bedeutete und die ziemlich weit weg vom Palazzo Riccardelli an einem Strand lebte …

»Hast du Lust auf ein Bier?«

»Eigentlich habe ich eher Hunger.«

Wie dumm von Moreno, einfach davon auszugehen, dass Bier diesen Mann mehr interessierte als alles andere.

Kurz entschlossen nahm Moreno einen Geldschein aus der Tasche und steckte ihn dem Mann zu.

»Socc'mel!«, rief dieser verwundert aus und benutzte dabei ein vulgäres Wort in bolognesischem Dialekt. Er packte das Geld gierig in die Hosentasche. »Das perfekte Geburtstagsgeschenk für meine Frau!«, freute er sich.

»Du hast eine Frau?«

»Natürlich! Du etwa nicht?«

Moreno schüttelte den Kopf. »Sie ist tot.«

»Oh, Scheiße, Mann …«, antwortete der Penner durch die Zahnlücke pfeifend.

Und dann fing Moreno an zu erzählen. Einfach so. »Wir hatten am Morgen gestritten. Wie so oft. Weißt du, dass unsere Liebe erloschen war, das hatte ich gar nicht gemerkt. Das hat sich schleichend in diese Richtung entwickelt. Nicht mit Paukenschlag. So, nach dem Motto, *bumm*, jetzt ist es vorbei mit der Liebe.«

Der Mann legte ihm eine Hand auf die Schulter. Das war so ziemlich die tröstlichste Geste, die Moreno sich vorstellen konnte. Er fühlte sich ermutigt, weiterzusprechen. »Meine Frau hat es wohl lange vor mir begriffen, dass wir kurz vor dem Aus standen. Sie hat sich eines Tages zu mir an den Frühstückstisch gesetzt und mich gebeten, eine Liste für sie zu schreiben, mit Dingen, von denen ich meinte, sie solle sie unbedingt machen. Andersherum hat sie das auch für mich getan. Lauter absurde Punkte. Die machen wir jeder für sich, hat sie zu mir gesagt. Sobald wie möglich nehmen wir uns eine getrennte Auszeit. Und wenn wir uns danach noch immer nicht in die Augen sehen können, dann ist es wohl tatsächlich aus. Das hat sie gesagt. Und ich habe gelacht. Aber nur, bis ich gemerkt habe, dass es ihr ernst damit war.«

»Seid ihr weggefahren?«

»Nein. Ich habe es immer wieder aufgeschoben. Deshalb war sie am Tag ihres Unfalls so sauer auf mich.«

»War der Streit schlimm? Mein Weib schreit immer die halbe Stadt zusammen, wenn ich mal wieder was verbockt habe …«

»Der Streit war furchtbar, ganz ehrlich. Wir haben uns Dinge an den Kopf geworfen, die ich noch heute höre. Jeden Tag. Und ich weiß nicht, ob dieser verdammte Streit ihr letzter Gedanke war, bevor sie gestürzt ist. Ich stelle mir das immer wieder vor. Ich kann mir das einfach nicht verzeihen, verstehst du?«

»Brauchst du Gras?«

Moreno hätte bei der Frage beinahe gelacht. Weil sie so gar nicht passte und ganz unerwartet kam. Und weil er begriff, dass er seinen Gesprächspartner offenbar total überfordert hatte mit seinem Geständnis. Er ging, nachdem er sich kurz verabschiedet hatte. Er fragte sich dabei, ob der Mann wusste, wie sehr er ihm an diesem Abend trotzdem geholfen hatte.

Lerne ein Gedicht auswendig und trage es jemandem vor!

Sprich mit mir,
über die Geschichten, die keiner kennt.
Ich will nicht dein Rauschen,
dein Plätschern, Grollen oder Schwappen, nein.

Erzähl mir vom Himmel,
vom Mond, deinem Freund.

Sag mir, finden die Seelen Ruh?
Bist du ihr Bett, ihr Haus, ihr Reich?

In schwereloser Stille
buntes Leben,
pulsierendes Schwingen.

Sprich mit mir,
über die Geschichten, die keiner kennt.
Trage sie an Land,
mutig,
schüchtern,
mutig,
schüchtern.
Ich fange sie ein.
Ich halte sie, für immer dein.
Nichts kann jemals tiefer sein.

Kapitel 18

Tosca blickte aus dem Fenster und beobachtete das kleine Boot, das sanft auf den Wellen schaukelte. Ein Vorschlag von Ivo, der schon sehr früh zu ihnen gekommen war, nachdem er die Nacht im Hotel verbracht hatte. Iolanda hatte sich zwar mehr als beleidigt gezeigt, als Tosca sich dagegen ausgesprochen hatte, Ivo einfach auf der Couch schlafen zu lassen, aber irgendwann würde das Kind ihre Vorsicht vielleicht verstehen. Und Ivo hatte es gelassen genommen und Iolanda versprochen, eine Bootstour mit ihr zu machen. Er hatte das Versprechen gehalten. Da schaukelten sie gemeinsam dahin. Tosca wurde melancholisch, denn es würde immer mehr Momente im Leben ihrer Tochter geben, bei denen sie nicht dabei sein würde. Und das tat weh, obwohl es der Lauf der Dinge war. Tosca konnte es ihrer Tochter nicht abnehmen, dieses Kennenlernen, das sie so sehr gewollt hatte. Sie war nicht Teil dessen, was sich zwischen Ioio und Ivo entwickeln würde.

Adriana und Annalisa hatten sich zu einem Besuch bei ihr angemeldet, und sie hatte bereits extra *cornetti* geholt. Bis zur Ankunft der beiden arbeitete Tosca aber konzentriert durch.

Die Bestellungen häuften sich an, und das konnte sie sich nicht erlauben.

Das Klopfen an der Tür hörte sie, als sie gerade eines ihrer Armbänder fertig für den Versand gemacht hatte. Sie stieg die Treppe herunter und öffnete. Zwei strahlend schöne und gut gelaunte Frauen standen davor, und sie wünschte, sie könnte auch so strahlen. Seit sie aber Moreno nach ihrer gemeinsamen Nacht am Strand verabschiedet hatte, lebte sie nur halb.

Sie begrüßten sich und gingen durch auf die Terrasse. Tosca servierte die *cornetti* und etwas zu trinken und gesellte sich zu ihnen.

»Bevor Iolanda mit ihrem Ivo wiederkommt: Ich habe Annalisa von der Liste erzählt. Wir sind beide der Meinung, dass du die Punkte weiter abarbeiten musst, bis Moreno sich bei dir meldet.«

»Spinnst du?«

Adriana lächelte nur überlegen und biss genüsslich in das Hörnchen, das sich weich knuspernd seinem Schicksal ergab. Sie kaute in aller Ruhe, schluckte und sagte: »Es muss einen Grund für diese Liste geben. Einen wichtigen. Und wenn du das mit der Liste übernimmst, verstehst du ihn vielleicht besser.«

Annalisa trank inzwischen, schwieg zu diesem Thema. Adriana sprach wohl genug für alle drei.

»Außerdem macht das sicher Spaß. Stand da nicht irgendwas von Handstandmachen? Hm? Wann hast du das letzte Mal einen Handstand gemacht? Ganz ehrlich? Oder ein Gedicht auswendig gelernt? Ich finde diese Liste total cool. Pompeo hat nicht so tolle Ideen«, schmollte sie dann.

»Darf ich diese Liste mal sehen?«, erkundigte sich Annalisa leise.

Tosca hatte das Blatt in ihre Nachttischschublade gelegt. Nachdem sie die Worte einmal, zweimal, tausendmal gelesen und zu analysieren versucht hatte. Eigentlich hatte sie vorgehabt, es heute zurückzubringen. Und eigentlich empfand sie es als moralisch falsch, hier ohne Morenos Beisein über ihn zu diskutieren. Aber es ging am Ende auch um sie, stellte sie fest. Um ihre Gefühle für einen Mann, den sie tatsächlich nicht so richtig verstand. Also stand sie flink auf und holte die verdammte Liste.

Annalisa las interessiert, zeigte aber keine Regung. Tosca zog Adrianas direkte Art vor. Ganz eindeutig.

»Ich habe dir schon mal ein Gedicht ausgedruckt«, informierte ihre Freundin sie und reichte ihr ein Blatt.

Tosca las und registrierte, wie schön die Worte waren.

Annalisa stand einfach auf, ging in Richtung Strand.

»Wohin gehst du?«, rief Tosca ihr hinterher.

»Na, ich gehe einen Handstand machen!«

Tosca blickte zu Adriana. Andriana blickte zurück. Ein kurzes Zucken mit den Augen reichte. Sie standen fast zeitgleich auf, Richtung Strand.

»Ich kann das nicht«, gab sich Annalisa lachend geschlagen und ließ sich in den Sand plumpsen.

Adriana hingegen gelang es beim fünften Anlauf, einen beinahe perfekten Handstand zu machen. Sie klatschte begeistert in die Hände. Tosca fiel das nicht so leicht. Sie versuchte es immer wieder. Aber nur halbherzig, musste sie sich eingestehen.

»So bekommst du das nie hin«, meinte Adriana.

Und wieder landete sie beim nächsten Versuch platt im Sand. Die feinen Körner steckten inzwischen überall. Vor allem in ihrem Haar.

»Mehr Schwung, Tosca!«, rief Adriana, die in die Rolle einer schweißtreibenden Trainerin geraten war.

Mehr Schwung.

Ach, Tosca stellte das Denken einfach mal ab, konzentrierte sich nur auf die Bewegungen. Und auf den Schwung.

Tada. Es folgte ein perfekter Handstand.

Als sie wieder auf die Füße kam, fühlte sie sich bombastisch gut. Frei und fröhlich. So sehr, dass sie mit dem Handstandmachen gar nicht mehr aufhören wollte.

Aber Annalisa erinnerte sie daran, dass sie noch ein Gedicht auswendig zu lernen hatte. Und auch sie sah dabei so fröhlich aus, wie Tosca sie kaum kannte.

»Sollen wir uns die Strophen teilen?«, schlug Tosca vor.

»Du sollst die Liste abarbeiten. Nicht wir«, stellte Adriana streng klar.

»Aber den Handstand habt ihr doch auch gemacht.«

»Ja. Das war ja auch lustig.«

Sie blickte auf Adriana und Annalisa, die beisammen im Sand lagen, und dachte, dass sie froh sein konnte, die beiden zu haben. Und das war, zumindest ihrer Mutter gegenüber, ein ganz neuer, schöner, liebevoller Gedanke.

Tosca legte sich zu ihnen, in den Sand. »Ich hasse euch, wisst ihr das?«, sagte sie und begann, das Gedicht auswendig zu lernen.

Die beiden Frauen neben ihr lachten glücklich. Denn es war allen klar, dass dieses »Ich hasse euch« eigentlich »Ich liebe euch« bedeutete.

★

Das Restaurant hatte Clarissa ausgesucht. Er aber hatte um das Treffen gebeten. Ihm war in der letzten Nacht einiges klar geworden. Das wollte er mit seiner Tochter besprechen.

Als er das Lokal betrat, erblickte er sie sofort. Und gleichzeitig erkannte er, dass es sich um eins dieser Restaurants handelte, das er persönlich vermutlich nicht ausgesucht hätte. Es war ihm zu … asketisch?

Corrado, mit seinen bodenständigen und gleichzeitig liebevollen Gerichten, vermisste er gerade sehr. Aber der Gedanke an Mareblu und seine Bewohner war in diesem Kontext so unpassend und weit hergeholt, dass das Städtchen am Meer ihm vorkam wie ein Produkt seiner Fantasie.

Er küsste seine Tochter auf die Wange und merkte dabei nicht zum ersten Mal, dass sie die Haut ihrer Mutter hatte. Sie hatte überhaupt sehr viel von Dafne …

»Wie geht es dir, *papà?*«, erkundigte sie sich fürsorglich, während sie sich gemeinsam an einen Tisch setzten, den ein Kellner ihnen anbot.

»Ganz gut eigentlich. Ich hatte gestern ein sehr interessantes Gespräch«, erzählte er.

»Mit jemandem aus dem Büro?«

»Ich habe doch noch Urlaub. Was soll ich da im Büro?«

»Wenn du noch Urlaub hast, was machst du dann hier?«

Moreno spielte mit der Tischdekoration, die aus einem simplen Lavendelgesteck bestand. »Ich bin mal wieder vor meinen Verantwortungen geflohen. Das ist die Wahrheit.«

»Aber du wolltest dieses Mal nicht fliehen, stimmt's?«

»Stimmt. Ich wäre gerne geblieben. Aber Tosca hat schon recht, wenn sie mehr Sicherheit will. Nur, kann ich ihr die geben?«

»Ich denke, du musst sie um Geduld bitten. *Mamma* ist zwar schon seit drei Jahren tot, aber die Umstände waren doch … schwierig, nicht? Ich bin mir sicher, sie versteht das. Wenn du ihr alles erklärst. Und dann könnt ihr einen gemeinsamen Weg finden, der für euch beide passt.«

»Ja, vielleicht. Ich möchte auf jeden Fall zurück nach Mareblu«, sagte er laut. Und der Wunsch war plötzlich so brennend, dass er den Impuls verspürte, sofort aufzustehen und loszufahren. »Ich bin da weg, um mir eine andere Sichtweise zu erlauben. Um alles aus der Distanz zu betrachten. Es hat geholfen. Aber jetzt muss ich zurück. Nein, ich will.«

Der Kellner kam, um die Bestellung aufzunehmen. Er überließ das seiner Tochter. Sie kannte das Lokal. Er nicht.

»Kann ich mit?«, fragte Clarissa. Ihre Stimme war so leise, als wäre sie sich dieser Frage nicht sicher.

»Wohin?«

»Nach Mareblu.«

Clarissa wollte nach Mareblu? Das kam so überraschend, dass er auf die Schnelle keine Antwort fand.

»Ich denke, ich will auch mal fliehen.« Seine wunderhübsche Tochter senkte den Blick und erinnerte ihn an das kleine Mädchen, das sie noch vor wenigen Jahren gewesen war.

Er nahm ihre Hand und fragte sich, ob er ihr in letzter Zeit ein guter Vater gewesen war. Wohl eher nicht. Er war viel zu sehr auf sich selbst konzentriert gewesen.

»Ich bin schwanger«, erklärte sie, während er noch immer nach den richtigen Worten suchte, die jetzt, nach dieser Neuigkeit, noch schwieriger zu finden waren. »Und Lele hat mich gefragt, ob ich ihn heiraten will.«

»Ich finde beide Nachrichten einfach wundervoll. Du nicht?«

»Doch. Natürlich freue ich mich. Aber ich habe Bedenken, was den Hochzeitsantrag anbelangt. Was, wenn er mich nur aus einem Pflichtgefühl heraus heiraten will?«

»Das kann ich mir nicht vorstellen …«

»Ich schon. Wir haben nämlich vor dem Schwangerschaftstest nie – kein einziges Mal, auch nicht ansatzweise – über Heirat gesprochen. Und ich will nicht aus den falschen Gründen heiraten, verstehst du?«

»Ein gemeinsames Kind ist ein guter Grund, wie ich finde. Und Lele ist ein so vernünftiger junger Mann.«

»Das ist es ja eben. Er soll nicht vernünftig sein. Er soll mich lieben.«

»Das tut er!«

»Was, wenn er es eines Tages nicht mehr tut? Und dann sitzt er da mit fünfzig und hasst mich, weil er keinen Ausweg sieht. War es so? Bei dir und *mamma?* Dass du sie irgendwann angesehen hast und da war keine Spur mehr von der Liebe?«

Moreno hielt Clarissas Hand noch fester und schüttelte den Kopf. »Wir haben … *Ich* habe nicht intensiv genug an unserer Beziehung, an dem Erhalt unserer Ehe gearbeitet. Ein Paar sein bedeutet täglichen Einsatz. Liebe braucht Nahrung. Input. Leidenschaft. Beisammensein. Liebe besteht aus ständigem Austausch. Sonst funktioniert das auf Dauer nicht. Jede Beziehung, die auf Liebe basiert, kann trotzdem auseinandergehen. Es gibt keine Garantie für das ewige Glück.«

»Hat Tosca dir das erzählt?«

Moreno machte dem Kellner Platz, der einen Salat brachte. Er trank einen Schluck Wasser und fuhr sich über die Bartstoppeln, die kräftig nachwuchsen. Dann sah er wieder hoch, in Clarissas angespanntes Gesicht. »Nicht direkt. Aber sie hat sicherlich Pforten geöffnet, die ich bestens verschlossen gehalten habe.«

»Wie hat sie das gemacht?«, fragte sie ehrlich interessiert und nahm einen Bissen Risotto, der, zugegeben, sehr gut roch.

Er zog die Schultern hoch, konnte das beim besten Willen nicht sagen. »Sie ist einfach wie sie ist. Nicht perfekt. Ehrlich. Spontan. Liebenswert. Und sie passt in Lücken, von denen ich nicht mal wusste, dass es sie gab. Ich bin sehr froh, sie kennengelernt zu haben. Dafür danke ich auch dir. Ohne deine Beharrlichkeit wäre ich nie nach Mareblu gekommen. Du hast schon immer gesagt, dass ich die Liste allein abarbeiten sollte, um mich von Dafne, von meinen Schuldgefühlen zu lösen. Und so ist es.«

Clarissa wischte sich eine Träne aus dem Augenwinkel. Sagte aber nichts weiter.

»Du wirst sehen. Mareblu wird auch dir Antworten geben …«

»Das will ich doch hoffen.«

Tue etwas für dich komplett Neues und Ungewöhnliches! Überrasche dich selbst!

Kapitel 19

Tosca hatte sich mit Ivo in Mareblu verabredet. Iolanda war beim Babysitten und Tosca unheimlich stolz, dass sie ohne allzu großes Murren ihren Pflichten nachging, obwohl sie jetzt an nichts anderes zu denken schien als ihren Vater. Tosca verspürte das Bedürfnis, mit Ivo über die Zukunft zu sprechen und darüber, ob er noch immer plante, fester Bestandteil von Iolandas Leben zu werden. Es störte sie unheimlich, dass er ihnen nicht die Zeit gegeben hatte, diese grundlegenden Dinge *vor* dem Kennenlernen zu klären.

Sie sah ihn schon von Weitem, hob eine Hand, um auf sich aufmerksam zu machen. Es war im Laufe des Tages ziemlich schwül geworden und selbst diese einfache Geste kostete sie Kraft. Sie hatten ein Treffen in der *gelateria* vorgeschlagen, die sich am Ende der Strandpromenade befand. Sie hatte erst mal nur Wasser bestellt.

Ivo zog die Blicke auf sich. Das lag an seiner für Italiener ungewöhnliche Größe, vermutete sie. Und die Tatsache, dass er richtig gut aussah. Er kam lächelnd auf sie zu, küsste sie flüchtig auf die Wange und setzte sich.

»Bin ich zu spät dran?«, erkundigte er sich mit Blick auf seine Armbanduhr.

»Nein. Ich zu früh.«

Er sah sie forschend an, senkte aber den Blick, als eine blutjunge Bedienung kam.

Tosca bestellte Zitroneneis, in der Hoffnung, sich damit etwas erfrischen zu können. Ivo nahm *gelato al ciocciolato*. Und vor ihrem inneren Auge erschien eine Erinnerung. Ivo hatte schon früher immer Schokoladeneis gegessen. Manche Dinge änderten sich nicht, fielen der Zeit nicht zum Opfer. Auch die Tatsache, dass sie diesen Mann gernhatte. Nicht liebte, aber gernhatte.

»Schön, dass wir mal ohne Iolanda miteinander reden können«, fand Ivo.

Tosca nickte, weil sie gerade einen Schluck Wasser genommen hatte. Sie setzte ihr Glas ab.

»Jetzt machst du mir aber Angst mit deinem ernsten Gesicht«, scherzte Ivo. »Tosca, ich bin nicht der Feind in dieser Geschichte, okay? Ich will dir nichts nehmen, ganz im Gegenteil. Ich wäre gern ein zusätzliches Mitglied in dieser zusammengewürfelten … Gemeinschaft.«

Er hatte es geflissentlich vermieden, das Wort Familie zu verwenden. Sie waren es nicht. Eine Familie. Aber so etwas in der Art?

»Darf ich dich fragen, wie du meinst, in Zukunft für Iolanda da zu sein? Sieht sie dich von jetzt an … einmal im Jahr? Zweimal?« Unbeholfen ruderte sie mit den Armen.

»Diesen Punkt wollte ich mit dir besprechen, ja, weil wir ausgemacht haben, alle wichtigen Entscheidungen, in denen es um Iolanda geht, gemeinsam zu treffen. Und ich habe gestern Nacht nachgedacht. Auf Sizilien hält mich nicht viel. Ich könnte problemlos hierher ziehen. Was meinst du?«

Sie dachte, dass sie als Kind wahrscheinlich dafür getötet hätte, von ihrem Vater so einen großen Beweis der Zuneigung zu erhalten. »Was ist mit deiner Familie?«

»Iolanda ist meine Familie …« Sein Blick verriet Tosca, wie ernst er es mit seiner Aussage meinte.

Doch Tosca dachte auch daran, was das für sie und ihr Leben bedeuten würde, wenn er tatsächlich das ganze Jahr über in Mareblu sein würde. Sie hätte jemanden, an den sie sich im weitesten Sinne anlehnen könnte. Andererseits aber hätte sie auch jemanden, den sie wohl gezwungenermaßen in ihr Leben, in ihren Alltag einbeziehen musste. Und sie wusste nicht, ob sie das wollte.

»Wäre das in Ordnung für dich? Ich meine, kannst du dich mit der Idee anfreunden?«

Konnte sie das? Sie konnte gar nichts sagen. Ihre Überlegungen blockierten ihr Sprachzentrum. Sie konnte das nicht. Denken und Sprechen. Es überforderte sie gerade total.

Ivo lachte, fuhr sich mit der flachen Hand über den Kopf. »Meine Güte, Tosca, gut, dass ich dir nicht so etwas wie einen Heiratsantrag gemacht habe. Du verstehst es, einen Mann auf die Folter zu spannen.«

Nun musste auch sie lachen. »Tut mir leid.«

»Schon gut. Wir gehen die Sache ganz entspannt an, okay? Es läuft uns ja niemand hinterher. Das sind jetzt alles wichtige Entscheidungen. Schritt für Schritt bekommen wir das hin.« Er legte seine Hand warm über ihre. Ganz spontan.

Tosca erkannte überrascht, dass sich das richtig gut anfühlte.

»Ich liebe sie, weißt du? Iolanda. Ich liebe sie. Ich habe sie direkt ins Herz geschlossen. Du hast tolle Arbeit geleistet. Wenn sie so ist, wie sie ist, dann hat sie das nur dir zu verdanken. Du bist eine tolle Mutter. Und eine tolle Frau. Danke für alles, was du gemacht hast. Ich danke dir für unsere wundervolle Tochter.«

Tosca blinzelte. Diese Unterhaltung ging in eine Richtung, die sie nicht erwartet hatte. Sie war überrascht. Aber sie fühlte sich auch geschmeichelt. Und Ivos Hand, die noch immer auf ihrer lag, bewirkte, dass sie sich fast beschützt fühlte. »Iolanda hat großes Glück, einen so lieben Vater wie dich gefunden zu haben. Danke, dass du die Situation akzeptieren kannst.«

Das Eis wurde gebracht. Die Glasschälchen hatten die Form einer großen Muschel und sahen sehr hübsch aus. Am Rande registrierte Tosca das und nahm sich vor, beim nächsten Fund einer größeren Muschel an so etwas wie Geschirr zu denken. Dann aber war sie wieder voll bei Ivo, beim Eis. Und bei dem warmen Gefühl, das seine Hand hinterlassen hatte, obwohl er sie jetzt weggenommen hatte.

»Ist das nicht nett, wir zwei beim Eisessen nach fünfzehn Jahren?« Ivo sah sie aufmerksam an und schob sich eine Ladung Schokoeis in den Mund.

»Zumindest trage ich jetzt vernünftigere Kleidung …« Aus den Tiefen ihrer Erinnerungen hatte ihr Gehirn die Information herausgezogen, dass Ivo sich früher immer über ihre Kleidung lustig gemacht hatte. Sie steckte zu der Zeit in einer Ethnischen-flower-hippy-Afrika-Phase, die sich eben auch in ihren Klamotten gezeigt hatte.

»Deine Outfits waren tatsächlich sehr … speziell. Deiner Attraktivität haben sie aber keinen Abbruch getan, das kann ich bezeugen. Ich war ziemlich verrückt nach dir.«

Sie kicherte. Und war ganz, ganz kurz wieder die Tosca von damals. So sorglos, so frei. So verliebt in das Leben und gierig nach Momenten des Glücks. Ivo hatte schon damals immer die richtigen Worte gefunden, um diese versteckten Sehnsüchte in ihr anzusprechen und hervorzulocken.

Sie seufzte. »Wir waren jung. Wir waren frei. Und wir hatten Spaß.«

»Hatten wir!«

Ivo hatte nichts Anzügliches gesagt. Aber es war nun mal Tatsache, dass sie mit diesem Mann sehr guten Sex gehabt hatte. Mehrmals. Eigentlich ständig. Dass sie ausgerechnet beim Eisessen daran denken musste, irritierte sie. Überhaupt sollte sie bei Ivo gar nicht an Sex denken.

»Wie lange willst du überhaupt bleiben?«, fragte sie ihn, um ihre Gedanken wieder dorthin zu bringen, wo sie eigentlich sein sollten. Das Zitroneneis half, wieder auf den Boden der Tatsachen zu gelangen. Es war in dieser Eisdiele besonders gut. Wenn das Eis im Mund schmolz, blieb Fruchtfleisch zurück, auf dem Tosca kaute, um die Zitrone voll auszukosten.

»Das kommt darauf an, wie wir die Zukunft angehen wollen. Ich habe im Hotel jedenfalls schon Bescheid gesagt, dass sie diesen Sommer ohne mich auskommen müssen.«

»Ivo, du musst nicht unseretwegen die Arbeit aufgeben.«

»Das ist schon in Ordnung. Ich habe gespart. Was mich auch direkt zum nächsten Punkt bringt. Natürlich werde ich für Iolanda Unterhalt bezahlen.«

»Oh Gott, nein. Wir kommen zurecht. Wirklich.«

»Ich bin nicht bereit, diesen Punkt zu diskutieren.«

»Du kannst ja ein Sparbuch für sie anlegen, wenn du meinst.«

»Gute Idee …«

Tosca wurde vom Ton ihres Handys abgelenkt, das eine eingehende Nachricht ankündigte. Manchmal schrieb ihr Iolanda vom Babysitten, weil sie Toscas Meinung wissen wollte, wie sie am besten mit ihrem Schützling umging. Von daher kontrollierte Tosca sofort. Aber es war nur Adriana.

»Ich bin gerade bei Annalisa. Make-up-Unterricht. Sie

lässt fragen, ob wir uns alle heute Abend zum Essen sehen. Bei Corrado.«

War ihre beste Freundin jetzt die neue beste Freundin ihrer Mutter? Wie verworren war ihr Leben auf einmal geworden!

»Sollen wir heute Abend mit meiner Mutter und meiner Freundin auswärts essen?«, fragte sie Ivo.

Er nickte, zog seine Sonnenbrille auf.

»Okay!«, schrieb sie Adriana und legte das Handy wieder weg.

»Weißt du was? Ich gehe gleich mal vorne zur Bank«, ließ Ivo sie wissen.

Damit verabschiedeten sie sich voneinander. Aber sie blickte ihm lange nach. Dem Mann, der in Zukunft wieder eine große Rolle in ihrem Leben spielen würde.

Tosca lenkte ihren Wagen aus Mareblu heraus und merkte dabei, dass sie noch keine Lust hatte, nach Hause zu fahren. Deshalb fuhr sie einfach in Richtung Nachbarort. Obwohl sie keine zwei Kilometer auseinanderlagen, war sie schon seit einer ganzen Weile nicht dort gewesen. Der Strand war aber besonders schön, weil an ein paar Stellen Felsen pittoresk ins Meer reichten und dabei kleine, hübsche Buchten bildeten, die Touristen fast nie erreichten. Als Kind war sie mit ihren Großeltern oft an eine Stelle gefahren, in die besonders ihr *nonno* verliebt gewesen war. Der war ein außerordentlich guter Schwimmer gewesen und hatte es geliebt, gewagte Kopfsprünge vom Fels zu machen. Ihre *nonna* hatte immer wegsehen müssen. Tosca dagegen hatte fasziniert das Muskelspiel beobachtet und dann immer begeistert geklatscht, wenn ihr *nonno* wieder auftauchte.

Tosca hielt am Straßenrand und wunderte sich nicht, dass keine weiteren Autos hier parkten. Wie gut, dass die Touristen nicht ahnten, dass sie immerzu das Beste verpassten. Diese

Wunder der Natur waren nur für die Einheimischen da. Gab es etwas Wundervolleres?

Tosca kletterte von der Straße auf den Strand, der sich weit unterhalb befand. Sie zog ihre Stoffturnschuhe aus. Sofort entspannte sie sich. Das Gefühl von Sand unter der Fußsohle hatte auf sie eben diese Wirkung. Besser als jede Therapie, wie sie fand.

Sie bedauerte sofort, ihren Eimer nicht dabei zu haben, und füllte die Taschen ihrer Hose mit Strandgut. Steine und Hölzer. Vielleicht hatten sich auf dem Felsen Muscheln in den Spalten gesammelt, überlegte sie und entschloss spontan, draufzuklettern.

Das Gestein war spitz und keineswegs so angenehm unter den Füßen wie der Sand. Aber sie kämpfte sich durch, sah dabei wahrscheinlich aus, wie ein lahmer Flamingo, überlegte sie amüsiert. Ihre T-Shirt war ja sanft rosa. Eigentlich mal pink. Aber nach dem vielen Waschen …

Sie begab sich bis ganz an die Spitze und fand noch eine Menge Schätze. Tosca war an der Stelle, an der ihr Großvater immer gestanden hatte, kurz vor seinen Sprüngen.

Tue etwas für dich komplett Neues und Ungewöhnliches! Überrasche dich selbst!

Ihr fiel der nächste Punkt auf Morenos Liste ein.

Springen?

Nein!

Oder etwa doch?

Sie blickte in das smaragdgrüne Wasser, das sich kaum bewegte. Es war so klar, dass sie auf den Grund blicken konnte. Ein paar Fische schwammen nach wer weiß welchem Schema. Sonst war nur Sand zu sehen.

Wenn ich springe, breche ich mir zumindest nicht das Genick, es ist tief genug, versuchte sie sich selbst Mut zuzusprechen. Dann aber fiel ihr das nächste Problem ein: Sie hatte keine Badesachen dabei. Das würde Moreno gefallen, erkannte sie lächelnd. Und fühlte sich ihm ganz nah.

Sie blickte sich um. Sah natürlich keinen Menschen.

Nackt? Unterwäsche?

Sie lachte. War das so, wenn man durchdrehte? Wenn ja, dann war es gar nicht so schlimm, wie sie immer angenommen hatte. Ohne sich weiter darüber den Kopf zu zerbrechen, zog sie sich aus.

Alles.

Splitternackt und vor Aufregung zitternd stand sie auf dem Fels.

Das war verrückt. Ohne Zweifel. Aber immerhin teilte sie ihre Verrücktheit nur mit sich selbst, dem Fels, den Fischen, dem Strand und dem Meer. Sie war sich ziemlich sicher, dass keiner davon sie verpetzen würde.

Also nahm sie etwas Anlauf und ... ließ sich einfach fallen.

Die Schwerelosigkeit war nur halb so schön wie das Eintauchen in das frische Nass, das zwar wärmer war als erwartet, sie aber dennoch unwillkürlich nach Luft schnappen ließ, sodass sie prustend auftauchte und heftig Meereswasser aus der Nase blies. Sie spürte das Salz hinten im Rachen und fand, dass schon lange nichts mehr einen so herrlichen Geschmack hinterlassen hatte. Sie dachte an ihren *nonno* ... ob er sich wohl bei seinen Sprüngen ins Wasser ähnlich gefühlt hatte wie sie. Wie traurig und tragisch, dass sie jetzt nicht mehr mit ihm darüber sprechen konnte. Der Tod geliebter Menschen war ihrer Meinung nach so schwer zu verkraften, weil er gravierende Auswirkungen auf die Gegenwart und Zukunft hatte. Plötzlich musste man alles umgestalten und sich den geliebten Menschen in die Situationen hineindenken. Wie jetzt. Das tat dann unheimlich weh, weil das Gefühl der Anwesenheit so real war, dass es fast unmöglich erschien, den geliebten Menschen nicht zu sehen und nur zu spüren. Tosca tauchte erneut unter, suchte nach irgendeiner Spur ihres *nonnos*, erblickte jedoch nur die Fische, die zwar auf Sicherheitsabstand blieben, sich aber trotzdem von ihr nicht abschrecken ließen.

Ihr *nonno* hätte Moreno gemocht, vermutete sie. Vielleicht bildete sie sich das auch nur ein, weil er immer alle gemocht hatte. Vermutlich hätte er auch Ivo gemocht. Ja, genau so eine gute Seele war ihr *nonno* gewesen. Tosca war verwundert, wie leicht sich Moreno und Ivo in ihren Gedanken abwechselten. Ihr war klar, dass Moreno und all das, was zwischen ihnen gewesen war, Türen geöffnet hatte, die sie sehr sensibel machten. Auch Ivos Reizen gegenüber. Was eigentlich ein Widerspruch war, sich aber nicht anders erklären ließ.

Tosca wurde sich ihrer Nacktheit schlagartig wieder bewusst und entschloss, dass sie genug über ihren eigenen Schatten gesprungen war. Es war Zeit, sich wieder anzuziehen, bevor sie doch noch jemand entdeckte.

Als Tosca mit noch feuchtem Haar zu Hause ankam, grüßte sie den trägen Oronzo ausgiebig und freute sich darauf, sich jetzt in ihrem Arbeitszimmer zurückziehen zu können, um sich in ihrer Welt zu verlieren.

Sie duschte also und erlaubte dem Salzwasser, sich von ihrer Haut zu lösen. Aber das schöne Gefühl vom spontanen Sprung ins Wasser und die dabei entstandene Nähe zu ihrem *nonno* blieb. Nach dem Duschen machte sie sich an die Arbeit und druckte die neuen Bestellungen aus.

Ach herrje. Drei Adventskalenderbestellungen waren dabei, weil sie ihn im Juni immer besonders günstig anbot, damit sich im Winter dann nicht zu viel Arbeit häufte.

Der Kalender war sehr hübsch. Eigentlich war es eher ein

Mobile mit 24 Säckchen. Auf jedem war auf der Vorderseite eine Zahl von 1 bis 24 aufgemalt, auf der Rückseite hingegen aufgeklebte Muscheln. Die Säckchen bestanden aus hellblauem Stoff. Und das Ganze sah dann wirklich hübsch aus. Nur war es auch jedes Mal eine enorme Arbeit.

»Tosca?«, hörte sie rufen. Dann klopfen.

»Ja?« Sie lief die Stufen herunter.

»Ich bin's, Ivo!«

Sie öffnete, sah, dass er sich ein Fahrrad geborgt hatte, und erkannte erst dann, dass er ihr etwas entgegenhielt. Ein Sparbuch?

Sie nahm es. Öffnete es. Es war auf ihre Tochter ausgestellt.

»Wie hast du das so schnell geschafft? So was dauert in Mareblu sonst immer ein paar Tage.«

»Mit einem charmanten Lächeln?«

»Ach. So funktioniert das? Hätte ich das gewusst …«

Sie lachten beide. »Ich will es später Iolanda überreichen. Beim Abendessen. In Ordnung?«

»Ist gut.« Sie blickte auf ihre Uhr. Sie musste dringend an die Arbeit.

»Alles in Ordnung?«, fragte er.

»Ja. Nur ein bisschen im Stress. Ich habe ganz viele neue Bestellungen, um die ich mich dringend kümmern muss.«

»Brauchst du Hilfe?«, erkundigte er sich zögernd.

Eigentlich wollte sie verneinen und ihn … na ja, einfach wegschicken? Dann aber erkannte sie, dass Hilfe gar keine so schlechte Idee war.

»Das wäre sehr lieb von dir.«

»Was soll ich tun?« Er folgte ihr nach oben, füllte die paar Zentimeter, die sie voneinander Abstand hielten, mit schwerem Männerparfüm, das aber absolut zu ihm passte und sogar angenehm wirkte.

»Meinst du, du könntest das Gerüst aus Draht formen?« Das war keine allzu schwere Aufgabe. Sie zeigte ihm das Bild, das auf ihrer Seite zu sehen war, und erklärte ihm, wie er am leichtesten zum besten Resultat kam.

»Dann ran an die Arbeit!«, rief er, als er alles so weit verstanden hatte. Er setzte sich ans andere Ende des Tisches, sodass sie genug Platz hatte, ihre Nähmaschine aufzubauen, um die Säckchen zu nähen.

»Ich hoffe, ich halte dich von nichts Wichtigem ab«, sagte sie.

»Überhaupt nicht«, erwiderte er bloß. Dann sagte er gar nichts mehr und schien vollkommen in der Arbeit zu versinken. Das war Tosca ganz recht. Sie bereitete die Maschine vor und fing mit den Näharbeiten an.

So ging es eine ganze Weile still weiter. Ab und an hob Tosca den Kopf und fühlte sich wie in einer wahr gewordenen Vision ihrer eigenen möglichen Zukunft.

Sie und Ivo.

Die kleine, feine Familie.

Arbeiten. Seite an Seite.

Eine schöne Vision, wie sie fand. Nur mit dem falschen Mann.

Aber war er wirklich so falsch?

Ivo verschwand plötzlich. Tosca war zu konzentriert auf ihre Säckchen, um sich ernsthaft darüber Gedanken zu machen. Erst als er wiederkam, blickte sie auf. Er lächelte sie an, stellte stumm eine Tasse vor ihr ab. Dampfender Tee. Sie konnte es riechen.

»Grazie!« Das war exakt das, was sie brauchte.

Er stand ein paar Augenblicke lang einfach nur vor ihr, hielt selbst eine Tasse in der Hand. Es war eine hellblaue. Sie hatte eine rosafarbene bekommen. Kurz fragte sich Tosca, ob er bewusst auf eine farbliche Rollenverteilung geachtet hatte. Wahrscheinlich eher nicht. Männer waren nicht so aufmerksam. Oder etwa doch?

»Ich bewundere das alles hier, Tosca! Wirklich!« Er hob seinen linken, sehnigen Arm und zeigte vage um sich herum. Mit seinen verwaschenen Jeans und dem einfachen Hemd sah er heute besonders gut aus, fand Tosca. »Du hast ganz schön was auf die Beine gestellt. Da kannst du sehr stolz drauf sein!«

Lob machte sie immer verlegen. Trotzdem bedankte sie sich. Denn sie war tatsächlich stolz auf ihre Handarbeit und ihre eigene Firma.

»So, aber jetzt trinke deinen Tee und dann wird weitergearbeitet, *va bene?*«

Sie hob einen Daumen und nähte weiter.

Ivo hatte sich inzwischen angeboten, die Zahlen auf die Säckchen zu malen, die er dann anschließend zum Trocknen aufhängte. Er stellte sich geschickt an. Und tatsächlich kamen sie bestens voran.

Bis Iolanda von der Arbeit kam.

»Soll ich mich ein bisschen um sie kümmern?«, erkundigte sich Ivo augenzwinkernd.

Tosca blickte sich um. Sie musste nur noch ein paar Muscheln anbringen, dann konnte alles über Nacht weitertrocknen. »Auf jeden Fall!«, sagte sie also. »Und danke!«

»Du sollst mir nicht immer danken!«, sagte er betont tadelnd.

Sie hielt sich theatralisch die Hände über den Mund.

Er ging lachend und hinterließ eine Unbeschwertheit, die Tosca liebend gerne in sich aufsog.

Später fuhren Tosca, Ivo und Iolanda zum Restaurant. Im Auto sangen sie laut und falsch und heiter die aktuellen Hits mit. Ioio hielt sich grinsend die Ohren zu. Sie hatten so viel gute Laune angesammelt, dass sie wahrscheinlich bis zum nächsten Jahr reichte.

Sie waren zum ersten Mal als Familie weg. Das stand zwischen ihnen, das schwirrte um sie herum, das beflügelte sie. Auch Tosca konnte sich dem nicht entziehen. Und sie war sich plötzlich auch gar nicht mehr sicher, ob sie das wollte.

Familie.

Das war konkret. Das war wichtig. Das war auch so greifbar, wie vielleicht noch nie zuvor.

Moreno.

Das war … eine andere Sache. Das war ein kurzer Einblick in die Vollkommenheit gewesen, stellte sie fest. Vielleicht musste ihr das reichen.

Ivo, der sich angeboten hatte zu fahren, stellte den Wagen ab und half ihnen galant aus dem Auto. Iolanda hatte sich besonders Mühe mit ihrem Outfit gegeben. Sie trug die Fischernetzohrringe, die Tosca ihr geschenkt hatte. Und das wunderschöne dunkle Kleid mit der Rose auf der Brust. Das Haar hatte sie raffiniert hochgesteckt. Sie sah aus wie eine junge Frau. Tosca konnte sich nicht an ihr sattsehen.

Ivo ließ Ioio den Vortritt, wartete auf Tosca und hielt ihr den Arm hin. Sie hakte sich bei ihm ein und lachte laut, als er ihr zuflüsterte, dass er leider jedes männliche Wesen, das es wagen würde, sich seiner Tochter zu nähern, würde töten müssen.

»Ich wusste gar nicht, dass du eifersüchtig bist.«

»Ha! Eifersüchtig ist gar kein Ausdruck!«

»Bei mir warst du es nicht …«, rutschte es ihr heraus. Es ärgerte sie ein bisschen, die alten Zeiten angesprochen zu haben. Das lag Ewigkeiten zurück. Kein Grund, schlafende Hunde zu wecken.

»Hast du eine Ahnung …«

»Du warst eifersüchtig? Echt jetzt? Dazu hattest du aber gar keinen Grund.« Sie lachte laut. Groteskerweise schmeichelte ihr das. Als lägen nicht ganz viele Jahre dazwischen.

»Du weißt nicht, wie du auf Männer wirkst, oder?«

Sie blieb abrupt stehen, hielt sich an seinem Arm fest. Es ging nicht mehr um damals, oder?

»Wie wirke ich denn auf Männer?«

»Anziehend, Tosca. Deine vermeintliche Zerbrechlichkeit weckt große Gefühle und heftige Instinkte …«, sagte er rau.

Eigentlich passte das jetzt gar nicht in die Situation. Und Ivo, der war einfach nur Ivo. Dennoch. Seine Worte hatten sich wie Glitter über ihre Stimmung gelegt, und das dabei entstandene Funkeln spürte sie bis in die Fußspitzen.

Nicht zum ersten Mal, nein.

Aber dieses Mal gingen seine Worte viel weiter, viel tiefer und erreichten einen Punkt, den sie meistens recht gut verschlossen hielt: ihre Weiblichkeit.

Schokoladeneis, Couch, Liebesfilm! Doch, doch!

Kapitel 20

Corrado hatte auf einen Aperitif bestanden. Der ginge aufs Haus, hatte er betont. Tosca hatte um etwas Alkoholfreies gebeten, was der korpulente Restaurantinhaber aber mit einer empörten Handbewegung einfach wegwischte. Sie mochte Prosecco, das konnte sie gar nicht leugnen. Nur hatte sie das Gefühl, einen kühlen Kopf bewahren zu müssen. Ivo machte sie ganz wirr. Die Hand, die er ihr ab und an – keinem logischen Schema folgend – auf die Schulter legte, machte die Sache auch nicht einfacher. Ganz im Gegenteil. Sie war sich absolut sicher, dass sie nichts als freundschaftliche Zuneigung für ihn empfand. Andererseits war es nur allzu verlockend, sich an ihn zu lehnen. In jeder Hinsicht. Er war so … perfekt! So hilfsbereit, so nett, so zuvorkommend, so respektvoll, so der Vater ihres Kindes. Sie seufzte innerlich. Und so kein bisschen Moreno … Und in ihrem Traummann mit dem silbernen Haar hatte all ihre emotionale Verwirrung ihren Ursprung, verstand sie jetzt. Moreno hatte sie aus ihrem inneren Gleichgewicht gebracht. Sie vermisste ihn schmerzlich, auch weil sie ihm das erklären wollte. Mit ihm darüber sprechen und lachen, dass er der Grund dafür war, warum sie plötzlich Ivo so attraktiv fand. Ihr Herzklopfen schwirrte umher, auf der Suche, wo es sich entladen konnte. Tja. Und Ivo war eben da.

»Möchtest du Pasta, Tosca?« Annalisa holte sie mit ihrer Frage wieder zurück auf den Boden der Tatsachen.

Tosca hob den Blick und meinte, einen fragenden, fast besorgten Gesichtsausdruck bei Annalisa zu erkennen. Deshalb lächelte sie und nickte. Ihre Mutter gab sich wirklich Mühe, wenigstens teilweise aufzuarbeiten, was sie in der Vergangenheit alles verbockt hatte. Ganz gewiss wollte Tosca ihr dabei nicht im Weg stehen. »Ja, gerne!«

»Gut, dann kann Corrado ja die Bestellung aufnehmen.«

Adriana klatschte vor Begeisterung in die Hände und strahlte an diesem Abend ganz besonders, was nicht an ihrem erneut dezent aufgetragenen Make-up lag, sondern anscheinend an Pompeo, der stolz wie ein Pfau neben ihr saß. Tosca war sich gar nicht so sicher, dass ihre Freundin diesen Mann wirklich, wirklich *nicht* liebte, wie sie oft betonte. Vielleicht wusste sie es nur nicht. Denn so ein Strahlen, das konnte nur die Liebe erzeugen. Tosca fragte sich, ob auch sie mal so gestrahlt hatte. Ja, gab sie sich selbst die Antwort. Mit Moreno.

»Du bist so still …«, flüsterte Ivo ihr zu. So leise, dass nur sie es hören konnte. Wahrscheinlich hätte er aber auch schreien können, und es hätte ihn trotzdem niemand gehört. Um sie herum wurde gelacht, geredet und gestikuliert, was das Zeug hielt. Vor allem Iolanda war in ihrem Element und erheiterte die Gruppe mit Storys über Tito Salterio, ihren exzentrischen Kunstlehrer, der sich seltsam kleidete, seltsam redete und noch seltsamere Unterrichtsmethoden zu haben schien. Tosca kannte das meiste bereits, konnte also guten Gewissens ab und an weghören. Sie hatte schon wiederholt erfahren, dass der Kunstlehrer nur Damenuhren trug und Vintagebrillen bevorzugte. Dass er sich auch noch vehement gegen Handys wehrte, hörte Tosca aber auch gerade zum ersten Mal.

Sie seufzte. »Ich höre einfach nur zu …«, erklärte sie Ivo.

Er nickte, begann aber mit dem Daumen über ihre Schulter zu fahren. Das kribbelte. Dagegen konnte Tosca auch gar nichts tun. Trotzdem fühlte sie sich so, als täte sie Moreno unrecht. Wobei das doch absurd war! Immerhin war er ja seit Tagen weg!

Was, wenn er niemals wiederkäme? Sie hatte ihn selbst darum gebeten, sich Zeit zu nehmen. Aber … nun … sie hatte nur einen winzigen Moment genug Selbstvertrauen gehabt, die Heldin zu spielen. Dieses ganze Werde-dir-über-deine-Gefühle-klar-Gerede war doch Schwachsinn! Gefühle waren da oder eben nicht.

Ehrlich? Sie mochte Heldinnen gar nicht mehr so sehr.

»Lehn dich einfach an mich«, schlug Ivo immer noch sehr leise vor. Tosca war sich bewusst, dass er das nicht nur in körperlichem Sinne meinte. Und sein Angebot war sehr, sehr verlockend. Sehr!

Glücklicherweise kam die Pasta. Corrado kündigte sie laut an und schien sich darüber mehr zu freuen als seine Gäste. Ivo jedenfalls musste den Arm von ihrer Schulter nehmen, und Tosca fühlte sich seltsam erleichtert. So, als hätte sie eine schwere Entscheidung aufgeschoben.

»Ma, magst du meine Muscheln?«, fragte Iolanda leise. Ihre Tochter hasste Muscheln. Es war ihr ein Rätsel, wieso sie dann ausgerechnet *linguine allo scoglio* bestellt hatte. Aber waren Mütter nicht auch dazu da, Muscheln aus kochend heißer Pasta zu pulen?

»Das habe ich früher auch immer bei dir gemacht. Weißt du noch?«, erkundigte sich Annalisa plötzlich.

»Was? Ich liebe Muscheln!«

»Jetzt ja. Früher hast du sie gehasst.«

Wann, früher?, hätte sie sich gerne erkundigt. Dann beschloss sie aber, dass das egal war. Wichtig war nur eines: Auch sie hatte ihre Mutter-Tochter-Momente mit Annalisa gehabt. Nur hatte sie die ganz, ganz weit von sich geschoben. Deshalb war sie vermutlich auch nicht unschuldig daran, dass das Verhältnis zu ihrer Mutter so stark abgekühlt war.

Lautes Schlürfen lenkte sie alle gleichzeitig ab. War das Pompeo gewesen? Der Mann kämpfte stoisch mit einer endlos langen Nudel, die unschön aus seinem Mund hing. Kurzerhand griff Adriana danach, trennte sie mit den Fingern durch und steckte sie sich selbst in den Mund. Danach nahm sie die Stoffserviette und wischte ihn sauber. So spontan, dass Adriana kurz darauf selbst überrascht aufblickte. Als könnte sie kaum glauben, das eben wirklich gemacht zu haben. Unter den Augen aller Anwesenden.

Gerne hätte Tosca ihr zu verstehen gegeben, dass ihr das nicht peinlich sein musste und wie sehr sie sie um ihre Sorglosigkeit beneidete. Dass es in Ordnung war, wenn sie Pompeo liebte. Aber der Moment verflog ohne weitere Folgen.

»Tutto buono?«, wollte Corrado wissen, der wieder an den Tisch gekommen war.

Sie nickten alle und gaben begeisterte Laute von sich, um nicht mit vollem Mund antworten zu müssen. Und das war so ziemlich genau der Moment, an dem Tosca beschloss, mal das Denken auszuschalten. Mit Denken meinte sie Moreno, nach dem sie sich noch immer, jede Sekunde, verzehrte. Nur vielleicht musste sie einfach loslassen. Sich nicht verschließen vor einem Weg, der vielleicht weniger … intensiv, dafür aber sicherer war.

»Corrado, gibt es noch mehr *vino?*«

Unbemerkt hatten sie die Weinflasche geleert. Sie aber hatte nur ein paar Schlucke abbekommen. Jetzt hatte sie Lust auf mehr.

»Subito!«

Corrado verschwand. Und Ivos Hand landete wieder auf ihrer Schulter. Aber so leicht und so wenig aufdringlich. Was sie sehr an ihm schätzte. Er war ganz allgemein ein guter, aufrichtiger Mann. Sie zweifelte keinen Augenblick daran, dass sein heute Abend aufblühendes Interesse ihr gegenüber nicht geheuchelt war. Und auch nichts mit Ioio zu tun hatte.

Warum, verdammt noch mal, klopfte ihr Herz jetzt trotzdem nicht so heftig, dass es sie augenblicklich vom Hocker riss?

Ivo schenkte sich und ihr vom frischen Wein ein. Dann hob er das Glas. »Auf unsere Tochter?«

Tosca musste zugeben, dass das an diesem Abend richtig, richtig gut klang aus seinem Mund. Unsere Tochter …

»Ja, auf die beste Tochter, die man sich wünschen kann.«

Sein Blick sagte: »Hey! Iolanda, die haben wir zwei gemacht. Wenn sie so perfekt ist, dann liegt das an uns beiden.«

Er hatte recht, überlegte sie und ließ ihr Glas gegen seins klingen.

Da Iolanda am nächsten Tag wieder zum Babysitten musste, verließen sie das Restaurant nicht allzu spät. Zurück blieben Annalisa, Adriana und Pompeo, die sich gut verstanden und bestens unterhielten, was Tosca sehr freute. Harmonie um sie herum konnte nicht schaden.

Ivo hatte extra wenig getrunken und fuhr sie ohne Zwischenfälle nach Hause. Im Auto unterhielten sie sich über den Abend und sie waren alle einer Meinung: Das mussten sie unbedingt wiederholen.

Dann aber hielt Tosca inne, weil sie plötzlich den Eindruck hatte, auf einem Karussell zu sitzen, das sich zu schnell drehte. Viel zu schnell.

Sie war dann auch seltsam erschöpft, als sie zu Hause ankamen. Ihr Kopf drehte sich trotzdem weiter. Meinte, irgendetwas Wichtiges vergessen zu haben.

Liebesfilm, Couch und Schokoladeneis.

Die Liste.

Erschöpft ließ sie sich auf die Couch fallen.

Die Liste … ja … die hatte sie inzwischen verinnerlicht. Und sie wusste, dass sie keine Chance hatte, sich davon zu lösen. Vielleicht, weil diese bescheuerte Liste das Einzige war, das sie irgendwie mit Moreno verband. Und dieses Band war ihr noch immer zu wichtig. Trotz Ivo. Trotz Familienabend. Das alles rückte wieder weit weg. Ganz weit weg.

Also gab sie nach, bevor sie es überhaupt versuchte, sich dagegen zu wehren. Sie ging auf ihr Zimmer, zog ihren Pyjama an, kramte in der Gefriertruhe nach Schokoeis, fand nur Erdbeere, beschloss, dass das trotzdem in Ordnung war, und setzte sich wieder auf die Couch.

Ivo war mit Iolanda beschäftigt, erzählte ihr vermutlich gerade eine Gutenachtgeschichte, wie er ihr im Auto versprochen hatte – oder tat zumindest so, um noch ein paar ungestörte Momente mit seiner Tochter zu haben. Sie war also praktisch allein und suchte auf Netflix nach irgendeiner romantischen Komödie. Dabei fiel ihr auf, dass sie das seit Ewigkeiten nicht mehr gemacht hatte. Immer war irgendetwas zu tun. Nie hatte sie Zeit für … sich.

Sie nahm den erstbesten Film, der von der Beschreibung her schön schnulzig klang, und startete den Download.

Ehe sie sich's versah, war sie mitten im Geschehen. Die Protagonistin, eine liebenswerte Chaotin, verliebte sich. In den Falschen. Und trat von einem Fettnäpfchen ins nächste, womit sie sich Toscas volle Solidarität sicherte.

Obwohl Tosca von der Pasta und der extra Portion Muscheln noch satt war, begann sie das schmelzende Eis zu löffeln. Es passte perfekt zum Film. Überhaupt war die ganze Situation so angenehm kitschig, dass sie wie auf einer Wolke aus Zuckerwatte schwebte. Und dann ebenso abrupt runterfiel, als ihr Handy anfing zu vibrieren. Sie hatte es achtlos auf den Couchtisch gelegt, sah von ihrer Position aus, dass Adri versuchte sie zu erreichen.

»Hey«, antwortete sie und stellte den Ton leiser, wobei sie aber noch immer auf den Bildschirm blickte. Die Protagonistin hüpfte gerade vor einem Laden auf und ab. Und sie hatte nichts weiter an als ein T-Shirt und Unterhosen.

»Hey, du. Was machst du gerade?«

Es war nicht, was Adriana sie gefragt hatte, es war die Art und Weise. Irgendwas an der Tonlage versetzte Tosca sofort in Alarmbereitschaft.

»Ich schaue gerade einen Film. Was ist los?«

Ihre Freundin zögerte. Einen Augenblick zu lang.

»Gar nichts. Ich wollte dir nur kurz etwas erzählen.«

Etwas erzählen … »Dann tu das doch einfach!«

»Also … es ist wahrscheinlich gar nichts, aber … ich glaube, du solltest das wissen.«

Das wurde ja immer mysteriöser. »Sag es einfach!«

»Na gut, aber bleib ganz ruhig, okay?«

Na, wenn Adriana so weitermachte, dann war es aber vorbei mit ganz ruhig. Aber so was von! »Boah, du bringst mich nur erst recht in Panik mit deinen ganzen Andeutungen. Jetzt sag halt endlich!«

»Ja. Okay. Nun. Wir waren ja mit deiner Mutter noch eine Weile bei Corrado.«

»Ja?«

»Und wir haben uns sehr gut unterhalten. Deine Mutter bemüht sich auch echt. Also, ich meine, das merkt man, dass sie gefallen und akzeptiert werden will.«

Das wusste Tosca doch schon alles. »Ja, und?«

»Na ja, irgendwann wurde sie müde und, du weißt ja, sie wollte unbedingt bezahlen. Deshalb hat sie Corrado gerufen und um die Rechnung gebeten.«

Warum erzählte ihre Freundin ihr das alles? »Komm auf den Punkt, Adri!«

»Puh, *merda*, dauernd muss ich die Drecksarbeit übernehmen! Okay, ich sag's jetzt einfach so, wie es war!«

»Ich bitte darum!«

»Corrado kam mit der Rechnung wieder, sie hat bezahlt und dann, bevor er sich verabschiedet hat, hat er sich bei deiner Mutter nach jemandem erkundigt …«

Tosca legte das Eis weg. Wollte sie jetzt wirklich hören, nach wem Corrado sich erkundigt hatte?

»Es tut mir leid, Tosca, aber er hat ganz deutlich folgende Frage gestellt: ›Geht es Moreno gut? Ich habe ihn seit Tagen schon nicht mehr gesehen.‹«

Moreno?

Was um alles in der Welt hatte Moreno mit ihrer Mutter zu tun?! In Windeseile setzte sich in ihrem Kopf ein Puzzle zusammen. Und das Bild, das dabei entstand, missfiel Tosca außerordentlich.

Ihre Mutter und Moreno? Moreno und ihre Mutter? War er etwa der Mann, den sie kennengelernt und von dem sie berichtet hatte? Bestand die Chance, dass es sich um zwei verschiedene Männer handelte, die einfach nur den gleichen Namen hatten? Rein zufällig?

Schwach erreichte sie Adrianas Stimme. »Das muss überhaupt nichts bedeuten, aber ich dachte, du solltest das wissen. Mir kommt das irgendwie seltsam vor. Sie hat doch nie erwähnt, Moreno bereits zu kennen, wenn wir über ihn geredet haben. Warum verschweigt sie das?«

Seltsam. Ja. Das war alles seltsam.

Toscas Magen rumorte.

»Du, ich muss jetzt aufhören, ja? Danke fürs Berichten. Ich kann im Moment gar nichts dazu sagen. Ich muss … erst mal meine Gedanken ordnen. Ich denke, ich frage sie morgen einfach.«

»Okay. Falls du meinen moralischen Beistand brauchst, melde dich!«

»Mach ich. Danke für alles!«

Tosca war plötzlich so schlecht! So, so schlecht …

*

Moreno stand am Meer, beobachtete die untergehende Sonne und wunderte sich, wie schnell sie dabei war. Fast als hätte sie es eilig. Eilig ins Nass zu tauchen und sich abzukühlen, um am nächsten Tag noch mal alles zu geben. Wie jeden Tag. Er hatte sich die Rückkehr nach Mareblu in den schönsten Farben ausgemalt. Jetzt, da er aber direkt am Wasser stand, merkte er, dass die Vorstellung die Realität niemals perfekt traf. Die Natur war einfach schöner und vollkommener und der menschlichen Vorstellungskraft damit ganz deutlich und für immer und ewig voraus. Und das war auch gut so.

Clarissa machte es sich inzwischen im Häuschen heimisch, und er sammelte sich, kam allmählich an. Er verspürte den Drang, direkt zu Toscas Häuschen zu laufen. Den Moment wollte er dann doch noch ein bisschen aufschieben, um ihn besser auskosten zu können. Er hatte vor, ihr genau das zu sagen, was Clarissa ihm vorgeschlagen hatte: dass er sich seiner Gefühle für sie sicher war, aber trotzdem um etwas Geduld bitten musste. Weil er es erst wieder lernen musste, nicht mehr nur an seine Schuldgefühle zu denken.

Moreno wendete den Blick von der Sonne ab und merkte, dass sich jemand näherte. Er brauchte keine Sekunde, um diesen Jemand zu erkennen. Ganz deutlich handelte es sich um Oronzo. Oronzo lief – er lief tatsächlich! – und sah dabei mit seiner weit heraushängenden Zunge urkomisch aus.

Der Hund erreichte ihn hechelnd und sprang an ihm hoch. Er wollte ihn beruhigen, weil er wirklich um dessen Wohl bangte. Aber das Tier hörte einfach nicht auf zu springen. Fast so, als hätte jemand Federn unter seinen Pfoten angebracht. Also nahm Moreno ihn kurzerhand in den Arm und trug ihn zum Haus. Oronzo wog Tonnen. Zum Glück hielt er aber endlich still. Moreno spürte den aufgebrachten Herzschlag des Hundes und redete gut auf ihn ein.

Clarissa kam zur Tür. »Hey, na du Süßer«, versuchte sie sich bei Oronzo einzuschmeicheln. Der schaute aber weg. Ein wenig beleidigt sogar. »Was ist? Wieso mag er mich nicht?«

»Vielleicht, weil du ihn als süß bezeichnest …«

»Süß ist doch gut. Alle wollen süß sein!«

»Oronzo nicht.«

»Okay. Na dann mag er mich vielleicht, wenn ich ihm ein Fleischbällchen gebe?«

Sie verschwand in der Küche und Oronzo, den Moreno inzwischen abgesetzt hatte, folgte ihr sofort.

Vermutlich war der Hund die Zeit seiner Abwesenheit über bei Tosca gewesen. Irgendwie machte das Moreno schon wieder nervös, und er spielte deshalb mit seinem Armband. Aber auch das konnte ihn nicht beruhigen. Die Sonne war inzwischen untergegangen.

»Willst du nicht zu ihr?«, fragte seine Tochter einfühlsam. Als hätte sie seine Gedanken gelesen.

»Ich muss mir, glaube ich, erst mal Mut anfressen.«

Clarissa hakte nicht nach und begann wortlos, den Tisch zu decken.

Sie setzten sich und die gemütliche Küche machte, dass Moreno zur Ruhe kam. Seine Tochter hatte schon lange nicht mehr für ihn gekocht, und er fragte sie, warum manche Dinge sich einfach im Sand verliefen. Ohne ersichtlichen Grund.

»Hat Lele sich schon bei dir gemeldet?«

Sie nickte und trug ihm Fleischbällchen, *polpette*, auf. »Dreimal erst.«

Er lachte. »Erst?«

»Ja. Er hat da diese Angewohnheit, mich ständig anzurufen, wenn wir mal getrennt sind. Neulich war er bei seinen Eltern, über Nacht. Er hat alle paar Minuten angerufen, bis ich ihm gedroht habe, mein Handy in die Mikrowelle zu stecken, wenn er nicht sofort damit aufhört.«

»Bist du nicht ein bisschen zu streng mit ihm?«

Sie hielt kurz inne. »So habe ich das noch gar nie gesehen. Ich will nur nicht, dass er klammert. Weil, sollte mir mal was zustoßen, dann kommt Lele nicht zurecht. Den Gedanken ertrage ich nicht. Verstehst du?«

Oh ja. Er verstand. Und zwar sehr gut. Er legte seine Hand leicht über ihre.

»Dir wird nichts zustoßen!«, sagte er bestimmt. Aber in seiner Rolle als Heuchler fühlte er sich nicht richtig wohl. Es war einfach so, dass er ihr das nicht versprechen konnte. Das wusste er, das wusste sie.

Sie konzentrierten sich wieder aufs Essen, um andere Gedanken gar nicht erst aufkommen zu lassen. Oronzo legte seinen Kopf auf einen Stuhl und sah sie beide abwechselnd an.

»Da hat jemand noch Hunger«, stellte Clarissa fest. »Ich hol ihm was!«, sagte sie und stand bereits auf. Sie hatte darauf bestanden, eine ganze Wagenladung Lebensmittel aus Bologna mitzunehmen. Es war zwecklos gewesen, sie davon überzeugen zu wollen, dass Mareblu auch Supermärkte hatte. Alles, was in den Kühlschrank gehörte, war bereits verstaut. Moreno beobachtete sie dabei, wie sie Oronzo eine Wurst rausholte. Der Gute glaubte seinen Augen kaum und verkroch sich damit ins Wohnzimmer, wo er sich auf seinen Lieblingsteppich hockte und die Wurst andächtig beäugte, bevor er sie in zwei Happen verschlang. Schmatzend.

»Ich nehme an, jetzt mag er mich!«

Moreno war sich da gar nicht so sicher. Das behielt er aber lieber für sich. Oronzo war ein Schuft, wie er wusste, aber das musste Clarissa selbst herausfinden.

Gemeinsam wuschen sie das Geschirr ab. Und dann packte es ihn. Er glaubte, es keine Sekunde länger auszuhalten, ohne zu Tosca rüberzugehen. Er hatte genug Kraft und Mut und Ungeduld gesammelt, um endlich mit ihr zu sprechen. Ihr so vieles zu erklären.

»Kann ich dich allein lassen?«, erkundigte er sich bei seiner Tochter. Was ja eigentlich idiotisch war, da er sie natürlich nicht zum ersten Mal allein ließ und sie zudem noch eine erwachsene, selbstständige junge Frau war. Was jetzt anders war, war das Leben in ihr. Er fühlte sich diesem Würmchen gegenüber bereits verpflichtet.

»Nun geh schon. Ich kann es dir ansehen, wie sehr du dich nach ihr sehnst. Bleib, so lange du willst. Ich werde inzwischen mit Lele telefonieren.«

Und er ging. Ohne Schuhe, damit er den Sand spüren konnte. Ohne Jacke, damit er den Wind spüren konnte. Dafür aber mit aufgeregtem Herzen und großer Hoffnung.

Er erreichte das schwach beleuchtete Haus wenig später, aber doch später, als er eigentlich geplant hatte. Das verhaltene Rauschen des Meeres hatte ihm Gesellschaft geleistet. Ebenso der Mond. Die Sterne. Und hier war er nun. Ein Mann, der viel erlebt, viel durchlebt hatte. Ein Mann, der sich, das musste er jetzt erkennen, selbst verloren hatte. Ein Mann, der aber auch die Kraft aufgebracht hatte, sich wieder zu sammeln. Vielleicht dank einer Liste. Wahrscheinlicher war es aber, dass die Liebe zu einer Frau ihn wieder auf den richtigen Weg gebracht hatte. Es war nicht zu spät, wieder glücklich zu werden. Dazu war es vermutlich nie zu spät. Wäre es nicht zu absurd gewesen, hätte er diese Erkenntnis am liebsten laut herausgeschrien. Dem Meer entgegen, sodass die Wellen und die Gezeiten und die Fische die Nachricht in alle Welt tragen konnten. Aber er hielt sich zurück. Er wusste selbst nicht, warum, vielleicht weil er in letzter Zeit schon zu viel Verrücktes getan hatte.

Da er Angst hatte, Iolanda eventuell zu wecken, näherte er sich sehr vorsichtig über die Terrasse. Schwaches Licht flackerte durch die Scheibe. Jemand sah fern. Er hatte einen guten Blick durchs Fenster ins Wohnzimmer. Der Fernseher lief. Tosca schien müde und mit dem Tag abgeschlossen zu haben. Aber darauf konnte er keine Rücksicht nehmen. Zu lange hatte er gewartet. Er musste jetzt mit ihr sprechen. Sofort.

Strömung

Kapitel 21

Moreno klopfte gegen das Fenster. Sachte erst. Dann fester. Entschlossener. Tosca hob endlich den Blick. Aber sie schien durch ihn hindurchzusehen. Zunächst. Bis sie ihn erkannte und sich eine spontane, ehrliche Regung auf ihrem Gesicht zeigte, die ihn ermutigte. Die ihm sagte, dass es richtig und nicht völlig irrational war, hier zu sein. Sie stand auf, hielt sich den Bauch. Was ihn irritierte, aber nicht davon abhielt, darauf zu warten, dass sie nun bald öffnen möge. Und das war der Moment, in dem ein Mann in seinem Blickfeld erschien. Tosca sah von ihm zum anderen. Vom anderen zu ihm. Moreno konnte nichts hören von den Worten, die ihre in Bewegung gekommenen Lippen verließen. War das Eifersucht, die sich da in ihm regte?

Wer war dieser Mann überhaupt?

Moreno spürte Eifersucht … Meine Güte, es war lange her, dass er mit diesem Gefühl zu tun gehabt hatte. Es freute ihn, dass er dazu imstande war, wieder so intensiv zu fühlen. Was ihn gar nicht freute, war hingegen die Tatsache, dass da … ein Mann bei Tosca war.

Es enttäuschte ihn. Ja. Als hätte er von Tosca erwartet, sich in seiner Abwesenheit total abgeschottet und absolut verzweifelt nach ihm zu sehnen und mit keinem anderen Menschen etwas zu tun zu haben. Was natürlich absolut dumm von ihm war. Respektlos dumm.

Endlich kam Tosca zur Tür. Sie öffnete. Aber nicht freudig schwungvoll. Eher vorsichtig. Und das sagte ihm, dass sie einen Rückschritt gemacht hatte. Sie war wieder vorsichtig. Er konnte es ihr nicht verübeln.

Sie sagte nichts. Er sagte nichts. Dennoch war es, als würden sie sich unterhalten. Denn ihre Augen hatten sich getroffen und erzählten sich, wie sehr sie sich vermisst hatten. Sie hob die Hand, berührte sein Haar. Flüchtig. Es haute Moreno beinahe um, wie viel ihm diese Geste, die ihn an vertraute Momente mit ihr erinnerte, bedeutete. Er musste kurz die Augen schließen. Übermannt von all den rauschenden Wellen der Wärme, die von ihrer Berührung ausging.

Dann hielt sich Tosca wieder den Bauch. Sie war auch ungewöhnlich blass.

»Darf ich … rein?« Ja! Er drängte sich förmlich auf. Das hatte auch mit dem Mann zu tun, der noch immer am Sofa stand und sie beide beobachtete.

Tosca kämpfte mit sich. Das sah er. So viel Vorsicht in ihrer Körperhaltung. »Natürlich darfst du das!«, sagte sie schließlich. Und er fragte sich, teils amüsiert, teils resigniert, ob Tosca wohl in ihrer Schmuckverarbeitung Verwendung finden würde für den Stein, der ihm eben vom Herzen gefallen war.

»Das ist Ivo. Ivo, das ist Moreno.«

Ivo! Natürlich! Moreno klatschte sich imaginär mit der offenen Hand an den Schädel. Ivo. Klar. Wer denn sonst?

Er reichte dem Mann die Hand. Ging kurz alle Informationen durch, die er zu ihm hatte. Dass Ivo zu Besuch kommen würde, das hatte Tosca ihm gegenüber definitiv nicht erwähnt.

Daran hätte er sich erinnert.

Er hielt dem Mann seine Hand hin. Ivo nahm sie. Fest.

Dann kam ein Laut aus Toscas Kehle, die beide dazu veranlasste, sich nach ihr umzudrehen.

»Entschuldigt mich bitte!«, rief sie und rannte in Richtung Bad.

Er blieb allein mit Ivo zurück.

»Ist Tosca krank?«, fragte er Ivo. Einfach, weil niemand sonst da war, der es hätte wissen können.

»Tut mir leid … Ich glaube, Tosca hat nie einen Moreno erwähnt …«

Mit zusammengekniffenen Augen musterte Ivo ihn. Als suchte er in seinem Gesicht irgendeine Information, die zum Aha-Moment führen würde. Nur kam der nicht. Natürlich nicht.

»Ich bin ihr Nachbar. Und Freund.« Moreno fand sie nicht in Ordnung, seine Antwort. Aber was hätte er sonst sagen können? Es gab im Moment keine andere Art, sich zu beschreiben, erkannte er. Das würde er aber ändern.

»Oh. Okay … Na, um auf deine Frage zu antworten: Ich glaube fast, dass sie schlechte Muscheln erwischt hat …«

»Oh. Verdammt.« Er stand unschlüssig am Sofa. Dann beschloss er, dass er sich das Recht einfach nahm, hierzubleiben. Sich zu setzen. In ihm war ein Kampfeswillen erwacht, den er richtig zu mögen begann.

Ivo tat es ihm nach. Beide sahen sie in Richtung Bad.

»Wir waren im Ort essen. Das Restaurant sah eigentlich ganz ordentlich aus. Aber bei Muscheln … kann schon mal passieren.«

»In welchem Restaurant?«

Ivo zog die Schultern hoch. »Der Name will mir nicht einfallen. Vielleicht *Da Corrado*, oder so.«

»La Marina?«

Jetzt hob Ivo den Zeigefinger und den Daumen und richtete beide in Erkenntnis wie eine Pistole auf ihn. »Genau!«

Bei Corrado waren sie gewesen, bestätigte Moreno sich selbst seine Vermutung. Sie waren in seinem Lieblingsrestaurant essen gewesen. Gemeinsam. Und seine verpasste Chance schmeckte bitter. Denn er hatte selbst vorgehabt, irgendwann mit Tosca bei Corrado zu essen. Nur brauchte Tosca wohl kein Irgendwann. Sie brauchte ein Jetzt.

»Was habt ihr denn gefeiert?«, fragte er so belanglos wie möglich.

»Ein Familienessen …«

Familie.

Auch er hatte sie gehabt, eine Familie. Damals hatte er aufgrund seiner lebensbejahenden Sorglosigkeit gar nicht erkannt, was für ein großes Glück er hatte. Eine Familie. Ja, als wäre es eine Selbstverständlichkeit.

Aber so war es nicht.

»Iolanda war dabei?«

Sofort sah Ivo auf. »Du kennst meine Tochter?«

»Flüchtig …«

Jetzt. Genau in diesem Moment begann Ivo in Abwehrhaltung zu gehen. Nicht offensichtlich. Aber spürbar. Für ihn wurde sie spürbar. Und das verwirrte Moreno. Um was ging es hier eigentlich?

Tosca kam. Sie schleppte sich eher, als dass sie ging.

»Die Muscheln?«, fragte Ivo.

»Möglich …«

Moreno erhob sich. Er konnte das gar nicht steuern. Ging

zu ihr. Stützte sie. »Kein guter Moment …«, hauchte sie. Sie war total verschwitzt. Er versuchte, ihr die Haare aus dem Gesicht zu streichen. Und wunderte sich, wie sie gleichzeitig so zerbrechlich sein und so stark auf ihn wirken konnte. Wäre er nicht schon hoffnungslos in sie verliebt gewesen, es hätte wahrscheinlich exakt jetzt *klick* gemacht.

»Ich finde den Moment genau richtig«, sagte er.

Sie sah zu ihm auf. Der Blick war nicht klar, wie hinter einem Schleier, dennoch sah er darin all ihre Dankbarkeit. Und ihr mädchenhaftes Entzücken darüber, dass er gekommen war.

»Ich muss wohl ins Bett. Ivo, Iolanda hat aber nicht über Bauchschmerzen geklagt, oder?«

»Nein. Hat sie nicht. Ich sehe aber noch mal nach ihr.«

Tosca nickte.

Dann ließ sie sich ins Bett begleiten. Wäre es nach ihm gegangen, er hätte sie direkt zum nächsten Krankenhaus gefahren. Bei Muscheln konnte man nicht vorsichtig genug sein. Aber er beschloss, dass er jetzt erst einmal abwartete. Tosca hatte wieder ein bisschen Farbe im Gesicht. Wenn er Krankenhäuser meiden konnte, war ihm das ohnehin lieber. Mit Dafne hatte er fast drei Monate auf der Intensivstation verbracht. Und drei Monate in einem Krankenhaus … das war eine verdammt lange Zeit und reichte eigentlich für das ganze Leben.

Er schüttelte den Gedanken ab und begleitete Tosca in ihr Zimmer. Er half ihr, sich hinzulegen.

»Du bist also zurück?«, fragte sie ihn und blickte an die Decke. Hand auf die Stirn gelegt.

Er entkleidete sie vorsichtig. Zumindest die Hose. Sie ließ es geschehen.

»Hattest du Zweifel?«

»Nein. Ich dachte nur, du würdest dich mehr beeilen.«

Er lächelte. »Nicht meine Schuld.«

»Sondern?«

»Die meiner Tochter. Sie ist mitgekommen. Sie hat mir gerade erst offenbart, dass sie schwanger ist. Und nun muss sie ihre Beziehung zum Vater des Kindes überdenken.«

Ein warmer Ausdruck erschien hell und intensiv auf Toscas Gesicht.

»Was?«

»Du wirst *nonno* …«, bemerkte sie amüsiert.

»Haha. Es gibt auch junge Großväter.«

»Ich werde es auch lieben. Dieses Kind. Wenn ich darf.«

Sie fand sie immer. Die richtigen Worte. Er liebte jedes Wort, das sie gesagt hatte. Er liebte die Liebe, die jedes Wort ausdrückte, das sie gesagt hatte. Er hingegen fand sie nicht. Die richtigen Worte. Weil man manchmal nur schweigen konnte. Aber hätte sein Herz ein Sprachzentrum gehabt, es würde Tosca, dieser wunderbaren Frau, sagen, dass sie sich wie Balsam über jede Wunde legte, die die Vergangenheit in ihm hinterlassen hatte. Sie kam ihm vor wie eine Fechterin, die immer auf der Hut war und im richtigen Moment ausholte, um ihre Liebe zu verstreuen, die exakt dort traf, wo sie am meisten gebraucht wurde. Vermutlich war das ein besonderes Talent. Denn nur sie hatte es!

»Du warst also in Bologna?«

»Ja.«

»Hat es dir … geholfen?«

»Hat es.«

»Wieso seid ihr so kompliziert, was die Liebe anbelangt? Liegt das in der Familie? Müsst ihr immer erst fliehen? Musst *du* immer erst fliehen? Wieso?«

Er massierte mit dem Daumen sanft ihre Stirn. Sah, wie

sie dabei entspannte und schläfrig wurde. Er setzte sich auf das Bett, sodass er sie besser massieren konnte.

»Du hast mich weggeschickt.«

»Das war ein bescheuerter, heldenhafter Moment. Und ich habe ihn bereut und verflucht. Der war scheiße, ganz ehrlich.«

»Er hat mich zum Nachdenken gebracht.«

»Und was ist dabei herausgekommen?«

»Die Erkenntnis, dass ich nicht perfekt bin und nicht sein kann.«

Sie schien enttäuscht. Er beugte sich zu ihr. Sie hielt die Augen aber geschlossen. Er fuhr ihr mit dem Daumen über die Lippen. Sie öffnete sie leicht. »Und die Erkenntnis, dass ich mich sehr heftig, wenig rational und auch ein bisschen kopflos in dich verliebt habe. Und das hat nichts mit Dafne zu tun. Wird es auch nie.«

»Das klingt gut«, sagte sie schläfrig.

Er stand auf, um das Licht zu löschen, holte einen Eimer, stellte ihn an das Bett.

»Bleibst du, mein wunderschöner Moreno?«, fragte sie so leise, als hätte sie der Schlaf bereits übermannt, ohne dass sie es gemerkt hatte.

»Ich bleibe«, sagte er und meinte damit nicht nur die Nacht über.

★

Als Toscas Atem so regelmäßig ging wie nur bei Schlafenden, begann auch Moreno sich zu entspannen. Offensichtlich ging es ihr besser, was ihn sehr erleichterte.

Er zog sich den kleinen Sessel zurecht, der in einer Ecke gestanden hatte, und setzte sich.

Wie ein eiskalter, heftiger Windhauch erreichten ihn Erinnerungen aus einer anderen Zeit. Er hatte Dafne keinen Augenblick allein gelassen während ihres langen Komas. Die ganze Zeit über. Und ständig daran gedacht, dass er das bereits vor ihrem Unfall hätte tun sollen. Tagsüber war er dennoch abgelenkt gewesen. Aber die Nächte, wenn alles rundherum still war, die waren ein wahr gewordener Albtraum gewesen. Nichts war nachts in der Lage gewesen, sein schlechtes Gewissen zu übertönen. Und er hatte Angst gehabt, einzuschlafen und dann den Moment ihres Erwachens oder, wenn er ehrlich war, den ihres Todes zu verpassen. Wie er so vieles verpasst hatte. Er hatte Dafne verpasst. Er hatte die Liebe verpasst, die sie einst zusammengehalten hatte.

Und er war ein Schuft gewesen, in vielerlei Hinsicht. Weil er nicht gekämpft hatte, um eine Liebe, die erloschen war.

Es war schwierig, die beiden Situationen nicht miteinander zu vergleichen. Aber er musste lernen, sich davon zu lösen. Er musste lernen, weiterzuleben.

Die ganzen Überlegungen hatten ihn durstig gemacht. Er beschloss, sich in der Küche ein Glas Wasser zu holen. Die Bauweise von Toscas Haus ähnelte der seines Häuschens drüben sehr, sodass er sich problemlos zurechtfand. Dennoch fühlte es sich ungewohnt an. Als wäre er ein ungebetener Gast.

Er vermied es, die Lichter anzumachen, da er vor allem Iolanda nicht wecken wollte. Sie war fast ein Kind. So vieles konnte sie noch nicht verstehen. Er wollte nicht der sein, der irgendein delikates Gleichgewicht durcheinanderbrachte. Dafür hatte er schon genug Unheil angerichtet. Und diesmal war er hier, um alles richtig zu machen.

Er erreichte die Küche, öffnete den Kühlschrank und schrak zusammen, als er doch eine Stimme hörte.

»Was ist das zwischen euch?«

Moreno fuhr herum.

Ivo. Natürlich. Den hatte er vollkommen vergessen. Aber etwas in ihm warnte laut und deutlich, dass er das in Zukunft lieber unterließ. Dass Moreno, andersherum, sogar sehr aufpassen sollte, was diesen Mann anbelangte.

»Ich denke, da solltest du lieber sie fragen«, sagte er ganz ruhig. Im Gegensatz zu seinem Gegenüber war er nicht auf Streit aus.

»Sie hat dich mit keinem Wort erwähnt. Das kann nichts Ernstes zwischen euch sein.«

Da war er ganz anderer Meinung. Es gab Menschen, die kostbare Emotionen für sich behielten. Die sie aufbewahrten und in sich trugen und sie dennoch auskosteten. Und Tosca gehörte zu dieser Sorte von Mensch, da war er sich ganz sicher.

»Das wird sich zeigen.«

»Ich bin der Vater ihrer Tochter. Es wird Momente geben, an denen du nicht da sein wirst. Ich aber schon. Weil ich zur Familie gehöre und du nicht.«

»Kann sein. Aber mir gehört ihr Herz und dir nicht.«

Das war ein beinahe infantiler Schlagabtausch. Fehlte nur noch ein laut herausposauntes Ätschi-Bätsch. Aber die Genugtuung, als Ivo seinen bescheuerten, erneut auf ihn gerichteten Zeigefinger herunternahm, war viel zu groß, um sich weiter über solche Nichtigkeiten wie Würde Gedanken zu machen.

»Du kommst mir nicht in die Quere«, sagte Ivo aber dann und ging.

Es hatte geklungen wie eine Prophezeiung.

Tosca schlief tief und fest. Moreno setzte sich wieder auf den Sessel und sah ihr einfach nur dabei zu, wie sie atmete. Ab und an prüfte er mit der Hand die Temperatur. Aber mehr konnte er nicht machen. Gott sei Dank schien sie nur Schlaf zu brauchen.

Irgendwann, die Nacht war schon beinah wieder Tag, merkte er, dass auch ihn die Müdigkeit zu übermannen drohte. Um sich abzulenken, nahm er ein Buch von Toscas Nachttisch. Vielleicht hielt ihn Lesen eine Weile wach, hoffte er. Er wollte noch mindestens eine Stunde aushalten, weil er danach wohl davon ausgehen konnte, dass es Tosca tatsächlich wieder besser ging und die Magenprobleme nichts Schlimmeres nach sich ziehen würden.

Er öffnete das Buch unbedacht. Ein Blatt fiel ihm entgegen.

Noch während es fiel, erkannte er es. Aber es erschien ihm so unglaubwürdig wie ein Spezialeffekt aus einem ganz, ganz alten Film.

Unmöglich.

Dennoch legte er es sich vertrauensvoll in seinen Schoß. Wie ein Kätzchen, das nach einer Woche Streunen wieder daheim ankam. Ganz deutlich spürte er die vertraute Konsistenz des Blattes, die Knicke und Falten. Ja, fast glaubte er, den Geruch wiederzuerkennen: Das war ganz eindeutig seine Liste – Dafnes Liste.

Nur, was tat sie bei Tosca?

⋆

Tosca fuhr sich durchs Haar, das sich noch schlimmer anfühlte als sonst am Morgen. Sie musste wirklich mal was machen. Es war zu lang und hatte diese nervige Angewohnheit, nachtsüber die Konsistenz und Form eines Vogelnests anzunehmen. Sie gähnte und merkte, dass sie einen richtig üblen Geschmack im Mund hatte. Dann erinnerte sie sich, setzte sich auf und band die Haare flink zusammen, damit sie überhaupt etwas sah.

»Buongiorno!«

Sie erschrak so fürchterlich, dass sie einen kleinen Schrei ausstieß, über den sie sich maßlos ärgerte. Denn es war ein schrecklicher Schrei gewesen. Eher wie das Krächzen eines heiseren Pinguins, was sie wieder daran erinnerte, wie schlecht es ihr am Vorabend gegangen war.

»Warst du die ganze Nacht hier?« Die Frage war eigentlich überflüssig. Denn Moreno sah exakt so aus wie jemand, der die Nacht auf einem Sessel verbracht hatte. »Wieso hast du dich nicht wenigstens hingelegt?«

»Weil ich keinen Moment deiner äußerst erhellenden Schlafgestik verpassen wollte. Außerdem schnarchst und redest du pausenlos. Da konnte ich mich nicht einfach so hinlegen. So was sieht man nicht alle Tage.«

Sie bedeckte vor Scham ihr Gesicht, und er lachte.

»Das ist nicht lustig.«

»Geht es dir denn besser?«

»Bestens«, sagte sie durch ihre Finger hindurch.

Ihre Mobiles wiesen sie durch eine kaum merkliche Bewegung darauf hin, dass Moreno aufgestanden war. Sie nahm die Hände herunter.

Er setzte sich neben sie, fuhr ihr sanft über das Gesicht. »Schön, dass es dir gut geht.«

»Ich kann nicht glauben, dass ich am Abend deiner Rückkehr – ausgerechnet – Durchfall haben musste …«

Er lachte kehlig. »Na, zumindest war ich nicht die Ursache.«

»Haha. Muscheln von Corrado waren die Ursache.«

»Unschön. Aber ich bezweifle, dass das Corrados Schuld war. Muscheln hatte ich bei ihm erst vor ein paar Tagen.«

»Als du mit meiner Mutter dort essen warst?« Diese Frage war einfach so hervorgesprungen. Aus ihrem Unterbewusstsein, das diese Tatsache wohl registriert, aber erst mal von ihr ferngehalten hatte. Wie ein Kind beim Verstecken pielen, wenn es aber unbedingt gesehen werden wollte.

Tosca sah, wie er nachdachte, grübelte und schrittweise drauf kam. Ganz allmählich. »Annalisa? Also … ich glaub das kaum. Sie ist deine Mutter?«

Sie nickte. Und fühlte sich wie jemand, vor dem sich plötzlich der Boden auftat. Und sie blickte hinein in dieses Riesenloch, wo Erlebtes beiderseits herumschwamm wie in einem riesigen, wirbelnden Fischschwarm. Da war noch so viel herauszufinden. So vieles, was sie lernen, wissen und kennenlernen mussten. Sie waren zu schnell, zu übereilt, zu hastig gewesen. Sie hatten dort angefangen, wo Paare erst nach Wochen und Monaten hinkamen. Sie hatten mit großen Gefühlen angefangen. Zuerst das Feuerwerk. Dann die Feier?

»Moreno …«

»Ja. Ich weiß.«

»Wir müssen das anders angehen.«

Er nickte.

»Ich habe noch nie geliebt. Nicht so. Nicht von der ersten Sekunde an. Ich weiß nicht, wie es richtig geht. Ich habe ehrlich keine Ahnung. Aber ich will es wirklich nicht verbocken. Nicht mit dir.«

»Mir geht es genauso. Ich will dich nicht verlieren. Aber es würde irgendwann passieren, wenn wir jetzt nicht einen Schritt zurückgehen, nicht wahr?«

»Wir fangen noch mal von vorne an, ja?«

Er nickte erneut. Aber es war diesmal ein verlorenes Nicken, eins, das Tosca die Kehle zuschnürte.

Moreno erhob sich. Und, es war wohl ein Eindruck, sie begann zu frieren. Als hätte sich eine Wolke vor die Sonne geschoben. »Gehst du?«

»Ich muss mich dringend bei meiner Tochter melden. Vielleicht sollte deine Tochter auch nicht sehen, dass ich hier die Nacht verbracht habe, hm?«

»Moreno?«

»Ja?«

»Ist alles gut. Ich meine, zwischen uns?«

»Zweifle niemals daran, Tosca.«

Er lächelte sie an und ging zur Schlafzimmertür. Dann aber überlegte er es sich anders und kam noch einmal zurück. Er küsste sie sanft auf die Stirn, holte dann ein gefaltetes Blatt aus seiner Hosentasche und reichte es ihr.

Sie nahm es entgegen. Erkannte es und lehnte sich gegen das Kopfteil ihres Bettes. Schloss die Augen.

»Das war …«, setzte sie an.

»Es ist nicht wichtig, wie du an die Liste gekommen bist, Tosca. Wirklich nicht. Aber ich will, dass du sie nimmst. Mach damit, was immer du für richtig hältst. Diese Liste gehört nicht mehr mir. Die Punkte … das bin nicht mehr ich. Dafne ist meine Vergangenheit. Lass uns gemeinsam die Zukunft schreiben. Bitte.«

Er küsste sie. Mitten auf den Mund. Und dann ging er.

Fahre auf stürmischer See Boot!

Kapitel 22

Tosca sprang keine Viertelstunde später voller Tatendrang aus dem Bett. So hastig, dass ihre Mobiles es verpassten, sich zu bewegen. Aus Protest verharrten sie still. Sie blickte aus dem Fenster, aber die Chance, dass im Juni ein Sturm über Mareblu hereinbrechen könnte, lagen ganz nahe bei null. Der Himmel war klar, wolkenlos, strahlend.

Aber sie brauchte einen Sturm.

Unter der Dusche überlegte sie, wie sie es anstellen sollte, die Liste, diesen letzten Punkt, trotzdem zu schaffen. Denn eines stand fest: Sie und Moreno mussten sich von dieser Liste – von Dafne – gebührend verabschieden, wenn sie gemeinsam in die Zukunft starten wollten.

Nach der Dusche rief sie Adriana an. Sie hatte ihr schließlich die Liste erst gebracht. Da sollte sie sich auch den Kopf mit darüber zerbrechen, wie es jetzt weitergehen sollte.

»Adri, ich brauche einen Sturm.«

»Für einen Augenblick dachte ich, ich könnte mit dir mal ein normales Gespräch führen. Welch traumhafte Illusion … Du brauchst einen … Sturm?«

»Wegen der Liste«, erklärte Tosca.

»Das klingt logisch. Wenn du kurz in der Leitung wartest, versuche ich mal eben, den heiligen Petrus telefonisch zu erreichen.«

Tosca rollte mit den Augen. »Krisensitzung! Bei mir! Und bring meine Mutter mit!«

Den heiligen Petrus … Das war bei Tosca hängen geblieben. Hm. Ihr kam so langsam die rettende Idee. Sie lief hoch ins Arbeitszimmer und drehte sich im Kreis, weil sie sich im ersten Augenblick nicht daran erinnerte, wo sie steckte. Die Krone.

Sie hatte sie vor Jahren mal gebastelt. Aus Kupferdraht. Mit Dekorationen direkt vom Strand. Niemand hatte sie gekauft. Und war das nicht gut so? Denn heute würde sie sie brauchen.

Tosca begann die Kartons zu durchsuchen.

»Ma?«

»Ja. Hier oben!«

Iolanda kam hoch, grüßte gähnend, setzte sich, sah ihr beim Suchen zu.

»Ist was?«, fragte ihre Tochter.

»Nein. Wieso?«

»Du bist so hibbelig …« Iolanda setzte sich.

Tosca hielt kurz inne, wendete sich ihrer Tochter zu. »Okay. Du hast recht. Es ist was. Ich bin nämlich verliebt. Und ich möchte für diesen Mann eine Überraschung organisieren.«

»Für den Nachbarn mit den Silberhaaren?« Iolanda grinste.

Das war schon mal eine gute Reaktion, fand Tosca und fühlte sich ermutigt. »Ja. Für Moreno. Magst du helfen? Du musst natürlich nicht. Aber früher oder später wirst du … dich mit der Idee anfreunden müssen. Denn ich habe vor, sehr, sehr lange mit ihm zusammenzubleiben.«

»Wenn du mal was machst, dann aber richtig, hm?« Iolanda spielte mit einer Locke.

»Ich weiß nicht, Ioio. Eigentlich habe ich gar nicht viel gemacht. Es ist eher passiert.«

»Gestern hat es kurz so ausgesehen, als könnte aus dir und Pa etwas werden. Oder?«

Tosca unterbrach ihre Suche, setzte sich zu ihrer Tochter. »Das wird nie geschehen, Ioio. Wenn ich damals den Entschluss gefasst habe, deinem Vater nichts von der Schwangerschaft zu erzählen, dann vor allem deswegen, weil ich schon wusste, dass wir keine Zukunft miteinander haben. Daran hat sich nichts geändert. Und gestern Abend war ich offen gestanden etwas durcheinander. Es tut mir leid, wenn ich den falschen Eindruck erweckt habe. Okay?«

Iolanda nickte. Nicht traurig. Eher resigniert. »Ma, ich könnte nicht so ganz unschuldig an Pas Annäherungsversuchen von gestern gewesen sein …«

»Inwiefern?«

»Ich glaube, ich habe ihn ermutigt. Ihm vorgeschwärmt, was für eine tolle Familie wir miteinander sein könnten.«

»Ach, Ioio. Du suchst sie an der falschen Stelle, deine Traumfamilie. Und du merkst dabei gar nicht, dass du sie bereits hast.« Tosca strich ihr über die Lockenpracht.

»Also … was ist das für eine Überraschung?«

Knapp eine Stunde später verließen Tosca, Iolanda, Annalisa und eine totbeleidigte Adriana das Haus, um geschlossen Richtung Morenos Haus zu gehen. Annalisa hatte hingegen hocherfreut zugesagt, als Tosca sie gefragt hatte, ob sie an der Überraschung teilnehmen wollte.

»Es tut mir leid, wenn ich dir das verheimlicht habe, dass ich mit Moreno oft bei Corrado gegessen habe. Und dass ich, na ja, ihn vielleicht auch recht attraktiv fand. Ich wollte kein Benzin aufs Feuer schütten, wo ihr doch ohnehin eure Probleme hattet. Verstehst du das?« Das hatte Tosca als Antwort auf ihre Frage bekommen, wieso Annalisa nie etwas gesagt hatte. Sie sah, dass ihre Mutter aufrichtig war, und wollte es dabei belassen. Denn sie begann, ihrer Mutter zu … vertrauen. Und das war ein herrliches Gefühl.

»Danke«, flüsterte Tosca dann Annalisa zu. So leise, dass nur sie es hören konnte.

»Hm? Du bedankst dich? Wofür denn?«, erkundigte sich ihre Mutter neugierig.

»Dafür, dass du endlich verstanden hast, wie sehr ich dich brauche.« Tosca nahm spontan ihre Hand. Sie bildete sich ein, dass sie dabei aussahen wie Freundinnen, während sie am Strand entlanggingen. Oder aber wie Mutter und Tochter.

Endlich wie Mutter und Tochter.

Annalisa lächelte liebevoll. »Das weiß ich doch schon lange, du Dummerchen!«, sagte sie und drückte ihre Hand. »Danke, dass du mir eine zweite Chance gibst. Denn ich brauche dich ebenso. Wenn nicht mehr.«

Ja.

So einfach war das manchmal.

»Ja, schön, tuschelt ihr nur!«, mischte sich Adriana laut in ihr trautes Zwiegespräch. »Ich will es einfach wissen: Wieso muss ausgerechnet *ich* diese bescheuerte Krone tragen? Und diesen scheiß Badeanzug?« Adriana schimpfte. Und schimpfte. Und schimpfte.

»Das habe ich dir doch schon erklärt. Du spielst den Zeus«, erklärte Tosca lachend.

»Mein Badeanzug ist auch nicht gerade toll«, fand Iolanda.

Nur Annalisa schien geradezu selig. Toscas Herz quoll beinahe über vor Glück.

»Hättest du was gesagt, dann hätte ich mich wenigstens rasiert. Wie sieht das denn aus?« Adriana zeigte auf ihre Beine.

»Zeus hatte auch Beinbehaarung. So passt du besser in die Rolle.«

Nichts, aber auch gar nichts würde es schaffen, Tosca die gute Laune zu verderben. Sie war so glücklich wie selten in ihrem Leben. Und sie merkte kaum, dass die ersten Touristen am Strand sie interessiert und amüsiert beäugten. Sie mussten aber auch ein tolles Bild abgeben, so verkleidet als Sturm, angestrengt durch den Sand stapfend. Mit den auffälligen Badeanzügen, die sie schnell dekoriert hatte.

Oronzo bemerkte sie schon von Weitem. Und er kam ihnen schwanzwedelnd entgegen. Die herausgestreckte Zunge erreichte unschön sein Ohr und verdeckte ihm halb das Auge. So etwas konnte auch nur Oronzo schaffen.

Er sprang an ihr hoch, hinterließ Kratzspuren am Bein. Aber das spürte Tosca kaum. Nichts erreichte sie im Moment wirklich.

Außer dieses Gefühl, genau das Richtige zu tun.

Sie klopfte an die Hintertür. Eine junge Frau öffnete. Sie hatte Morenos Augen. »Ja?«

»Ich bin …«

»Tosca?«, fiel die Frau ihr ins Wort. Sie lächelte. Aber sie wirkte auch irritiert. Das konnte Tosca ihr nicht verübeln.

»Ja. Du musst Clarissa sein. Ich weiß, das sieht jetzt sicher seltsam aus …«, begann sie zu erklären.

»Ha. Seltsam ist die Untertreibung des Jahrtausends«, murrte im Hintergrund Adriana weiter.

»… aber es sieht schlimmer aus, als es ist. Wir sind der Sturm. Und … ähm … ist Moreno da?«

»Ich glaube, er ist auf dem Sofa eingenickt. Er hatte … eine anstrengende Nacht, hat er gesagt.«

»Oh. Das lag an meinem Durchfall, fürchte ich.« Hatte sie das wirklich eben gesagt? Clarissas überraschtem Gesichtsausdruck zufolge, ja.

Im Hintergrund kicherte Adriana. So viel zum Thema Solidarität.

»Tosca?«

Hinter Clarissa erschien Moreno. Und es stimmte nicht, dass sie nichts wirklich erreichte, berührte. Denn der Anblick dieses Mannes würde sie immer und überall berühren. Ihr Herz so aufgeregt zum Schlagen bringen wie einen jungen Vogel beim ersten Flug.

»Moreno, wir sind der Sturm. Komm mit!«

Er lachte und fuhr sich über die Augen. Sein Gesicht fast schon wieder so dicht vom Bart verdeckt wie vor seiner Komplettrasur.

»Ich möchte nur betonen, dass ich zu dieser Sache genötigt wurde«, erklärte Adriana mit ihrer Krone und dem mit kleinen Blitzen bemalten Badeanzug. Aber niemand hörte wohl richtig hin. Denn Moreno lachte noch immer und nickte Annalisa und Iolanda zu und erschien so glücklich und losgelöst. Und er fuhr seiner Tochter liebevoll über die Wange, dann küsste er Tosca flüchtig auf den Mund, während Oronzo demonstrativ das Interesse verlor und sich faul in den Schatten der Palme legte.

Tosca nahm seine Hände, ganz wichtig und offiziell. »Du hattest recht, Moreno. Wir müssen einen Schritt zurückgehen, um es weit zu schaffen.«

»Bla, bla …« Adriana ließ sich heute wohl nicht mehr besänftigen. Aber sie brachte Tosca mit ihrem offen zur Schau gestellten Unmut nur zum Lachen. So war sie, ihre liebe Adriana. Offen. Ehrlich. Und wenn ihr etwas nicht passte, dann machte sie sich bemerkbar. Aber, und das war das einzig Wichtige, sie stand dennoch hinter ihr. Und sie würde es immer tun.

»Und deshalb will ich mit dir den letzten Punkt der Liste abarbeiten, um endlich loslassen zu können«, fuhr sie unbeirrt fort. »Außerdem habe ich meine Familie dabei, damit du sie richtig kennenlernen kannst, denn sie gehören zu mir und ich zu ihnen.«

Alle schüttelten sich offiziell die Hände – außer Adri, die vorgab, die Krone richten zu müssen.

»Meine Tochter hast du ja bereits kennengelernt«, sagte er, und Clarissa, die noch immer in der Tür stand, machte theatralisch einen Knicks.

»Habe ich. Sie hat deine Augen.«

»Wirklich?«

Tosca nickte.

»Komm!«

»Wo gehen wir hin?«

»Na, wir müssen doch bei Sturm mit dem Boot fahren!«

Moreno schaute in den Himmel, dann zu ihr. Voller Vertrauen.

Mit Mühe hatten sie gemeinsam – ja, selbst Clarissa hatte es sich nicht nehmen lassen, mit anzupacken – das alte Boot auf das heute spiegelglatte Meer gezogen. Rundherum hatten sich alle positioniert, um am Boot zu rütteln wie ein Sturm. Sie und Moreno auf dem Boot. Adriana übernahm als Zeus die Soundeffekte und … den Regen. Mit einer Gießkanne.

Inzwischen stand eine Menschentraube am Strand und sah ihnen ungeniert zu.

Tosca sah nur Moreno. Sein Strahlen. Sein Lachen. Sie hatte etwas in Gang gesetzt. Mit dieser, zugegeben, kindischen Idee.

»Kommt das jetzt blöd, wenn ich seekrank werde?« Moreno wischte sich über das tropfnasse Gesicht, nachdem Adriana die Gießkanne rigoros ein weiteres Mal über seinem Kopf entleert hatte. Er nahm es mit Ergebenheit hin.

Tosca lachte. »Nach meinem Durchfall fehlt eigentlich nur noch das, oder?«

Als Erste schwamm Annalisa weg, als sie das Boot eine Weile ordentlich durchgerüttelt hatten. Dann Clarissa. Iolanda folgte. Annalisa kehrte noch mal zurück, um Adriana wegzuholen. Und jetzt waren sie allein auf dem Boot, das sanft auf dem Wasser lag, als hätte es ein Bett aus Federn gefunden.

»Du bist schon ziemlich verrückt, hm?«, fragte er sie und zog sie an sich.

Die Sonne zauberte Glitzer auf die Wasseroberfläche und machte, dass die Wassertropfen, mit denen Adriana sie so reichlich versorgt hatte, nach und nach verdampften.

»Eines meiner versteckten Talente.«

»Dann bin ich ja gespannt auf all die anderen.«

Es fühlte sich so gut an, mit der nackten Haut auf seiner nackten Haut zu liegen. Trotz des vielen Wassers, das er abbekommen hatte, war er warm. Anschmiegsam warm. So warm, dass Tosca komplett vergaß, wo sie sich befand.

»Das fühlt sich jetzt wirklich wie Urlaub an«, sagte er leise und lehnte sich zurück.

Sie dösten ein bisschen, trieben ein bisschen, küssten sich ein bisschen, und Toscas Herz füllte sich mit der Gewissheit, dass das der erste Tag in Richtung Ewigkeit war.

Nachdem sie an Land zurückgepaddelt waren und das Boot wieder sicher am Strand verstaut hatten, schlenderten sie gemächlich zurück, und Tosca begann Mareblus Sommer nicht nur auf der Haut, sondern auch im Herzen zu spüren.

»Daran könnte ich mich gewöhnen …«, überlegte Moreno laut, während sie nach Hause gingen und dabei ihre Schritte tief in den Sand bohrten, um sich die Füße nicht zu verbrennen.

»Ich hoffe, du meinst jetzt nicht an die Sturm-Dramaturgie. Ich denke nicht, dass ich Adriana noch mal dazu bringen werde, den Zeus zu spielen.«

Er lachte und warf den Kopf zurück, was seinen Adamsapfel ein wenig hervortreten ließ und ihn dazu veranlasste, die Augen zu schließen, weil die Sonne ihn blendete. »Ich meine das alles hier. Mareblu ist einfach wundervoll. Wobei ich stark davon ausgehe, dass eine tolle Frau, die ich in Mareblu kennengelernt habe, der Hauptgrund dafür ist.«

»Die Glückliche!«

Wieder lachte er und zog ihr Gesicht mit dem Arm, der auf ihrer Schulter lag, näher zu sich, um sie zu küssen.

Auch sie könnte sich daran gewöhnen. An das alles hier. Vor allem aber an ihn.

Es wunderte Tosca nicht sonderlich, Adriana, Annalisa und Clarissa gemeinsam mit Iolanda an ihrem Terrassentisch vorzufinden. Der Sturm hatte sich offensichtlich gelegt. Sie unterhielten sich, tranken, lachten. Annalisa und Iolanda hatten sich umgezogen. Adriana nicht.

»Das geht nicht, weil Pompeo gleich kommt und das *unbedingt* sehen möchte!«

»Wie dir die Krone steht?«

»Eher der Badeanzug. Aber die Krone interessiert ihn schon auch.«

Alle lachten. Adriana nicht. Und damit brachte sie alle nur noch mehr zum Lachen.

Der Tag war wundervoll. Auch dann noch, als Ivo auftauchte, mit einem Riesenblumenstrauß in der Hand. Nach einem kurzen Moment des Stutzens – als er Moreno entdeckt hatte, der es nicht lassen konnte, Tosca ständig zu berühren – überreichte er ihn feierlich seiner Tochter, die glücklicher nicht hätte sein können. Tosca war dennoch klar, dass die Blumen für sie bestimmt gewesen waren. Aber auch diese Gewissheit konnte sie nicht herunterbringen von der Wolke, auf der sie schwebte.

War sie ihm eine Erklärung schuldig? Nein, beschloss Tosca, Ivo würde das verstehen. Früher oder später. Da war sie sich sicher. Vielleicht war es aber auch nur die Überzeugung des Moments. Das würde die Zeit zeigen.

Jetzt wollte sie einfach nur an Morenos Schulter lehnen und den Moment genießen.

*

»Sicher, dass wir uns nicht das Genick brechen?«

»Ganz sicher. Komm schon, Moreno!«

»Mit deinem *nonno* bist du immer hier gewesen?«

»Ja. Er hat es geliebt, hier, von diesem Felsen aus ins Wasser zu springen.«

»Das Wasser ist aber auch besonders klar an diesem Punkt. Traumhaft!«

»Nicht wahr? Auch deshalb habe ich gedacht, dass das die ideale Stelle sein könnte. Du kannst hier bis auf den Grund sehen, verstehst du?«

»Ja, ich verstehe.«

»Bist du dir sicher?«

»Hundertprozentig sicher.«

»Was ist, wenn Clarissa ihn haben möchte?«

»Möchte sie nicht.«

»Was ist, wenn du es bereust? Ich bin mir nicht sicher, ob wir ihn dann wiederfinden.«

»Ich werde es nicht bereuen.«

»Was ist …«

»Tosca. Es ist ein Ring. Von dem ich mich trennen möchte. Nichts weiter.«

»Ist es nicht. Es ist mehr als das. Es ist der Ring, den Dafne dir geschenkt hat.«

»Und ich bin bereit, mich davon zu trennen. Gut?«

»Okay. Gut. Nein. Warte, warte!«

»Was ist?«

»Hier! Nimm eines meiner Armbänder. Wirf sie gemeinsam ins Meer, dann ist der Ring nicht so allein.«

»Das ist ein schöner Gedanke.«

Schweigen.

»Wie fühlst du dich jetzt?«

»Ein bisschen nackt. Aber gut.«

»Das kommt daher, weil du nackt *bist.*«

»Ich würde mich wohler fühlen, wenn wir jetzt springen würden.«

»Wieso? Du bist schließlich ein Experte im Nacktbaden.«

»Aber nicht am helllichten Tag!«

»Hier kommt niemand her. Glaub mir.«

»Ich springe jetzt trotzdem. Ahhh!«

»Ich komme! Ahhh!«

Und der Sommer in Mareblu konnte endlich beginnen.

Postkarten aus Mareblu

Hallo Dorina!

Ich dachte, du freust dich im Reisebüro vielleicht über eine Postkarte aus dem herrlichen Mareblu. Ich rate dir, diesen wundervollen Ort mal zu besuchen und ins Sortiment aufzunehmen. Für mich ist es das schönste Küstenstädtchen auf Erden.

Wegen der Reise im Juli, die Sergio noch gebucht hatte … kannst du die vielleicht stornieren? Ich glaube nicht, dass ich das dieses Jahr schaffe.

Hier in Mareblu stecken wir mitten in den Hochzeitsvorbereitungen – ich werde gebraucht!

Bis bald!
Deine,
Annalisa

PS: Sag mal, weißt du zufällig einen Makler? Ich hätte da ein Haus zu verkaufen … vielleicht auch zwei.

Lieber papà!

Ich weiß, du bist nur zwei Wochen weg, vermutlich schafft es die Postkarte in der Zeit nicht mal nach Sizilien. Nur bin ich neulich am neuen Laden vorbeigelaufen, und die haben ganz tolle Postkarten mit echt coolen Motiven, und ich musste diese hier einfach kaufen. Für dich!

Gefällt sie dir?

Vergiss mich bitte nicht. Ich warte auf dich und hab dich lieb.

Ioio

Liebster Lele,

sei mir bitte nicht böse, aber ich möchte noch bleiben. Ja, es sind inzwischen Monate und nicht mehr Wochen, aber diese Dimension hier, die tut mir einfach gut. Die tut dem Baby gut, auch wenn man noch nicht viel davon sieht.
So viele liebe Menschen kümmern sich hier um mich, und ich habe hier überhaupt erst gemerkt, wie nötig ich es noch habe, dass sich jemand um mich kümmert.
Du kennst mich als selbstständige, motivierte Studentin, die vor nichts und niemandem Angst hat. Hier darf ich einfach die (noch immer) trauernde Tochter sein, die bald Mutter sein wird, ihre eigene jedoch so sehr vermisst, dass es alles andere überdeckt. Aber ich arbeite an mir.

Ich liebe dich. Hab bitte etwas Geduld.

Clarissa

Hallo, Unbekannter aus dem Park!

Wahrscheinlich wirst du die Karte
nie bekommen, dennoch musste ich dir schreiben, um dich wissen zu lassen, dass es mir gut geht.
Du hast mir in der Nacht im Park sehr, sehr geholfen.
Dafür danke ich dir heute mehr als damals.
Mach was aus deinem Leben. Es ist nie zu spät. Und wenn ich es geschafft habe, dann schaffst du es auch.

Ich komme dich besuchen, wenn ich mal wieder in Bologna bin. Aber das kann dauern.

Moreno

Dass das mit der Hochzeitsreise nicht so schnell geklappt hat, liebe Tosca, weißt du ja.

Ich hatte aber eine Vision von mir, wie ich dir von irgendwoher eine farbenfrohe Postkarte schreibe.

Nimm erst mal diese hier aus Mareblu. Eine aus der Ferne wird dann folgen. Ganz bestimmt. Irgendwann holen wir die Hochzeitsreise nach.

Es grüßen dich herzlich,

Adriana und ihr Ehemann(!) Pompeo

Meine liebste Adriana!

Ich muss gestehen, ich wurde ganz
neidisch, als ich deine Postkarte aus Mareblu (du bist einfach unschlagbar, weißt du das?) erhalten habe. Für mich stand sofort fest, dass ich auch eine Postkarte von Mareblu nach Mareblu schreiben wollte. Und: Hier ist sie!
Ich habe dich ganz arg lieb, du verrückte Nudel, auch wenn ich ehrlich gesagt noch schwer beleidigt bin, dass du VOR mir geheiratet hast!!!

Ich drücke dich,
Tosca

PS: Die Briefmarke klebe dir bitte selbst drauf. :-D